BIANCA

AF274927

LYNN RAYE HARRIS

EL PRÍNCIPE Y LA PRINCESA

Editado por Harlequin Ibérica.
Una división de HarperCollins Ibérica, S.A.
Avenida de Burgos, 8B - Planta 18
28036 Madrid

© 2024 Harlequin Ibérica, una división de HarperCollins Ibérica, S.A.
N.º 475 - 20.5.24

© 2010 Lynn Raye Harris
El príncipe y la princesa
Título original: The Prince's Royal Concubine

© 2010 Lynn Raye Harris
Corazones de diamante
Título original: The Devil's Heart
Publicadas originalmente por Harlequin Enterprises, Ltd.
Estos títulos fueron publicados originalmente en español en 2011

I.S.B.N.: 978-84-1062-823-6
Depósito legal: M-6994-2024
Impreso en España por: BLACK PRINT
Fecha impresión para Argentina: 16.11.24
Distribuidor exclusivo para España: LOGISTA
Distribuidor para México: Distibuidora Intermex, S.A. de C.V.
Distribuidores para Argentina: Interior, DGP, S.A. Alvarado 2118.
Cap. Fed./Buenos Aires y Gran Buenos Aires, VACCARO HNOS.

EL PRÍNCIPE Cristiano di Savaré se abrochó el último botón de la camisa de su esmoquin y se miró al espejo mientras se estiraba el cuello. El yate se balanceaba suavemente bajo sus pies, pero ése era el único indicio de que se encontraba a bordo de una embarcación y no en la lujosa suite de un hotel. Había recorrido más de tres mil kilómetros para estar allí aquella noche y, aunque no estaba cansado, la expresión de su rostro era seria, tanto que las líneas de expresión marcaban su frente y le daban un aspecto más maduro de los treinta y un años que tenía.

Tendría que esforzarse aquella noche antes de comenzar la caza de su presa. A pesar de que la misión que lo había llevado allí aquella noche no le proporcionaba placer alguno, no podía negarse a hacerlo. Forzó una sonrisa y la estudió en el espejo. Sí, con eso valdría.

Las mujeres siempre se rendían a sus pies cuando utilizaba su encanto.

Se puso la chaqueta y se quitó una mota de polvo con un rápido movimiento de la mano. ¿Qué pensaría Julianne si lo viera en aquel momento? Cristiano daría cualquier cosa por volver a verla. Seguramente, en un instante como aquél, le enderezaría la corbata y le rogaría que no tuviera un aspecto tan serio.

Se apartó del espejo. No deseaba seguir viendo la expresión que tenía en el rostro en aquel momento al pensar en su difunta esposa. Había estado casado durante un espacio tan breve de tiempo... No obstante, de eso había pasado ya tanto que, en ocasiones, no era capaz de recordar el tono exacto del cabello de Julianne o el sonido de su risa. ¿Era eso normal?

Estaba seguro de que así era, lo que le entristecía y lo enojaba a la vez. Julianne había pagado un precio muy alto por casarse con él. Cristiano jamás se perdonaría por haber permitido que ella muriera cuando podía haberlo evitado. Debería haberlo evitado.

Habían pasado cuatro años y medio desde que le permitió que se montara en un helicóptero que tenía como destino la volátil frontera entre Monterosso y Monteverde. A pesar del mal presentimiento que tenía, la había dejado marchar.

Julianne era estudiante de Medicina y había insistido en acompañarlo en una misión de ayuda. Cuando él tuvo que cancelar su visita en el último momento, debería haberle ordenado a ella que se quedara a su lado.

Sin embargo, ella le había convencido de que la princesa heredera debería trabajar para conseguir la paz con Monteverde. Como ciudadana estadounidense, se había sentido lo suficientemente segura visitando los dos países. Había estado completamente segura de que podía ayudar a cambiar las cosas.

Y Cristiano había dejado que ella lo convenciera.

Cerró los ojos. La noticia de que una bomba procedente de Monteverde había terminado con la vida de Julianne y con la de tres cooperantes había desencadenado la clase de ira y desesperación que no había experimentado nunca hasta entonces y que no había vuelto a sentir desde aquel momento.

Todo había sido culpa suya. Julianne seguiría con vida si él se hubiera negado a dejarla ir. Habría seguido con vida si él no se hubiera casado con ella. ¿Por qué había tenido que hacerlo? Se había preguntado estas cuestiones en innumerables ocasiones desde entonces.

No había creído nunca en flechazos o en el amor a primera vista, pero se había sentido muy atraído por ella. El sentimiento le había parecido tan fuerte que el hecho de casarse con ella le había parecido la decisión más acertada.

No lo había sido. Al menos para ella.

La verdad era que lo había hecho por razones muy egoístas. Había necesitado casarse, pero se había negado a permitir que fuera su padre quien dictara con quién tenía que casarse. Por ello, había elegido una mujer valiente y hermosa a la que apenas conocía simplemente porque el sexo era estupendo y a él le gustaba mucho. Le había robado el corazón y le había prometido la luna.

Y Julianne lo había creído todo. Hubiera sido mucho mejor que no fuera así.

«¡Basta!».

Volvió a erigir las barreras mentales para no seguir pensando. No le vendría nada bien si tenía que tratar con los invitados de Raúl Vega. Aquellos días oscuros formaban parte del pasado. Había encontrado un propósito después de todo lo ocurrido y no descansaría hasta que consiguiera alcanzarlo.

Monteverde.

La princesa. Ella era la razón de su presencia allí.

–Hermosa noche, ¿verdad?

La princesa Antonella Romanelli se dio la vuelta al salir de su camarote y se encontró con un hombre apoyado contra la barandilla, observándola. El agua del mar lamía suavemente los costados del yate y el olor a jazmín impregnaba el aire.

Antonella no podía apartar la vista de la oscura forma del hombre. Su esmoquin se fundía con la oscuridad de la noche, lo que le daba el aspecto de una silueta contra las luces de la ciudad de Canta Paradiso. Entonces, él dio un paso al frente y la luz de la cubierta iluminó por fin su rostro.

Ella lo reconoció inmediatamente, a pesar de que no se conocían. El hermoso rostro, de cabello oscuro, afilados rasgos y sensuales labios, sólo podía pertenecer a un hombre sobre la faz de la Tierra. El último hombre con el que ella debía estar hablando en aquellos instantes.

Nunca.

Contuvo la respiración y trató de conseguir la contención por la que era tan famosa. Dios santo, ¿por qué se encontraba él allí? ¿Qué era lo que quería? ¿Acaso sabía lo desesperada que ella se encontraba?

«Por supuesto que no. ¡No seas tonta!».

—Veo que se le ha comido la lengua el gato.

Antonella tragó saliva y trató de recuperar la compostura. Era mucho más guapo en persona de lo que había visto en las fotos. También más peligroso. La tensión emanaba de él envolviéndola con su oscura presencia. Con su inesperada presencia. Las alarmas saltaron en el interior de su cabeza.

—En absoluto. Simplemente me ha sorprendido.

Él la miró de la cabeza a los pies, provocando un hormigueo en la piel de Antonella a su paso.

—No nos han presentado —dijo él suavemente, con una voz tan rica y sugerente como el chocolate—. Soy Cristiano di Savaré.

—Sé quién es usted —replicó Antonella.

—Sí, ya me lo imagino.

Él hizo sonar aquellas palabras como si fueran un insulto. Antonella se irguió con toda la dignidad y la altivez que pudo conseguido.

¿Cómo no iba a reconocer el nombre del Príncipe Heredero de Monterosso?

El mayor enemigo de su país. Aunque la historia entre las tres naciones hermanas de Monteverde, Montebianco y Monterosso no había sido pacífica a lo largo de los años, sólo permanecían en guerra Monteverde y Monterosso. Antonella pensó en los soldados de Monteverde destinados en la frontera aquella noche, en las vallas de alambre de espino, en las minas y en los tanques y experimentó una oleada de oscuros sentimientos.

Estaban allí por ella, por todos los habitantes de Monteverde. Mantenían al país a salvo de invasiones. Ella no podía fallar ni a sus soldados ni al resto de sus súbditos en la misión que la había llevado hasta allí. Su pequeña nación no desaparecería de la faz de la Tierra simplemente porque su padre era un tirano que había dejado en bancarrota al país y lo había conducido al borde mismo de la desaparición.

—No esperaba que fuera de otro modo, *principessa* —replicó él con frialdad.

Cristiano era un hombre muy arrogante. Antonella levantó la barbilla. Su hermano siempre le había dicho que no debía dejar mostrar sus emociones.

—¿Qué está haciendo aquí?

No había esperado la sonrisa de Cristiano. Unos dientes de un blanco imposible contra la oscuridad de la noche y tan amistosos como los de un león salvaje. Antonella sintió que se le ponía el vello de punta.

—Imagino que lo mismo que usted. Raúl Vega es un hombre muy rico. Podría crear muchos puestos de trabajo en el país que tuviera la suerte de conseguir que invirtiera en él.

Antonella sintió que se le helaba la sangre. Ella necesitaba a Raúl Vega y no aquel hombre arrogante y demasiado guapo que ya tenía todas las ventajas del poder y de la buena posición. Monterosso era un país muy rico. Monteverde necesitaba el acero de Vega para poder sobrevivir. Era cuestión de vida o muerte para los súbditos de Antonella. Desde que su padre había sido obligado a renunciar, su hermano mantenía el país unido a duras penas por su increíble fuerza de voluntad. Sin embargo, no podría aguantar mucho tiempo. Necesitaban el dinero de Vega para salir adelante y demostrar a otros inversores que Monteverde seguía siendo una apuesta segura.

Los créditos astronómicos que su padre había contraído debían satisfacerse muy pronto y no había dinero con los que pagar. No se podían pedir más prórrogas. Aunque Dante y el gobierno habían actuado en el mejor interés de la nación al provocar la renuncia de su padre, las naciones acreedoras habían considerado los acontecimientos con miedo y sospecha. Para ellos, las peticiones de prórroga de los créditos significarían que Monteverde estaba buscando maneras de conseguir que los préstamos se declararan nulos.

Un compromiso con Aceros Vega podría cambiar todo aquello.

Si Cristiano di Savaré supiera lo cerca que estaban de desmoronarse...

No. No podía saberlo. No lo sabía nadie, al menos de momento, aunque el país no podría ocultarlo por mucho tiempo más. Muy pronto el mundo lo sabría. Monteverde dejaría de existir. Este pensamiento le insufló valor en las venas.

—Me sorprende que a Monterosso le interese Aceros Vega —dijo fríamente—. Además, el interés que yo siento por el señor Vega no tiene nada que ver con los negocios.

Cristiano sonrió.

—Ah, sí. He oído rumores. Sobre usted.

Antonella se cubrió el hermoso vestido de seda color crema que llevaba puesto con un chal de seda. Cristiano había hecho que se sintiera barata, pequeña, sucia e insignificante sin utilizar una sola palabra malsonante. No había sido necesario. Las implicaciones eran claras.

—Si ha terminado, Su Alteza —dijo ella, fríamente—, me esperan para cenar.

Él se acercó un poco más. Era alto y de anchos hombros. Antonella tuvo que armarse de valor para no dar un paso atrás. Se había pasado años acobardándose ante su padre cuando éste sufría un ataque de ira. Cuando lo arrestaron seis meses atrás, se prometió que no se volvería a acobardar nunca delante de un hombre.

Permaneció rígida, expectante. Temblando y odiándose por esa debilidad.

—Permítame que la escolte, *principessa,* dado que yo me dirijo en la misma dirección.

Estaba tan cerca y resultaba tan real, tan intimidatorio...

—Puedo encontrar el camino sola.

—Por supuesto —replicó él, aunque la sonrisa no le iluminó la mirada.

Bajo aquel comportamiento tan estudiado, ella sintió hostilidad. Oscuridad. Vacío.

—Pero si se niega —añadió—, yo podría pensar que usted tiene miedo de mí.

Antonella tragó saliva. Un comentario demasiado ajustado a la realidad.

—¿Por qué iba yo a tener miedo de usted?

—Pues eso digo yo —respondió él. Extendió el brazo, retándola para que aceptara.

Antonella dudó, pero se dio cuenta de que no había manera de escapar. Ella jamás saldría corriendo como una niña asustada. Que la vieran con él era una traición para Monteverde, pero estaban en el Caribe. Monteverde estaba a miles de kilómetros. Nadie lo sabría nunca.

—Muy bien.

Cuando le colocó la mano sobre el brazo, estuvo a punto de retirarla por la sensación que experimentó. Tocar a Cristiano era como tocar un relámpago. A ella le pareció que él sentía lo mismo, pero no podía estar segura.

Era su enemigo. Cuando él le colocó una mano por encima de la de ella, se sintió atrapada. El gesto era el que marcaba el protocolo para un caballero que acompaña a una dama a un acto. No era nada y, sin embargo...

El corazón de Antonella dio un salto. Había algo en él, algo oscuro y peligroso, completamente diferente a la clase de hombres que ella conocía.

—¿Lleva mucho tiempo en el Caribe? —le preguntó él mientras avanzaban por cubierta.

—Unos días, pero no he tenido mucho tiempo de visitar la zona.

—Ya me lo imagino.

Antonella se detuvo en seco al escuchar el tono de su voz.

—¿Qué se supone que significa eso?

Cristiano se volvió hacia ella y la miró de nuevo de la cabeza a los pies. Como si estuviera evaluándola. Juzgándola. Sin poderse explicar por qué, ella se encontró deseando saber de qué color eran aquellos ojos que tan intensamente la observaban. ¿Azules? ¿Grises como los suyos? No podía saberlo, pero sí que la dejaron temblando y vibrando a la vez.

—Significa, *principessa,* que cuando una persona se pasa demasiado tiempo boca arriba, no puede esperar poder hacer mucho turismo.

Antonella contuvo la respiración.

—¿Cómo se atreve a fingir que me conoce?

–¿Y quién no conoce a Antonella Romanelli? En los últimos seis meses, se ha hecho usted muy conocida. Se pasea por toda Europa vestida con los últimos modelos, asistiendo a las mejores fiestas y acostándose con quien le apetece en cada momento. Como Vega.

Si Cristiano le hubiera atravesado el corazón directamente con una flecha, no le habría hecho tanto daño. ¿Qué podría decir ella para defenderse?

Se dio la vuelta, pero Cristiano le agarró una muñeca para que no escapara. De repente, el corazón de Antonella comenzó a latir tan fuertemente que ella temió que fuera a desmayarse. Su padre era un hombre fuerte, un hombre de airado temperamento y de puño rápido cuando se enojaba. Ella había lucido la marca de ese puño en más ocasiones de las que quería recordar.

–Suélteme –le espetó.

–Su hermano debería controlarla mejor –dijo. Ella consiguió zafarse y se frotó la muñeca.

La ira sustituyó rápidamente al miedo.

–¿Quién se cree usted que es? Sólo porque sea el heredero del trono de Monterosso no le convierte en una persona especial para mí. Mi vida no es asunto suyo. Sé lo que piensa de mí, de mi pueblo, pero quiero que sepa también una cosa. No nos ha derrotado en más de mil años y no lo va a conseguir ahora.

–Bravo –comentó él–. Muy apasionada. Uno no puede dejar de preguntarse cómo de apasionada podría ser usted en otras circunstancias.

–Pues tendrá que seguir preguntándoselo, *Su Alteza*, porque le aseguro que yo sería capaz de tirarme por la borda de este yate antes de compartir mi cama con un hombre como usted...

No es que ella compartiera su cama nunca con ningún hombre, pero él no tenía por qué saberlo. Jamás había encontrado un hombre en el que confiara lo suficiente como para entregarse a él, pero lo único que hacía falta eran unas cuantas fiestas, unos rumores y unas fotos para convertir una verdad en una mentira. La mayoría de los hombres creían que era una mujer sofisticada y mundana y con el único con el que había salido tras librarse de la mano de hierro de su padre se había dedicado a contar la mentira de que se había acostado con ella. Otros habían seguido haciendo lo mismo hasta el punto de que resultaba imposible separar la verdad de los rumores.

Dios, los hombres la ponían enferma y el que tenía delante en aquel momento no era diferente. No podían ver más allá de la superficie, razón por la cual ella se cuidaba y se acicalaba para adoptar el cuidadoso exterior de una mundana princesa. Su belleza era la única faceta de su personalidad que se le había permitido cultivar dado que nunca se le había permitido tener ninguna profesión. También era su escudo. Cuando centraba su atención en su apariencia física, no necesitaba compartir sus secretos ni sus temores con nadie. Podía ocultarse bajo su exterior, segura de saber que nadie podía hacerle daño de esa manera.

El sonido de la risotada de Cristiano la devolvió al presente. Se dio cuenta demasiado tarde de que acababa de hacer lo impensable. Había desafiado a un hombre con una legendaria reputación de acostarse con todas las mujeres que quería. Un hombre del que las mujeres se quedaban prendadas

Antonella conocía bien los rumores sobre el Príncipe Heredero de Monterosso. Había estado casado en una ocasión, pero su esposa había fallecido. Dado que ninguna mujer era capaz de llamar su atención durante más de unas pocas semanas o un par de meses como mucho, era un seductor y un rompecorazones reconocido. Un lobo con piel de cordero, tal y como lo habría definido su amiga Lilly, la Princesa Heredera de Montebianco.

–Tal vez no haga falta algo como eso –dijo él, acercándose a ella. Antonella dio un paso atrás y entró en contacto con la pared del yate. Cristiano puso una mano a ambos lados de la cabeza de ella, atrapándosela. Entonces, se inclinó hacia ella un poco más, sin tocarla–. Tal vez podríamos poner a prueba esa determinación suya con un beso.

–No puede hablar en serio –replicó ella.

–¿Por qué no?

–¡Usted es el príncipe de Monterosso!

Él volvió a echarse a reír, pero sin alegría. Esto la confundió aún más o tal vez fue simplemente la abrumadora cercanía lo que asombraba por completo sus sentidos.

–Así es, pero usted es una mujer y yo un hombre. La noche es cálida, perfecta para la pasión...

Durante un instante, Antonella se quedó paralizada. Él la besaría en cualquier instante. Entonces, su alma estaría en peligro porque había algo sobre él que le aceleraba el pulso. Los pezones se le irguieron y sintió un ligero hormigueo en la piel. Los lugares más íntimos de su cuerpo parecían suavizarse, deshacerse...

En el último instante, cuando los labios de él estaban a un milímetro de los de ella, cuando el cálido aliento de Cristiano se mezcló con el de ella, Antonella encontró la fuerza suficiente y se zafó del brazo que la aprisionaba agachándose por debajo.

–Muy bien, Antonella, pero veo que tiene usted bastante práctica en este juego, ¿verdad?

Antonella se puso rígida. ¿Por qué sonaba su nombre tan exótico cuando él lo pronunciaba?

–Es usted despreciable. Quiere apoderarse de lo que no es suyo y recurre a la fuerza para conseguirlo. Exactamente lo que yo esperaría de cualquier monterossano.

Si Antonella quería enojarle con estas palabras, se sintió desilusionada. Él simplemente sonrió gélidamente. Tanta frialdad hizo que ella se echara a temblar.

–Excusas, excusas, *principessa*. Eso es lo que se les da bien a los de su país, ¿verdad? Como no son tan ricos ni tan prósperos como nosotros, nos culpan de sus males. Y toman vidas inocentes para justificar su hostilidad.

–No pienso escuchar nada de esto –replicó ella. Se dio la vuelta para marcharse.

–Eso es, vaya corriendo a buscar a su magnate del acero. Ya veremos lo que valora más, si su amante o su cuenta bancaria.

Antonella se dio la vuelta. La amenaza había resultado más que clara en la voz de Cristiano.

–¿Qué quiere decir con eso?

–Significa, bellísima *principessa,* que yo también tengo una proposición para Vega. Estoy dispuesto a apostarme lo que sea a que mi dinero derrota a... sus evidentes encantos.

–¿Cómo se atreve a...?

–Creo que ya ha utilizado esa expresión. ¡Qué aburrido!

Antonella se echó a temblar de furia. Aquel hombre era imposible e insoportable... y desgraciadamente también ejercía un increíble efecto en sus sentidos. Seguramente era la ira la que la hacía sonrojarse, la que le provocaba un hormigueo insoportable en la piel. Cristiano estaba amenazando todos sus esfuerzos y arrebatarle a Vega antes de que ella consiguiera atraparlo. Tenía que conseguir esas inversiones para Monteverde. Tenía que hacerlo.

Para alcanzar sus propósitos, tenía que centrarse. Tenía que tranquilizarse. Necesitaba comportarse como la princesa que era, a pesar de cómo le hiciera sentirse aquel hombre, tenía que jugar bien sus cartas.

Poco a poco, sintió que la seguridad y la tranquilidad se apoderaban de ella. Decidió que no dejaría que él la intimidara.

—Tal vez hemos empezado con mal pie —ronroneó. Necesitaba confundirlo. Para conseguirlo, representaría el papel que él le había dado. Le haría creer que existía la posibilidad de tener sexo con ella. Lo haría para distraerlo mientras hacía todo lo posible para hacerse con Aceros Vega antes de que él pudiera arrebatarle aquella victoria.

A pesar de su inexperiencia, no le resultó difícil representar su papel. En momentos como aquél, era capaz de cualquier cosa. Era el único modo de poder fingir ser otra persona. Había conseguido esta habilidad a lo largo de los años vividos junto a un padre que la maltrataba.

Cristiano se mantuvo firme mientras ella levantaba las manos hacia él para acariciar la recién afeitada mejilla, la boca y su barbilla.

Resultaba imposible leer sus ojos. Entonces, algo pareció prenderse en sus profundidades, algo que la asustó y la animó al mismo tiempo. Tal vez estaba yendo demasiado lejos, estaba cometiendo un error...

—Estás jugando con fuego, *principessa*...

Antonella se esforzó por ignorar las alarmas que empezaron a sonar en su cabeza cuando ella le deslizó la mano por la nuca, hundiéndole los dedos en el cabello y acercándose al mismo tiempo... ¿De verdad sería capaz de hacer algo así?

Sería capaz y lo haría. Ya vería él lo de qué pasta estaba hecha una monteverdiana. Él no la intimidaría. No ganaría.

Lentamente, ella le bajó la cabeza. Muy lentamente. Él no intentó apartarla, simplemente obedeció lo que ella le indicaba. Antonella no se engañó haciéndose creer que ella tenía el control. Cristiano estaba interesado, igual que un gato está interesado por un ratón. Sin embargo, por el momento, él dejaba que ella lo guiara. Era lo único que Antonella necesitaba.

Cuando él estaba a sólo unos centímetros de distancia, Antonella volvió a acariciarle la mandíbula. Sobre la hermosa boca porque no pudo evitarlo. No podía hacerlo demasiado fácil por supuesto, porque si no él vería sus intenciones. Tenía que intentarlo para así ganar tiempo y conseguir que Raúl se comprometiera con Monteverde.

—Saber eso —susurró, con voz sugerente—. Saber que has estado tan cerca del paraíso... —añadió. Se puso de puntillas, acercando los labios a los de él— tan cerca, Cristiano... —repitió utilizando el nombre de él por primera vez— y que no has podido ir más allá.

Entonces, dio un paso atrás con la intención de dejarlo allí, de pie, preguntándose qué era lo que acababa de pasar.

Un segundo más tarde, Cristiano la agarró por la cintura con las dos manos y la acercó con fuerza a su cuerpo. Sin que ella pudiera reaccionar, aplastó su boca contra la de ella con devastadora precisión. El beso fue magistral, dominante, muy diferente a los que ella había experimentado antes. Antonella echó la cabeza hacia atrás mientras él le sujetaba el rostro con dos anchas manos. La besó con fuerza, obligándola a responder. Cuando ella abrió los labios, tal vez queriendo protestar o tal vez para morderle, Cristiano deslizó la lengua en su interior y la enredó con la de ella.

El ardor de la pasión se apoderó de ella como si fuera cera líquida y la convirtió en un ser lánguido, maleable, cuando debería haber sido todo lo contrario. No era la primera vez que la besaban, pero sí era la primera vez que se había sentido a punto de perderse en un beso.

Quería disolverse en él, quería ver adónde la llevaría

aquel sentimiento de ardor y deseo si ella lo permitía. Era algo maravilloso, extraordinario...

La realidad se apoderó de ella cuando sintió las manos de Cristiano deslizándosele por la espalda, por las caderas, acercándola a su cuerpo, a su duro y tenso cuerpo...

«Oh, Dios mío, ¿es eso...?».

No. No podía hacerlo. Él era el enemigo, por el amor de Dios. Luchó contra la naturaleza, contra él, contra ella misma para poder volver a recuperar el control. Sin saber qué hacer, le mordió la lengua para conseguir que él se retirara.

Cristiano lanzó una maldición y luego se echó a reír.

—Necesitas una buena azotaina, *cara*. Me encargaré de remediarlo cuando estemos los dos desnudos juntos.

Antonella consiguió zafarse de él. El corazón le latía a toda velocidad y la sangre le hervía en las venas. No había nada que deseara más que escapar de allí, pero tenía que mantenerse firme. Se colocó el chal en su sitio.

—Si es así como seduces a las damas, me extraña que tengas éxito.

—Cuando quiero algo, lo consigo. Siempre.

—No puedo decir que haya sido un placer conocerte, pero, si me perdonas, mi amante me está esperando. *Ciao*.

—Por el momento, *principessa* —replicó él—, pero me da la sensación de que tendrás un amante nuevo muy pronto.

Antonella había cometido el error de pensar que podía controlarlo. Un enorme error. Deseaba desesperadamente borrarle aquella sonrisa del rostro. Le dedicó su mejor sonrisa de princesa de hielo.

—Sí, bueno, pero ese hombre no serás tú.

—Nunca realices promesas que no podrás cumplir. Es la primera lección que uno debe aprender si quiere gobernar un país.

–Esto no es una negociación entre naciones.

–¿No?

Cuando a Antonella no se le ocurrió réplica alguna, se dio la vuelta y se dirigió rápidamente hacia el salón. Raúl estaba al otro lado de la sala hablando con un hombre. Levantó la mirada y, al verla, sonrió. Antonella le devolvió la sonrisa. Vega era un hombre guapo, alto y bastante atractivo. Sin embargo, no le hacía hervir la sangre, al menos no de la misma manera en la que Cristiano lo conseguía. Apartó sus pensamientos y se dirigió hacia Raúl. Al llegar a su lado, permitió que él la besara en ambas mejillas a modo de saludo.

–Por fin, Antonella. Estaba a punto de enviar a alguien a buscarte.

Antonella se echó a reír.

–Yo siempre debo hacerme esperar, cariño –replicó ella, riendo.

Raúl tomó una copa de champán de la bandeja que portaba un camarero y se la entregó. Ella le dio las gracias y se la llevó a los labios. En aquel instante, Cristiano di Savaré entró en la sala. Antonella sintió que el pulso se le aceleraba y se atragantó con el champán. No obstante, consiguió que nadie se percatara. Ni siquiera Raúl.

–Perdona un momento, querida –murmuró mientras se dirigía a Cristiano.

Antonella sintió que el pánico se apoderaba de ella. Tenía que mantenerlos separados. Tenía que convencer a Raúl para que invirtiera en Monteverde aquella misma noche. No había tiempo que perder. No iba a permitir que aquel ser arrogante y grosero trastocara sus planes.

Cuando volvió a recuperar la compostura, se dirigió hacia los dos hombres. Desgraciadamente, alguien le golpeó en el codo. Afortunadamente, Antonella pudo evitar que el contacto le hiciera verter el contenido de su copa.

–Por favor, le ruego que me perdone, Su Alteza –exclamó una mujer de cierta edad–. ¡Qué torpeza por mi parte!

–No, no importa –replicó Antonella–. No he derramado ni una gota.

Sin embargo, la mujer no pareció muy convencida e insistió en inspeccionarla el vestido. Antonella tardó varios minutos en desembarazarse de la insistente dama. Cuando lo consiguió, se apartó de ella y fue a buscar a Raúl.

No tardó mucho tiempo en darse cuenta de la aterradora verdad. Raúl se había marchado de la sala. Lo mismo que el Príncipe Heredero de Monterosso.

Capítulo 2

ELLA REPRESENTABA todo lo que Cristiano despreciaba.

Él estaba sentado a la pulida mesa de caoba, justamente enfrente de Antonella Romanelli, observando cómo ella centraba toda su atención en Raúl Vega. Éste gozaba con su presencia como si estuviera mostrando su posesión más preciada.

¿Y por qué no?

Ella llevaba puesto un vestido de seda color marfil que se le ceñía al cuerpo como si fuera un guante y que destacaba sus senos a la perfección. Con su hermosa melena castaña, su generoso escote y su elegancia, la princesa Antonella era la clase de mujer que iluminaba una estancia con sólo entrar en ella. Cristiano había visto fotos suyas, pero nada lo había preparado para el impacto real de la belleza física de la princesa. En una palabra, era impresionante.

«Dio».

Tenía que recordar que sin los Romanelli, la paz entre Monterosso y Monteverde se hubiera producido hacía ya muchos años. Muchas personas habrían conservado la vida en vez de morir sin ningún sentido.

Paolo Romanelli había sido un déspota egocéntrico. Dante, su hijo, no era mucho mejor. Después de todo, había depuesto a su propio padre. ¿Qué clase de hijo era capaz de hacer algo así? ¿Qué clase de hija iba por el mundo tomando y descartando amantes, con una aparente indiferencia a los excesos de su familia?

Había contado con que esa indiferencia lo ayudara a conseguir lo que quería. Antonella era una mujer de gustos caros y una reducida cuenta bancaria. Él tenía dinero suficiente para proporcionarle cuantos trajes de diseño y tratamientos de belleza deseara, pero había estado a punto de estropearlo todo con su visceral reacción sobre la cubierta del yate. Necesitaba que ella fuera maleable, no que sólo sintiera indignación.

Apretó el tallo de la copa de cristal que tenía entre los dedos. Tenía la oportunidad de terminar con todo. De conseguir el sometimiento de Monteverde de una vez por todas. Cuando se hiciera con el control de su gobierno y depusiera a los Romanelli, los niños de ambas naciones crecerían libres y felices en vez de vivir con miedo a las bombas y a las balas. En aquellos momentos, había un alto al fuego, pero era demasiado frágil. Una bomba al azar lanzada por un grupo extremista terminaría con aquella inestable paz. Cristiano tenía la intención de conseguir que fuera permanente, a pesar de los costes personales. Sin importarle a quien tuviera que destruir para conseguirlo.

Antonella se echó a reír. ¿Y qué si era hermosa? ¿Y qué si tenía una cierta vulnerabilidad que lo intrigaba? No le cabía ninguna duda de que todo era fingido. Había conocido a mujeres como ella con anterioridad. Mimadas y superficiales. Nada más que hermosas fachadas con almas vacías.

Raúl se inclinó hacia ella. En el último segundo, ella giró hábilmente la cabeza para que el beso de él cayera sobre su mejilla. Interesante.

Cristiano tomó un sorbo de vino. Antonella creía que tenía a Raúl rendido a sus pies, pero estaba muy equivocada. Cristiano se había tomado muchas molestias en hacerle a Raúl una oferta irrechazable. Aunque Vega aún tenía que comprometerse, no rechazaría la generosa oferta de Monterosso. Era un hombre de negocios demasiado bueno como para permitir que una mujer, por muy seductora que fuera, lo desviara de lo que más interesaba a su empresa.

Por primera vez desde que se sentaron a la mesa, Antonella miró a Cristiano. Él sintió una sacudida de la cabeza a los pies y este hecho lo irritó profundamente, pero se negó a apartar la mirada. Un suave rubor cubrió las mejillas de ella. Jamás hubiera pensado que ella pudiera sentirse avergonzada, pero tal vez el hecho de estar sentada en compañía de su amante mientras miraba a otro hombre era demasiado incluso para una mujer como ella.

Raúl colocó la mano sobre la de Antonella y ella se sobresaltó. Entonces, giró la cabeza para mirarlo y se ruborizó aún más. Cristiano sintió la agradable miel del triunfo. No había duda de que ella lo deseaba, a pesar de lo que hubiera dicho en la cubierta. Era un comienzo en la dirección acertada.

Ella tenía un aspecto muy culpable. Raúl la miró con preocupación.

–¿Te encuentras bien, querida mía? –le preguntó el empresario–. Pareces preocupada.

–No, no. Estoy bien. Simplemente tengo un poco de calor. ¿No les parece que los trópicos son demasiado calurosos? –les preguntó a los invitados.

Varias personas expresaron su opinión y se inició una conversación sobre las diversas temperaturas. Comentarios sin importancia que sólo consiguieron irritar aún más los nervios de Cristiano.

Cuando la cena terminó por fin, los invitados se dirigieron a cubierta para contemplar los fuegos artificiales sobre Canta Paradiso. Antonella se aferró a Raúl como si temiera dejarlo escapar.

«Demasiado tarde, *bella mia*», pensó Cristiano.

De repente, Raúl, acompañado de Antonella, se dirigió al lugar donde estaba Cristiano.

–¿Te estás divirtiendo en este encantador paraíso?

–Sí. El paisaje es extraordinario.

–Aún no me puedo creer que hayan pasado cinco años desde que nos vimos por última vez –comentó Raúl.

Antonella parpadeó asombrada.

–¿Conocías ya al príncipe?

–Estudiamos juntos en Harvard –replicó Raúl, con una amplia sonrisa, mientras daba a Cristiano una palmada en la espalda.

–En realidad, sólo han pasado cuatro años desde que nos vimos por última vez, Raúl.

–Ah, sí. Tienes razón.

–No debemos permitir que vuelva a pasar tanto tiempo, ¿de acuerdo? –dijo Cristiano.

–Por supuesto que no, amigo mío –prometió Raúl con solemnidad.

Antonella se mordió el labio inferior y frunció el ceño. Aquel gesto provocó una cálida reacción en la entrepierna de Cristiano. Todos sus sentidos se habían puesto en estado de alerta cuando notó el dulce aroma de su cuerpo. Cuando la besó, quiso ahogarse en aquella fragancia, respirarla todo el tiempo que le fuera posible.

Este pensamiento le intrigaba y le enfurecía a la vez. ¿Cómo era posible que tuviera una reacción tan fuerte hacia aquella mujer en particular? No había acudido a aquel barco con ninguna intención real de seducirla. Sólo había ido con la intención de realizar sus negocios. Sin embargo, su cuerpo estaba empezando a pensar en la seducción.

Había llegado el momento de cerrar aquel trato y seguir con su vida antes de que se distrajera aún más.

–Raúl, si tienes ahora un poco de tiempo libre, me gustaría concluir nuestra conversación. Me temo que debo regresar a Monterosso mañana por la mañana.

–Sí, por supuesto –asintió Raúl–. Con permiso, querida mía –añadió, dirigiéndose a Antonella.

–Yo también debo hablar contigo –dijo ella con voz bastante preocupada–. Y preferiría hacerlo ahora.

Raúl pareció sorprendido y tal vez un poco enojado. Cristiano se alegró por ello. Ella se lo estaba poniendo demasiado fácil. A ningún hombre le gusta que su amante le haga peticiones delante de testigos. Una mujer más astuta se habría dirigido a él más tarde, cuando hubieran estado juntos en la cama.

–Adelante, Raúl –dijo Cristiano–. Estaré aquí cuando hayas terminado.

Se podía permitir el lujo de ser generoso. Antonella acababa de perder la partida.

Antonella tenía ganas de gritar. Había pasado más de una hora desde que Raúl y Cristiano habían desaparecido para hablar. ¿Qué estaba ocurriendo? ¿Y si Raúl decidía instalar su negocio en Monterosso?

Ella había hecho todo lo posible por convencerlo, pero no tenía buenas sensaciones. ¿Qué podía hacer Monteverde para Aceros Vega? Tenían grandes depósitos de mena, que era un ingrediente necesario para el acero, pero tenían poco más que ofrecer.

A excepción de un título real. Sí. Antonella había puesto también eso sobre la mesa cuando había sentido las pocas inclinaciones de Raúl a comprometerse con su país. ¿Por qué no? Desde su nacimiento, Antonella había estado preparada para casarse por el bien de su país. Su padre ya no era rey, pero esto no significaba que ella ya no le debiera nada a su pueblo. Los momentos de desesperación requieren medidas desesperadas. Si tenía que elegir entre casarse con un hombre al que no amaba o la anexión de su país, se decidiría por el matrimonio.

Raúl no había tardado en aceptar su oferta, pero, ¿significaba esto que lo había convencido? A pesar de su humilde nacimiento y del hecho que había pasado de ser pobre a acumular una ingente riqueza, Antonella tenía la sensación de que había fracasado estrepitosamente. Si era así, sería otra humillación que añadir a su larga lista. Su primer prometido se había despeñado en su coche por un acantilado y el segundo se había casado con otra poco después de prometerle a su padre que se casaría con ella.

Parecía que no tenía suerte en el amor. En realidad, jamás había estado enamorada, pero le gustaría tener la oportunidad de comprobarlo. Como Lily, la mujer con la que se había casado el que había estado a punto de ser su segundo prometido. ¿Qué se sentiría cuando un hombre la mirara como Nico Cavelli miraba a Lily? ¿Que un hombre lo sacrificara todo sólo por estar con una mujer?

Ella jamás lo sabría. Parecía que la vida no le reservaba el hecho de encontrar el amor. Dante le había dicho que no era necesario que se casara por Monteverde dado que su padre ya no era rey, pero ella había insistido en que era su deber. Si beneficiaba a su país, lo haría. No le importaba lo desesperada y triste que esto le hiciera parecer.

No todos los hombres eran como su padre. No todos los hombres se ponían violentos cuando se enfadaban.

Antonella sacudió la cabeza. Aún no podía estar del todo segura de que hubiera fracasado. Aún cabía la posibilidad de que su título y su mena sirvieran para superar lo que Cristiano di Savaré tuviera que ofrecer.

Se echó el chal por los hombros y comenzó a pasear por la cubierta. La mayoría de los invitados de Raúl habían vuelto a sus yates, a excepción de los que tenían camarotes a bordo. En el puerto, los yates y los barcos de pesca habían anclado para pasar la noche, aunque las risas y la música aún resonaban por la bahía.

—Tal vez deberías tomar menos *espressos* a última hora de la noche, *cara*.

Antonella se dio la vuelta y se encontró a Cristiano en la cubierta. El corazón empezó a palpitarle con fuerza, pero no de miedo. ¿Por qué la desconcertaba él de tal manera?

—¿De qué estás hablando?

—De los paseos por cubierta. Creo que menos cafeína te ayudaría un poco.

—He tomado sólo un *espresso, grazie*. Tu preocupación resulta enternecedora.

Él se acercó y se apoyó contra la barandilla, sin dejar de observarla.

—Te mueres por saber de lo que hemos hablado, ¿verdad?

Antonella se encogió de hombros.

—Te equivocas si piensas que es así. No he venido aquí por negocios.

—Eso es lo que dices, pero, ¿cómo se le llama ahora si ya no es el negocio más antiguo del mundo?

—¿Es así como se le llama cuando tú vas acostándote por ahí, Cristiano? —le espetó ella, fríamente. El corazón le latía con fuerza, lleno de dolor e ira, por la necesidad de negar que se hubiera acostado con ningún hombre. Por supuesto, él nunca la creería. Además, no se merecía la explicación.

—Vaya, veo que es un punto sensible para ti, *cara*.

—En absoluto. Simplemente no me gustas tú ni tu hipocresía.

–Me siento herido –comentó él con una sonrisa.

–¿Dónde está Raúl? –preguntó ella para cambiar de conversación.

–No soy tu secretaria, *principessa*. Si quieres saber dónde está, ve a buscarlo. Además, ¿qué te hace pensar que soy un hipócrita? Me gusta el hecho de que hayas tenido amante. Significa que conoces cómo moverte por el cuerpo de un hombre. Significa que no tendremos que perder el tiempo cuando estemos desnudos.

–No pienso acostarme contigo, Cristiano.

–No estés tan segura –replicó él.

–Me conozco muy bien y sé perfectamente lo que no quiero. No deseo estar contigo.

Cristiano le tomó la mano y entrelazó los dedos con los de ella para llevárselos a la boca. Antonella trató de apartarla, pero él se la agarró con fuerza.

–¿Conoces tú tu cuerpo, Antonella? En ocasiones, nuestra mente y nuestro cuerpo están en guerra. ¿Lo sabías?

Antes de que ella pudiera responder, él le tocó el centro de la palma de la mano con la punta de la lengua. Antonella contuvo el aliento al sentir cómo las sensaciones se le extendían por todo el cuerpo. ¿Por qué? ¿Cómo era posible que los hombres llevaran intentando metérsela en la cama desde que tenía memoria y que nunca hubiera sentido nada remotamente tan excitante por ninguno de ellos como lo que sentía cuando Cristiano la tocaba?

Era una pena que él fuera el hombre equivocado. Tenía que apartar la mano, poner distancia entre ellos y no volver a estar nunca a solas con él.

Sin embargo, no podía hacerlo. Estaba atrapada, casi tanto como si él la hubiera atado a él.

–Basta ya...

–¿Estás segura? Me parece que tu cuerpo dice todo lo contrario.

—No lo sabes.

—Claro que lo sé. Te has sonrojado...

—Es que hace calor.

Cristiano se echó a reír, le besó los dedos y se colocó la mano de ella sobre el hombre antes de tirar de ella hacia su cuerpo. Sus largos dedos le cubrieron la cadera.

—Y más que va a hacer. ¿Por qué negar esta atracción, eh? Creo que estaríamos bien juntos.

—Yo...

Una sombra pareció pasar por encima de ellos. Entonces, una voz dijo:

—Perdón.

Antonella se apartó de Cristiano justo a tiempo para ver cómo Raúl se daba la vuelta y volvía a entrar en la embarcación. ¡Dios! Los ojos se le llenaron de lágrimas, pero se negó a dejar que cayeran. Habría tenido que ir detrás de él, habría tenido que tratar de reparar el daño. Acababa de decirle que se casaría con él, por el amor de Dios. ¿Qué pensaría Raúl de ella?

Podía reparar el daño. Claro que podía. Tenía que hacerlo. Por el futuro de Monteverde, pero no antes de darse la vuelta y decirle lo que pensaba al hombre que tantos problemas le estaba causando.

—¡Lo has hecho a propósito! —exclamó.

—¿Qué te hace pensar eso, *principessa*? —replicó él fríamente, con una expresión arrogante y malvada al mismo tiempo.

La impotencia hizo que Antonella apretara los puños. Había sido una estúpida. Cristiano era su enemigo. Aunque ella se hubiera olvidado de aquel detalle, él no había dejado de tenerlo presente.

—Porque eres un egoísta, por eso. No te importa a quién hagas daño ni lo que tengas que destruir para conseguir lo que deseas.

Cristiano esbozó una media sonrisa, que jamás se hubiera podido llamar como tal.

–Parece que somos almas gemelas.

–No. A mí me importan los sentimientos de la gente. Ahora mismo voy a disculparme con Raúl.

–No hay necesidad.

–Claro que la hay.

–Me temo que no, Antonella. Tú formabas parte del trato.

–¿Qué trato? –preguntó ella. De repente, sintió como si el corazón fuera a detenérsele en el pecho. ¿Cómo podían haber hecho los dos un trato que la incluyera a ella? Antonella se había ofrecido en matrimonio, pero había sido su elección. Ninguno de aquellos dos hombres era su dueño. Ninguno podía tomar decisiones en su nombre.

–Aceros Vega se va a instalar en Monterosso. Monteverde suministrará la mena.

–Nunca –replicó ella. ¡Aquello era impensable! ¿Vender su mineral a Monterosso? ¿Para que el rey pudiera construir más tanques y armas en sus fábricas? ¿Para que los Di Savaré pudieran ir ahogando lentamente a su pueblo? Suponía el dinero que Monteverde necesitaba tan desesperadamente, ¡pero a qué coste!

–Tal vez desees volver a pensar tu postura –dijo él.

Como respuesta, Antonella levantó la barbilla.

–No veo por qué tendría que hacerlo.

–Una sola palabra –dijo él. Tenía la mirada fría, vacía, tanto que Antonella sintió un escalofrío–. Una palabra muy importante: existencia.

Capítulo 3

HAY UNA tormenta, Su Alteza.

Antonella parpadeó y miró al camarero mientras él le colocaba una bandeja con el desayuno sobre una mesa del camarote. Ella se cubrió con las sábanas hasta los hombros y se apoyó con un codo sobre el colchón. Aún estaba adormilada después de haberse pasado la noche preocupándose sin dormir demasiado.

—¿Una tormenta?

—Sí, un huracán. Se ha desviado de su curso y se dirige directamente a Canta Paradiso. Nos vamos a hacer a alta mar muy pronto. Puede permanecer a bordo si lo desea o puede desembarcar en la isla para tomar un vuelo que la saque de aquí.

—¿Dónde está el *signor* Vega?

—Se ha tenido que marchar a Sao Paulo por negocios. Se marchó antes de que amaneciera.

Antonella sintió que el alma se le caía a los pies. Se había imaginado que sería inútil, pero había esperado poder hablar con Raúl una vez más, con la esperanza de convencerlo para que le diera a Monteverde una oportunidad. Ya era demasiado tarde.

No. No permitiría a Cristiano di Savaré que la derrotara tan fácilmente. Quedaba poco tiempo antes de que los préstamos debieran satisfacerse y ella se había pasado la noche pensando en qué podía hacer si Raúl no cambiaba de opinión. Sólo se le había ocurrido una solución.

¿Y si Dante se desplazaba a Montebianco y les pidiera un préstamo para poder salir de la crisis? Su padre había estado a punto de empezar otra guerra cuando arrestó a la princesa de esa nación, pero de eso habían pasado ya algunos meses. ¿Estaría Montebianco dispuesto a ayudarlos? ¿Podría convencer a su hermano para que lo intentara? Antonella sabía que él no querría hacerlo, pero era su última oportunidad.

Si Dante no se dirigía al rey, Antonella iría a hablar con Lily y le suplicaría que se lo pidiera a su esposo, el Príncipe Heredero. Fuera como fuera, tal vez aún tenían una oportunidad si no se demoraba.

–Gracias –le dijo al camarero–. Me marcharé al aeropuerto.

El camarero realizó una reverencia antes de salir del camarote y cerró la puerta. Antonella se levantó de un salto de la cama y agarró el teléfono móvil. Tenía que hablar con Dante. Lo había intentado la noche anterior, pero no había conseguido comunicarse con él, tal vez por la tormenta. Lo más probable era que ocurriera algo con las comunicaciones de Monteverde. A menudo tenían problemas con las infraestructuras porque estaban obsoletas y no había dinero para renovar el equipamiento.

Una voz automatizada le informó de que no se podía realizar la llamada. Antonella cerró el teléfono y se apresuró a vestirse. Cuanto antes estuviera en un avión en dirección a casa, mucho mejor.

Antonella salió a la cubierta del yate para buscar a alguien que pudiera organizarle el traslado. Estuvo a punto de caerse de espaldas cuando vio quién estaba conversando con el capitán del yate.

Cristiano di Savaré con esmoquin resultaba magnífico, pero con unas bermudas, un polo, unas chanclas y unas gafas de sol resultaba pecaminoso. No parecía un príncipe, sino un gigoló salido de una fantasía erótica que se ganaba la vida satisfaciendo a las afortunadas que tuvieran la suerte de poder pagarlo.

Cristiano se dio la vuelta cuando ella se acercó, sin duda porque el capitán cesó de prestarle atención para mirarla a ella. El capitán la miraba con apreciación, pero fueron sin duda los ojos de Cristiano los que ella sintió más poderosamente. Aunque él llevaba gafas de espejo, Antonella era consciente del ardiente escrutinio al que la estaba sometiendo.

Ella se había vestido con un vestido de algodón y un par de sandalias. Llevaba el cabello recogido con una coleta y un maquillaje muy ligero en el rostro. No estaba intentando atraer la atención de nadie, pero no parecía importar.

–¿Te has enterado de la tormenta? –le preguntó Cristiano saltándose los preliminares.

–Sí. ¿Cuándo podemos desembarcar? –dijo ella dirigiéndose al capitán. Fue Cristiano el que, una vez más, tomó la iniciativa.

–Hay un ligero retraso. Muchas personas están pidiendo transporte hacia el puerto.

–Entiendo.

–¿Has organizado ya el vuelo?

–No. Había esperado dirigirme primero al aeropuerto y ocuparme de todo desde allí.

–*Bene*. Puedes volar conmigo.

El pulso de Antonella comenzó a latir como un millar de colibríes. Aquel hombre era increíble.

–Gracias, pero no. Conseguiré un vuelo cuando llegue al aeropuerto.

Cristiano se colocó las gafas sobre la parte alta de la cabeza. La luz del sol había desaparecido a medida que las nubes fueron cubriendo el puerto. Antonella se dio cuenta de que los ojos de él no eran azules o grises. Eran de un marrón profundo y oscuro. No, parecían verdes. En realidad, eran marrones pero alrededor de la pupila eran verdes.

Maravillosos.

—Antonella —dijo él secamente.

—¿Qué?

—¿Me has oído?

—Estabas hablando de tu avión privado.

—Sí. Está listo y tengo sitio para ti. No quedan billetes para ningún vuelo comercial desde la isla.

—Pero si acabas de preguntarme si ya tenía vuelo.

—Me refería a si lo habías reservado anoche, antes de que el huracán cambiara de dirección.

Ella sacudió la cabeza enfáticamente.

—Me arriesgaré en el aeropuerto.

—No seas infantil —replicó Cristiano.

—No creo que sea infantil evitar la compañía de las personas a las que se desprecia.

—No, pero es infantil ponerse en peligro por ello.

Antonella miró hacia las montañas que se alzaban alrededor del puerto. El aeropuerto estaba al otro lado de esas montañas. A aquel paso, podría tardar horas en llegar hasta allí. Las nubes oscuras cubrían los verdes picos como si fuera una manta. El viento se había levantado con fuerza durante la noche.

No importaba cómo llegara a casa, mientras lo hiciera lo más rápidamente posible.

—Si no hay otra opción, volaré contigo. No obstante, cuando lleguemos al aeropuerto comprobaré primero que no puedo conseguir otro vuelo.

—Como desees, *principessa*.

—Sin embargo, no puedo volar a Monterosso —dijo ella. ¿Qué impresión daría con ello? Además, ¿cómo llegaría desde allí a Monteverde? No había vuelos directos y la frontera estaba cerrada. La princesa de Monteverde no podía cruzar la frontera escoltada por soldados de Monterosso. Era impensable.

—Por supuesto que no. Aterrizaremos en París primero. Desde allí, podrás buscar otro medio de transporte.

De repente, se le ocurrió a Antonella un oscuro pensamiento.

—¿Y cómo sé que mantendrás tu palabra? ¿Que no me llevarás a Monterosso y pedirás un rescate por mí?

La voz de Cristiano la acarició como la seda.

—Si tuviera intención de secuestrarte, *bella mia,* se me ocurrirían cosas mucho más interesantes que pedir un rescate.

Cuando por fin los llevaron a tierra y encontraron un taxi, habían pasado ya tres horas. Todo el mundo recorría precipitadamente la pequeña ciudad, tratando de asegurar sus viviendas o de salir de la isla. Canta Paradiso era un *resort* turístico privado, pero había una ciudad en la que vivían muchas personas todo el año. A pesar de eso, el tráfico hacia el pequeño aeropuerto era increíble.

Había empezado a llover y los teléfonos móviles habían dejado de funcionar. Antonella no tenía cobertura.

Cristiano se mesó el cabello. El taxi era muy pequeño, lo que suponía que no había mucho espacio en el asiento posterior para ellos. Esto suponía que las piernas se rozaban íntimamente. Antonella trataba de apartarse, pero la situación resultaba muy incómoda. Llevaba más de una hora tratando de fingir que la piel no le ardía donde se rozaba con la de Cristiano.

—¿Lo conseguiremos? —preguntó.

Él estaba tan cerca... Tanto que si Antonella se inclinaba simplemente unos centímetros, sus labios podrían tocarse.

¿Por qué iba a querer hacer algo así?

—Creo que sí. Hasta ahora sólo es lluvia. Aún podemos volar.

—¿Estás seguro? —preguntó ella, observando cómo la lluvia caía con fuerza contra la ventana.

—Soy piloto, *cara.* La lluvia ayuda a que despeguen los aviones y el viento aún no es demasiado fuerte, por lo que también ayuda. Quedan muchas horas antes de que la tormenta sea demasiado peligrosa para volar.

—Menos mal.

Cristiano se reclinó sobre el asiento y estiró un brazo sobre el respaldo del asiento, por encima de los hombros de Antonella. Ella no podía escapar al contacto a menos que se incorporara. Eso le daría poder, por lo que soportó la presión del brazo de él contra los hombros y el cuello.

El sonido del teléfono móvil de Cristiano la sacó de su ensoñación minutos más tarde. Hacía mucho calor en el taxi y ella estaba tan cansada que había estado a punto de quedarse dormida encima de él. Avergonzada, se incorporó y se alejó hacia la puerta todo lo que pudo.

Cristiano respondió rápidamente antes de que perdiera de nuevo la señal. La sarta de maldiciones que se produjo instantes más tarde no predecía nada bueno.

—¿Qué es lo que ocurre? —preguntó ella cuando Cristiano hubo terminado.

—Estamos atascados.

—¿Qué quieres decir con eso? —dijo ella, tratando de no dejarse llevar por el pánico.

—El avión tiene una gotera hidráulica en los frenos. No podemos volar sin una cubierta nueva y no hay ninguna en la isla.

–¿Existe posibilidad de encontrar plaza en un avión comercial?

–El último vuelo salió hace veinte minutos. Ya no salen ni llegan más vuelos hoy.

–¡Pero si dijiste que aún se podría volar durante muchas horas!

–Así es, pero los vuelos comerciales tienen diferentes horarios, Antonella. Han cancelado los vuelos que salían a última hora de hoy.

–¿Y ahora qué hacemos? –preguntó Antonella, tratando de tragarse el enorme nudo que se le había hecho en la garganta.

–Debemos encontrar un lugar en el que alojarnos.

Increíble. ¿Cómo era posible que tuviera tan mala suerte?

–¿Y dónde sugieres que miremos? ¿Tenemos que recorrer todos los hoteles de la isla para ver si hay vacantes?

–No. Eso nos llevaría mucho tiempo y no tenemos garantías. Se me ocurre otra idea.

–¿Cuál?

–Conozco al hombre que es el dueño de esta isla. Tiene una casa muy cerca de aquí. Iremos allí.

–¿Por qué no mencionaste esto antes?

–No creí que fuera necesario.

Antonella guardó silencio mientras él le daba instrucciones al taxista. Tal vez debería oponerse a aquel plan, pero, ¿qué elección tenía? Era mejor alojarse en una vivienda privada que el hecho de que los vieran juntos en un hotel, donde además podrían verse expuestos al hecho de que hubiera allí alguien de la prensa. Una foto suya con Cristiano di Savaré le haría a su país un daño irreparable.

Él volvió a colocar el brazo sobre el respaldo, lo que provocó que Antonella se alejara de él todo lo posible. Cristiano frunció el ceño.

–Es inútil –dijo él–. El coche es pequeño y no hay donde ir.

–Eso ya lo sé, pero no creo que sea necesario que me rodees con el brazo.

–Pensaba que te gustaba que yo te tocara –comentó él, con un cierto sarcasmo que la irritó profundamente.

–No te engañes.

–Entonces, ¿por qué has venido conmigo?

–¿Y qué elección tenía? Tú mismo dijiste que todos los vuelos estaban cancelados.

–Sí, pero aceptar precisamente mi ayuda...

–Te aseguro que no fue lo que yo hubiera deseado, pero no soy idiota.

–No, no creo que lo seas –comentó Cristiano. Tenía una mirada aguda, pensativa.

–¿Qué se supone que significa eso?

–Lo que tú creas que significa, *principessa* –respondió él. Una burlona sonrisa le curvó los labios.

–Creo que simplemente te gusta irritarme, ¿Por qué me ofreciste ayuda para salir de la isla si ni siquiera sientes simpatía por mí?

–Para lo que tengo en mente, no tengo que sentir simpatía hacia ti.

Antonella contuvo la respiración.

–¿Cómo es posible que sientas antipatía por una persona y que, al mismo tiempo, desees acostarte con ella?

La mirada que se reflejó en el rostro de él, entre divertida y arrogante, hizo que las mejillas de Antonella se cubrieran de rubor. ¿Sería posible que se hubiera equivocado?

–La pasión y el odio se separan por una línea muy delgada, Antonella –replicó él.

–Eso es horrible...

Antonella siempre había creído que, si su padre no la obligaba a casarse con un hombre de su elección, tendría que gustarle el hombre con el que se acostara por primera vez.

Él frunció el ceño.

—¿De verdad? ¿Esperas que me crea que una mujer de tu experiencia haya sentido atracción por todos los hombres con los que se ha acostado?

Antonella apretó la mandíbula. Debería haberse dado cuenta de adónde se dirigía aquella conversación.

—Prefiero no hablar de eso contigo.

—¿Por qué no? ¿Acaso te sientes avergonzada?

—¡Por supuesto que no!

—¿Cuántos han sido, Antonella? ¿Cuántos hombres has atraído a tu cama?

—¿Atraer? ¿Atraer, dices? ¡Me haces sonar como si tuviera un puesto en el mercado! ¡Vengan por melocotones, vengan por ciruelas, antes de que se acaben todas!

La expresión del rostro de Cristiano se hizo inescrutable durante un instante. Pareció estar a punto de echarse a reír, pero entonces se dio la vuelta y se puso a mirar por la ventana. No obstante, no movió el brazo. La ira se apoderó de ella hasta que decidió que no le importaba en absoluto y se reclinó sobre el asiento.

¡Menudo hipócrita!

Tenía el cuerpo firme, sólido y cálido. Antonella se cruzó de brazos y reclinó la cabeza hacia atrás, sobre el brazo de Cristiano. La había enojado profundamente con sus acusaciones. No sabía nada sobre ella y, sin embargo, pensaba que lo sabía todo.

¡Arrogante!

El ambiente en el interior del taxi resultaba algo asfixiante, como si él utilizara todo el aire que había en el interior del taxi. Sentía deseos de abrir la ventana para sacar la cabeza, pero estaba lloviendo demasiado fuerte. Además, estaba tan cansada. A medida que su ira se fue calmando, los ojos comenzaron a cerrársele a pesar de sus esfuerzos por mantenerlos abiertos.

El aroma de Cristiano le nublaba los sentidos. Era parecido al de la lluvia y las especias. Sin saber por qué, una profunda tristeza se apoderó de ella. ¿Por qué? Tardó un instante en darse cuenta de que le recordaba a algo de su infancia. ¿Acaso era al momento en el que su madre le había preparado un té de especias cuando estaba enferma?

Sí, eso era. Recordó a su madre como si fuera ayer, su triste y hermosa madre, que había muerto mucho antes de lo que debería. ¿Fue entonces cuando su padre se hizo un hombre violento?

No lo recordaba. Siempre había tratado de bloquear sus recuerdos, como la ocasión en la que él había matado la chinchilla de Dante porque a él se le había olvidado alimentarla. Su hermano tenía diez años en aquel momento y era mucho menos impresionable que ella a sus cinco años de edad, por lo que se había tomado el incidente estoicamente.

Antonella no había hecho más que llorar y llorar. Aquélla fue la primera vez que experimentó tal crueldad. Jamás lo había olvidado y solía echarse a llorar en los momentos más extraños, cuando los recuerdos la atenazaban. Incluso años más tarde.

De repente, el rostro se le quedó frío. Entonces, comprendió que tenía las mejillas mojadas. Abrió los ojos y parpadeó. Rápidamente se secó las lágrimas con las manos tratando de evitar que Cristiano se diera cuenta y se burlara de ella.

—Llorar no va a servir de nada —dijo él fríamente, pero su voz sonaba algo extraña.

Antonella se apartó de él. No quería que él estuviera allí, no quería que él se convirtiera en una parte de su lucha por convertirse en una persona normal. ¡No era asunto suyo! Nada de su vida era asunto suyo.

–Simplemente estoy cansada. Déjame en paz.

A pesar de sus palabras, las lágrimas empezaron a caer más abundantemente. No podía contener los recuerdos ni el sentimiento de culpa. Debería haber hecho algo. Debería...

Cristiano soltó una maldición y la abrazó para estrecharla contra su cuerpo.

–No, suéltame –le suplicó, tratando de apartar las manos de él–. Suéltame.

Sin embargo, él no lo hizo. La abrazó con fuerza, sujetándole la parte posterior de la cabeza con una mano. Ella trató de zafarse de él, pero Cristiano era demasiado fuerte. Antonella terminó rindiéndose. Él comenzó a frotarle suavemente la espalda mientras le hablaba dulcemente. Antonella trató de captar las palabras y, por fin, se dio cuenta de que era una canción.

Una canción.

Sintió una gran sensación de asombro en aquel momento. Era un gesto tan tierno, que jamás hubiera imaginado que Cristiano fuera capaz de tener. Era como si, en cierto modo, él comprendiera.

Apretó los puños contra su pecho mientras trataba de contener las lágrimas. Tenía razones más que suficientes para odiarlo, pero, en aquel momento, Cristiano era su aliado. La abrazó durante lo que pareció una eternidad. Antonella no se había sentido tan unida a nadie desde hacía mucho tiempo.

Capítulo 4

EL TAXI los llevó a la mansión, que estaba situada sobre una playa muy recoleta. Cuando llegaron a la casa, Antonella había dejado de llorar y se había vuelto a alejar de Cristiano. Se sentía muy avergonzada. ¿Cómo podía haber perdido el control de aquella manera? Y con él, nada menos. Tenía la camisa arrugada donde ella había estado llorando y una mancha de rímel cubría la blanca tela. Sin embargo, Cristiano no había dicho nada.

Madonna mia! Si el dueño de la casa los acogía, iba a encerrarse en su dormitorio y no volvería a salir hasta que la tormenta hubiera terminado. Cuanto menos tiempo pasara en compañía de Cristiano, mucho mejor.

Esperó en el coche mientras él iba a la puerta de la casa y comprobaba que el dueño de la isla estaba en casa. No era así, pero unos minutos después Cristiano había conseguido hablar con él, a pesar de que estaba en Nueva York.

–El servicio está de vacaciones –dijo él cuando regresó al taxi–, pero podemos quedarnos hasta que haya pasado la tormenta. El guardés vive en la casita que hay a la entrada. Él nos abrirá la puerta principal.

–¿Y no estaríamos mejor en la ciudad? –preguntó ella. De repente, a pesar de sus reservas anteriores, prefería estar en un hotel. Después de lo ocurrido, se sentía demasiado expuesta. Demasiado vulnerable.

–Supongo que al haber cancelado tantos vuelos, los hoteles estarán llenos.

Antonella sacó su teléfono rezando para tener cobertura.

–Podemos llamar a ver.

Al menos en un hotel habría más personas. Incluso habitaciones en pisos diferentes. No tendría por qué verlo. Cuando el aeropuerto volviera a abrir, podría tomar un vuelo sin tener que volverlo a ver.

Cristiano frunció el ceño.

–Tenemos un lugar seguro en el que alojarnos, *cara*. Además, seguro que al taxista le gustará poder regresar a su casa antes de que las cosas empiecen a ponerse feas. No nos queda mucho margen de tiempo.

–Sí, claro –dijo ella. Efectivamente, llevaban más de dos horas metidos en aquel taxi. Seguramente el taxista tendría una familia que estaría preocupada por él. Decidió que, efectivamente, estarían a solas en la casa, pero no tendría que pasar más que unos instantes en su compañía. Todo iría bien.

Quince minutos más tarde, tras localizar al guardés, obtuvieron la llave y entraron en la casa. Era grande, pero no tan lujosa como se hubiera esperado. No obstante, las vistas que se dominaban desde allí eran magníficas. El mar, que siempre solía ser de color turquesa, presentaba un aspecto gris y peligroso. La espuma teñía de blanco la superficie.

De repente, Antonella se detuvo a escuchar. No tardó en comprender que se trataba del viento. Su poder era abrumador. No se parecía en nada a lo que ella hubiera experimentado antes.

–Nos he instalado en el dormitorio principal.

Antonella se volvió para mirar a Cristiano. No había escuchado que se acercara.

–¿Nos? ¿Acaso eres duro de oído? Anoche te dije muy claro que no me voy a acostar contigo.

Él entró en el salón como un gato, fuerte, silencioso, elegante. Antonella se dio cuenta de que estaba empapado cuando la tenue luz que reinaba en el salón los iluminó. Él se quitó el polo con un fluido movimiento. Anchos hombros y definidos pectorales conducían hasta una estrecha cintura y esbeltas caderas. Tenía la piel bronceada y, sin embargo, se iba haciendo más clara a medida que bajaba la mirada. Una oscura flecha de vello se le deslizaba bajo la cinturilla de los pantalones cortos. Antonella deseó seguirla para ver a dónde conducía...

Volvió a mirarle el rostro. Cristiano sonrió como si supiera exactamente lo que ella había estado pensando.

–Sabes que quieres hacerlo.

Antonella parpadeó.

–¿Querer qué?

–Acostarte conmigo. En el dormitorio principal.

Ella negó con la cabeza, pero no pudo evitar ruborizarse.

–No, no quiero y no voy a hacerlo. Voy a ocupar uno de los otros dormitorios... hay otros dormitorios, ¿verdad?

–Sí, pero acabo de comprobar el generador y el combustible está casi agotado. Alguien se olvidó de llenarlo. Si encendemos demasiadas luces, nos quedaremos sin electricidad.

–Estoy segura de que hay velas. ¿Has mirado?

–Todavía no, pero sí, debe de haber velas, pero creo que debemos conservarlas también. Además, hay árboles en la parte delantera de la casa. Los otros dormitorios están allí. Si se cayera un árbol sobre la casa, ¿qué? Prefiero no tener que sacarte, asumiendo que sobrevivieras.

–Está bien. Uno de nosotros podría quedarse en el salón.

–Y así perderíamos energía o, si le ocurriera algo a la casa, estaríamos separados. Es mejor permanecer juntos, Antonella.

Ella se cruzó de brazos.

–¿Cómo puedes saber eso? Nosotros no tenemos ni huracanes ni ciclones en nuestros países.

–Todos los príncipes de Monterosso han servido en el ejército, *principessa*. Te aseguro que he tenido que soportar cosas que ni siquiera te imaginas. Confía en mí cuando te digo que sé de lo que hablo.

–Muy conveniente, Cristiano. Parece que me veo obligada a compartir un dormitorio contigo.

–¿Qué alternativa tienes?

–Supongo que ninguna.

–No, si quieres sobrevivir.

Cristiano habló con tanta tranquilidad que Antonella se acercó a la ventana y tocó el cristal con los dedos.

–¿Crees que aún tiene que empeorar mucho más?

–Ojalá lo supiera –respondió él colocándose a su lado–. Empeorará a medida que se acerque a tierra. Entonces, posiblemente tendrá categoría cuatro. El viento podría alcanzar los ciento treinta y cinco nudos.

–No sé lo que eso significa.

Cristiano se volvió para mirarla. Su piel desnuda relucía bajo la pálida luz y las gotas de agua le caían de la cabeza al torso y se deslizaban cada vez más abajo...

–Más de doscientos kilómetros por hora.

Antonella sintió un nudo en el estómago. Se volvió instintivamente y dio un paso atrás para poner distancia entre ellos.

–¿Qué podría ocurrirnos? ¿Estamos a salvo aquí?

–Los árboles podrían ser un problema y probablemente nos quedaremos sin electricidad. Más allá de eso, no sé.

–¿Y el mar?

–Estamos muy altos sobre la playa, por lo que el oleaje no debería ser un problema.

Antonella fue a buscar su bolso y sacó su teléfono móvil. No tenía cobertura. Volvió a dejarlo en el bolso.

–¿Tienes tú cobertura?

–No –respondió él mientras se sacaba el teléfono de los pantalones cortos. Se acercó a ella.

–Tendría que haber intentado llamar a Dante. Estará preocupado.

–Tal vez simplemente piense que estás demasiado ocupada con tu amante como para informarle de tus movimientos.

Ella se tensó.

–Yo llamo a mi hermano todos los días.

¿Por qué tenía necesidad de justificarse ante él?

–¿De verdad? Extraordinario.

–¿Tú no hablas con tu familia a diario?

La risa de Cristiano fue inesperada. Denotaba incredulidad.

–No. Tengo treinta y un años, *cara*. Mi padre no espera un informe diario.

–Dante tampoco, pero estamos muy unidos y han ocurrido muchas cosas recientemente...

Se interrumpió. No quería continuar. Nadie sabía lo que Dante y ella habían pasado a lo largo de los años a manos de su padre. Tal vez Dante había compartido su historia con su esposa, pero Antonella no lo sabía y no pensaba preguntar.

–Está bien que estéis muy unidos –replicó Cristiano después de un momento–. Muy bien.

Con eso, se dirigió a la cocina y comenzó a revolver en los cajones. Antonella lo siguió.

–¿Qué puedo hacer? –preguntó ella. Había comprendido que él estaba buscando las velas. No quería hacer lo mismo que él.

–Necesito que llenes el fregadero, todos los lavabos y las bañeras de agua.

–¿Por qué?

–Porque si nos quedamos si electricidad, nos quedamos sin agua. Después, ponte a buscar linternas, pilas, velas y cerillas. Si te encuentras una radio, tómala también. Llévalo todo al dormitorio principal y déjalo allí. Yo buscaré también por aquí y luego iré al exterior a cerrar las contraventanas. Si encuentras unas toallas, déjalas aquí en la cocina. Utilizaré esta entrada

Antonella lo miró y se mordió el labio. No se había esperado aquella actitud en Cristiano. Dante era la persona más práctica que conocía y, aun así, parecía un niño mimado en comparación con él. En aquel momento, Cristiano parecía más un soldado que un heredero al trono.

–¿De verdad crees que las cosas podrían ponerse tan feas?

–Todo es posible, *principessa* –respondió él con expresión seria–. Es mejor estar preparado.

Cristiano estaba empapado. Se había pasado veinte minutos bajo una lluvia torrencial cerrando las contraventanas. El guardés debería haberse ocupado de aquel trabajo cuando comenzó la tormenta, pero parecía hacer poco más que estar sentado en su casa viendo la televisión. Desgraciadamente para él, la señal del satélite se había perdido hacía un buen rato.

Tras entrar en la cocina, se quitó los pantalones cortos. Antonella había desaparecido, pero al menos le había dejado las toallas.

Recordó su rostro, con los ojos rojos e hinchados. Apartó aquella imagen con resolución. No podía sentir pena por ella. Era una monteverdiana y, además, una Romanelli. Él tenía una misión. Una promesa que cumplir.

Sobre la tumba de Julianne, había jurado que pondría fin a aquella guerra, aunque fuera lo último que hiciera en su vida. Su pueblo necesitaba la paz. Llevaban demasiado tiempo viviendo en la sombra de aquel conflicto. Se lo debía a ellos. A Julianne. Él debería haber estado a su lado. Así, podría haber evitado que ella muriera. Se sentía responsable de lo ocurrido.

No debería haberse casado con ella.

Agarró una toalla y se secó el cuerpo. Trató de imaginarse a Julianne, recordar la curva exacta de su sonrisa, pero su mente insistía en ver otro rostro.

El de Antonella.

No podía negar que la deseaba. Sabía que era una *puttana* manipuladora y poco considerada, pero no parecía poder superar las necesidades de su cuerpo. Debería ser capaz de hacerlo, pero no podía.

Ella le llegaba más allá del nivel físico. Cuando lloró en el taxi, Cristiano sintió como si alguien le hubiera clavado un cuchillo y se lo hubiera retorcido dentro. La había estrechado entre sus brazos y le había cantado la misma canción que su madre le dedicaba cuando era pequeño y no quería irse a dormir.

¿Por qué?

Antonella tenía algo en su personalidad que desafiaba las explicaciones. Era astuta, dura y manipuladora. Sin embargo, sentía dolor, un profundo dolor que sólo se podía sentir tras haberlo experimentado. Cristiano lo sabía porque él también lo había sentido. Reconocía algo de sí mismo dentro de ella.

El hecho de sentir compasión hacia ella no le gustaba lo más mínimo. Le parecía una traición a la memoria de su difunta esposa, no porque Antonella fuera una mujer sino porque era una ciudadana de Monteverde.

Se deshizo de la toalla empapada y se dispuso a tomar una seca para envolvérsela alrededor de la cintura. En aquel momento, escuchó un ruido desde la puerta. Al volverse, vio a Antonella allí, con el cabello oscuro recogido y la boca abierta mientras lo examinaba. Dejó que viera el efecto que ejercía sobre él. Seguramente estaba acostumbrada a verlo. De hecho, probablemente lo esperaba.

Tal vez si se sacaba de dentro la atracción física que sentía hacia ella podría volver a pensar. Podría empujarla a estar de acuerdo con su plan y seguir adelante con su intención de adueñarse de Monteverde.

Un segundo más tarde, ella se dio la vuelta sobre los talones y desapareció rápidamente. Parecía escandalizada, aunque estaba seguro de que ella estaba fingiendo. Tenía que serlo. Antonella quería que sintiera pena por ella. Ya lo había conseguido en una ocasión aquel mismo día.

Se anudó bien la toalla alrededor de las caderas. Había sido una locura pensar que aquella princesa, la mujer que se había acostado con Raúl Vega la noche anterior era una clase de fémina diferente a lo que parecía ser. Vega simplemente había sido el último de una larga lista de conquistas.

Cristiano se había gastado mucho dinero para confirmar los rumores que hablaban de la crisis financiera que había en Monteverde. Su padre creía que, si esperaban, Monteverde caería en sus manos sin esfuerzo alguno. Sin embargo, Cristiano no iba a correr riesgos. Tras haber terminado con la última fuente de inversión, lo único que quedaba para completar su plan era conseguir los derechos sobre los depósitos de mena de

Monteverde. Con ese mineral bajo el control de Monterosso, podría conseguir la paz en la región. El mineral era su último recurso. Si Cristiano lo controlaba, los controlaría a ellos.

Sin embargo, su plan no era tan sencillo como había pensado en un principio. Antonella era mucho más astuta de lo que se había imaginado en un principio. Jamás permitiría que la compraran por tan poco. No. Seguramente esperaría la corona de Monterosso. Y Cristiano se la ofrecería en bandeja de plata si era necesario.

Sin embargo, jamás cumpliría su promesa. Casarse con Antonella Romanelli quedaba completamente descartado. Se sentiría humillada, pero sobreviviría. Ya había superado dos rupturas de compromiso. Una tercera no le haría ningún daño.

Miró hacia el tejado cuando una ráfaga de viento aulló por la estructura de la casa. Había esperado problemas, pero no de aquella clase. A pesar de que la tormenta le había servido para aislar a Antonella, le venía mal a él como hombre.

Abrió un cajón y encontró un rollo de cinta. Las puertas del patio eran las únicas que no tenían contraventanas. Aunque contaban con un tejadillo, no podía confiar en que éste fuera suficiente para proteger el cristal. Si se rompían, al menos la cinta evitaría que los trozos de cristal se esparcieran por todas partes.

Cuando terminó de colocar la cinta sobre los cristales, se dirigió al dormitorio para enfrentarse con su adversaria.

Antonella estaba sentada en una silla, hojeando una revista. No levantó la mirada al escuchar que él entraba.

—¿Ha empeorado la situación?

Cristiano abrió su bolsa y sacó ropa seca.

—Todavía no, pero creo que lo hará muy pronto. ¿Has encontrado una radio?

–Sí, pero no hay pilas.

–En ese caso, tendremos que tener cuidado a la hora de escuchar las noticias cuando nos quedemos sin luz. Tampoco hay mucha comida en la casa. Galletas, salchichas, una tarro de aceitunas, queso en spray...

–¿Qué es queso en spray?

Ella había levantado por fin la mirada, pero parecía haberse arrepentido de ello. Estaba observando la toalla que Cristiano llevaba alrededor de las caderas. Cuando ella se pasó la lengua por los labios, él creyó que iba a convertirse en piedra. De hecho, la toalla estaba a punto de revelar el efecto que ella producía en él.

Dio santo.

–Es un producto de los Estados Unidos –dijo, sin inmutarse–. Se echa así sobre las galletas.

–Suena asqueroso.

–Eso depende del hambre que uno tenga y del tiempo que quede hasta la siguiente comida.

Aunque Cristiano había nacido en una situación privilegiada, había servido en las Fuerzas Especiales de su país. Había conocido las privaciones y el hambre. Mientras ella vivía llena de comodidades en su palacio, sus paisanos debían vivir en búnkeres en la frontera, rodeados de artillería y de alambre de espino y comiendo alimentos empaquetados. Igual que lo había hecho Cristiano y los soldados con los que él había servido.

–Deberíamos haber regresado a la ciudad. Así no estaríamos aislados aquí con queso en spray y sin tener comunicación alguna con el mundo exterior.

–Da gracias porque estemos en un lugar seguro, *principessa*. Hay muchos en el mundo que no pueden decir lo mismo. Esto es lo mejor que pudimos hacer.

–No opino lo mismo. Estar aquí contigo es para mí una pesadilla.

–Bueno, se me ocurren mejores maneras de hacer

que pase el tiempo —comentó él porque sabía que esas palabras la molestarían.

—No creo que debamos gastar bromas sobre esta situación.

—¿Y qué te hace pensar que estoy bromeando?

Antonella se puso de pie y colocó las manos en las caderas.

—A ver si se te mete en la cabeza, Cristiano. No me voy a acostar contigo. Además, te agradecería mucho que te pusieras algo encima.

Cristiano se frotó el torso con la mano. Estaba disfrutando tremendamente con aquella situación. Más que el huracán al que se enfrentaban, lo que ponía nerviosa a Antonella era su desnudez. Sin duda, eso significaba que lo deseaba y que se sentía culpable porque así fuera.

Ciertamente conocía muy bien aquel sentimiento.

—¿Acaso te molesto así, *mia bella*?

Antonella se irguió aún más, como si fuera una monja que acabara de entrar en un club de striptease. ¿Por qué le excitaba aún más aquel pensamiento a Cristiano? Ella no era virgen. No era ingenua aunque fingiera serlo con tanta maestría. El contraste con la sensualidad de su cuerpo lo intrigaba. Lo excitaba. Seguramente ella ya lo había notado. Sólo llevaba una toalla puesta.

—No seas ridículo. No me afecta en absoluto ni de una manera ni de otra. Así que lo mejor sería que te pusieras algo de ropa.

Cristiano esbozó una sonrisa que expresaba desafío y triunfo a la vez.

—Creo que tienes razón.

Entonces, se quitó la toalla.

Capítulo 5

ANTONELLA se esforzó mucho para no gritar y darse la vuelta como si fuera una virgen asustada. No. Tenía que disimular. Conseguir que él pensara que tenía experiencia.

No obstante, Cristiano di Savaré era el primer hombre al que veía completamente desnudo. La visión la afectó de un modo bastante extraño. Se sintió mareada. Necesitaba sentarse antes de que las rodillas se le doblaran.

Se sentía muy acalorada. Se quedó boquiabierta, aunque rápidamente volvió a cerrar los labios.

Cristiano era... era... grande. Y, además, completamente desinhibido. La toalla estaba a sus pies, completamente olvidada. Los ojos le brillaban, desafiándola a reaccionar.

Todas las líneas de su cuerpo eran hermosas. Su piel era suave y dorada, aunque más clara desde un punto por encima de sus caderas hasta la parte alta de los muslos. Sin saber por qué, Antonella pensó que él debía pasar mucho tiempo al aire libre sin camisa.

Bajó los ojos hacia la parte inferior de su cuerpo, sin poderse creer lo que estaba viendo. Al mismo tiempo, le resultaba imposible apartar la mirada. El pene se levantaba sobre su cuerpo con orgullo. Antonella sabía lo suficiente sobre anatomía masculina como para saber lo que significaba un pene erecto. ¿Por qué? Eso era lo que no comprendía. ¿Cómo podía estar excitado? Habían estado discutiendo.

Se le ocurrió otro pensamiento aún más aterrador.
¿Acaso debía sentir miedo de él? Después de todo, estaban a solas en la casa. Era más grande que ella. Más
fuerte. Llevaba el odio hacia ella inscrito en la sangre,
lo mismo que le ocurría a Antonella con él. ¿Sería capaz de utilizar su fuerza y su tamaño contra ella para
quitarle a la fuerza lo que quería? Aunque gritara, nadie
acudiría en su ayuda.

Frenéticamente, trató de encontrar maneras en las
que podía defenderse si él la atacaba.

—¿Quieres ayudar? —le preguntó él. Su voz era un
sensual ronroneo. Lentamente, extendió la mano para
tomar la ropa que había dejado sobre la cama.

Antonella contuvo el aliento. No. No creía que fuera
a forzarla. Decidió darse la vuelta muy lentamente, para
tratar de evitar que Cristiano se diera cuenta de lo afec-
tada, o asustada, que se encontraba. No podía darle esa
clase de poder.

De algún modo, consiguió que las piernas le funcio-
naran. Regresó a su silla, se sentó y tomó la revista. Pensó
que sería mejor no tratar de pasar las páginas como antes
al ver cómo le temblaban las manos. Se colocó la revista
sobre el regazo y la abrió al azar para fingir que leía lo
que allí hubiera escrito.

Cristiano, por su parte, no había hecho movimiento
alguno. Seguía completamente desnudo, excitado. Antonella sintió que el miedo se veía reemplazado por el
calor y el dolor de su propio deseo. ¡Qué extraño! Jamás se había dado cuenta de que el deseo sexual pudiera doler. El pulso le latía en el pecho, en el cuello,
en las muñecas. Quería ir al cuarto de año y meterse en
el agua fría con la que había llenado la bañera. Tal vez
así conseguiría que desapareciera el calor.

—Me lo tomaré como un no —dijo Cristiano.

Las mejillas de Antonella ardían, pero eso no evitó

que volviera a sonrojarse de nuevo. Se había olvidado de que él había hablado con ella, que le había hecho una pregunta. Había estado tan distraída por el cuerpo de él, por sus propios pensamientos, que se había quedado en blanco.

¿Lo sabía él? ¿Debía preguntárselo o hacerse la distraída? Le pareció distinguir algo pálido en la periferia del ojo. Esperaba que fuera ropa. Le rogó a Dios que Cristiano se cubriera el cuerpo antes de que ella hiciera aún más el ridículo. Antes de que él se diera cuenta de que era la primera vez que veía a un hombre desnudo.

–Es una pena, Antonella –comentó él. El sonido de una cremallera estuvo a punto de provocar en Antonella un suspiro de alivio–. El tiempo pasaría tan agradablemente... Casi sin que te dieras cuenta, estaríamos a punto de marcharnos de nuevo.

–Claro que sí –replicó ella, obligándose a responder. Sin levantar la mirada, por supuesto–. Nos marcharíamos y tú no perderías tiempo alguno en informar a todo el mundo que te habías acostado conmigo.

–Yo no soy de esa clase de hombres, *principessa*.

–Por supuesto que no –replicó ella con incredulidad.

Antonella centró por fin en él la mirada. Llevaba otro par de pantalones cortos y una camiseta azul marino que se moldeaba perfectamente a su torso y abdomen. Él estaba vestido, pero a pesar de todo el pulso de Antonella latía tan rápidamente como si fuera un tren expreso.

–Sin embargo, si yo quisiera afirmar que hemos sido amantes, ¿qué podría impedírmelo?

–Tú no lo harías. Además, yo lo negaría.

Cristiano se echó a reír.

–¿Y quién te creería, *bellísima*? Ya tienes una cierta reputación, ¿sabes?

Antonella volvió a sonrojarse. Sí, tenía una reputación que se había ganado con las mentiras de los hombres, tal y como Cristiano amenazaba con hacer. Pasó una página de la revista. Se sentía furiosa.

–Tal vez se lo creerían cuando yo afirmara que no eres tan buen amante como parece indicar *tu* reputación. Yo podría decir que eres un amante egoísta y muy *rápido*.

Cristiano se echó a reír con más fuerza en aquella ocasión.

–Puedes intentarlo si quieres.

Antonella cerró la revista con un gesto de irritación.

–Esto es ridículo, Cristiano. Podríamos estar sumidos en un peligro real y, sin embargo, lo único que te preocupa es insultarme y hacer bromas.

–¿Sabes lo que pienso? –preguntó él, muy serio.

–No, pero sé que me lo vas a decir.

Cristiano se acercó al lugar en el que ella estaba sentada. Entonces, le quitó la revista de las manos. La miró y se la volvió a dar.

–Creo que me deseas. Y mucho, Antonella.

–Te estás engañando –mintió ella.

–¿Sí? –replicó él. Se puso de pie y se apartó sin esperar a que ella respondiera.

Antonella observó como él salía del dormitorio. Entonces, se miró las manos y se dio cuenta de que él le había dado la vuelta a la revista para que pudiera leerla. Ella había estado mirándola al revés desde el principio.

Cuando Cristiano regresó un rato después, ella había conseguido tranquilizarse un poco. Había probado a leer un libro, pero la electricidad había fallado y la había dejado en la oscuridad. Había tratado de encender la vela que tenía en una mesa cercana, pero se le había caído de las manos.

Antes de que pudiera ponerse a buscarla, llegó Cristiano. Con la ayuda de una linterna, tomó una vela y la encendió. Luego apagó la linterna. Un segundo más tarde estaba tumbado en la cama, con las manos detrás de la cabeza. Aquella postura moldeaba su torso y le abultaba los músculos de los brazos. Le daba un aspecto delicioso y muy sexy.

Antonella se cruzó de brazos con gesto protector y centró su atención en la vela para no mirarlo.

—Si seguimos ignorándonos el uno al otro, va a ser una noche muy larga.

—Ya ha sido un día muy largo. Interminable —replicó ella, mirándolo por fin.

—Sí. Háblame de Monteverde —dijo él de repente. Antonella se quedó boquiabierta.

—¿Por qué?

—Porque estamos a solas. La noche es muy larga y es un buen tema.

—¿Y por qué no me hablas tú sobre Monterosso?

—Si lo deseas...

Durante veinte minutos, Cristiano le describió su país. Montañas verdes, oscuros acantilados, el azul del mar. Ella lo escuchó atentamente, asintiendo de vez en cuando, cuando se daba cuenta de lo mucho que Monterosso parecía asemejarse a Monteverde. Se imaginaba perfectamente todo lo que él describía, tanto que sentía como si estuviera a su lado viendo las mismas cosas.

—Es sorprendente.

—Yo también lo creo —afirmó él.

—No. Me refería al hecho de que se parece mucho a Monteverde.

—¿Y te sorprende? Una vez fueron un único país.

—Y así desearías tú que volviera a ser.

—¿Acaso he dicho yo eso?

—No tienes que hacerlo. Es lo que tu pueblo lleva queriendo muchos años.

—¿Es ésa una opinión propia o la que te han inculcado tu padre y tu hermano?

—Si no es lo que Monterosso desea, ¿por qué tenemos que defender nuestra frontera? ¿Por qué están allí vuestros tanques y tu artillería? ¿Vuestros soldados?

—Porque los vuestros están allí.

—Entonces, ¿por qué no se dan la vuelta los dos ejércitos y se marchan a sus casas?

—Porque no confiamos los unos en los otros, Antonella.

Ella se sentó más erguida en la silla.

—Pero podríamos firmar un tratado, cooperar...

Cristiano soltó una carcajada.

—¿Y crees que eso no se ha intentado ya?

—Desde que mi hermano es rey, no. Sólo tenemos el alto al fuego...

—¿Y cómo podría eso cambiar la situación? Tu hermano es un Romanelli...

—¿Y qué quieres decir con eso? ¿Que no es de fiar? ¿Que no somos tan buenos como los Di Savaré?

—Significa que ni vuestra palabra ni vuestros tratados han sido suficientes hasta ahora.¿Por qué íbamos a creer que tu hermano es diferente de tu padre?

Antonella deseaba decirle por qué, pero no podía. Era una situación inexplicable y muy íntima. Lo que Dante y ella habían tenido que soportar no convencería a Cristiano. Además, él podría pensar que Dante era como su padre.

—Simplemente lo es.

—Sí, claro. Con eso basta para convencerme de la sinceridad de Monteverde.

—Aún tenéis que demostrar que vosotros sois mejores. Podríais dar la vuelta a vuestros tanques, retirar los soldados...

—¿Y permitiros que bombardearais a civiles inocentes? —replicó él lleno de ira.

—Nosotros no utilizamos bombas contra la población civil. Sólo nos defendemos contra la hostilidad de los monterossanos.

Cristiano soltó una carcajada llena de amargura.

—En eso te equivocas...

—No te creo...

El corazón le latía a toda velocidad. ¿Podría ser cierto? Su padre había sido más que capaz de ordenar tamaña crueldad. Recordó la mascota de Dante...

—Te aseguro que es cierto —afirmó él.

—¿Y cómo lo sabes? ¿Cómo puedes demostrarlo?

—No tengo que demostrarlo. Llevo los resultados en mi corazón y así será para el resto de los días de mi vida.

—¿Fuiste... herido? —preguntó. No había visto cicatriz alguna. ¿Significaría eso que había perdido a alguien?

—Mi esposa, *principessa*. Murió en una misión humanitaria en la frontera. Una bomba estalló al paso del camión en el que iba.

—Lo siento —susurró, con sincera aflicción. Se había enterado de que su esposa había fallecido poco después del matrimonio, pero no de cómo había muerto. Tan sólo llevaba unos pocos meses disfrutando de la verdadera libertad de información. Antes de eso, su padre controlaba cuidadosamente las noticias que a ella le llegaban.

Una bomba. Horrible. Pobre mujer. Pobre Cristiano...

—Claro —replicó él con indiferencia.

—Te aseguro que lo siento, Cristiano. Yo también he perdido a seres queridos.

–¿De verdad? –repuso él. Su voz era fría como el hielo–. Sin embargo, siempre has conseguido encontrar a alguien que reemplace a los que se van.

Aquellas palabras dolieron a Antonella. Cristiano la consideraba un monstruo, la clase de mujer que no siente nada por nadie nada más que por sí misma. Lo que no lograba entender era por qué le afectaba tanto que pensara así.

A pesar de todo, decidió que no iba a llorar. No le daría esa satisfacción. Su opinión no significaría nada para él.

Se levantó. Estaba demasiado cansada para seguir soportando aquella clase de maltrato. Había aprendido que el maltrato psicológico permanecía con una persona para siempre. Había aprendido aquella lección hacía mucho tiempo. La chinchilla de Dante había sido el primer ejemplo. No iba soportarlo más. Nunca más.

–¿Adónde vas? –le preguntó él al ver que salía por la puerta del dormitorio.

Antonella se dio la vuelta y, con la cabeza bien alta, pudo controlar las lágrimas.

–No importa donde me quede, ¿verdad, Cristiano? Para mí, hay peligro en todas las habitaciones de esta casa. Por lo tanto, me marcho a otra durante un rato.

Cristiano bajó la cabeza y se concentró en respirar. No debería haberle hablado a Antonella de la muerte de Julianne, pero no se había podido contener al escuchar cómo ella acusaba a Monterosso de prolongar las hostilidades. Tenía que ir tras ella. No podía dejar que anduviera por la casa. La tormenta se estaba intensificando. Se podía caer un árbol. Romperse una ventana. La muerte permanecía al acecho sobre la estructura como una serpiente que simplemente esperaba la oportunidad de atacar.

No podía dejar que eso ocurriera. Si quería acabar con la violencia entre sus dos países, la necesitaba.

No.

Reclinó la cabeza sobre la cama y suspiró. Era más que eso. Aunque no confiara ni sintiera mucha simpatía hacia Antonella, era una persona y no se merecía morir. Sólo había querido averiguar un poco más sobre ella. Tendría que haberse imaginado que la conversación terminaría de aquel modo. ¿Era posible que un ciudadano de Monteverde y uno de Monterosso pudieran estar juntos sin pelear sobre los problemas existentes entre sus dos países? Si fuera posible, tal vez habría una oportunidad para la paz. Si así quería que fuera, tendría que controlar sus sentimientos y tendría que comportarse con Antonella como un hombre racional, no como un león herido.

Se levantó de la cama y tomó la linterna. Entonces, salió por la puerta. En el exterior, el viento aullaba y gemía. Las ramas de los árboles arañaban el tejado con un siniestro sonido, como el de las uñas cuando arañan una pizarra. Las paredes gruñían y crujían.

—¡Antonella!

Ella no contestó. La buscó en el salón, en la cocina. Notó que la temperatura de la casa estaba empezando a subir. Muy pronto, tendrían que abrir una ventana. Necesitarían aire fresco.

—¡Antonella!

Entró en el primer dormitorio. Nada. El segundo también estaba vacío. La encontró en el tercero. Estaba tumbada en la cama, abrazada desesperadamente a una almohada. Aquella imagen provocó un profundo arrepentimiento en el pecho de Cristiano.

Parecía una niña, asustada y vulnerable. Su instinto

de protección entró en acción. Tenía que recordar quién era ella. Lo que era. Llevaban allí unas pocas horas y ya se estaba reblandeciendo.

—Antonella...

—Vete.

—Aquí no estás segura. Tenemos que regresar a la habitación principal.

—Ahí tampoco estoy segura —replicó ella sentándose en la cama—. Prefiero estar aquí.

—No seas tonta. Vamos.

Cristiano dio un paso al frente, pero ella se acurrucó contra el cabecero. Dobló las rodillas hacia el cuerpo, como si así quisiera protegerse más de él.

—No va a servir de nada, *principessa* —comentó con exasperación. Su instinto le decía que la sacara de allí inmediatamente, por mucho que ella se opusiera—. Soy más grande y más fuerte que tú. Podré contigo.

Antonella abrió los ojos de par en par cuando él hizo ademán de agarrarla. Justo en aquel momento, se produjo un fuerte ruido en el exterior. El viento parecía aullar aún más fuerte.

Cristiano le agarró un pie y tiró de ella. Antonella comenzó a gritar. Cuando él la tomó entre sus brazos, se retorció como si fuera una gata.

—¡No!

—Deja de oponerte. Tenemos que salir de aquí —le dijo Cristiano, tras agarrarla de los hombros y zarandearla para que lo comprendiera.

Sin embargo, ella no parecía escuchar nada. Se giró de nuevo y cayó encima de la cama cuando él no tuvo más remedio que soltarla. Cristiano se abalanzó sobre ella para agarrarla de nuevo. No le gustaban en absoluto los ruidos que estaba escuchando sobre sus cabezas.

—Tenemos que marcharnos. Ahora mismo.

En vez de cooperar, ella se encogió y se cubrió la cabeza, como si Cristiano fuera a pegarla. Aquella imagen hizo que él se detuviera durante un instante. Nunca había pegado a una mujer en toda su vida. Jamás se había asustado una mujer de él de aquella manera, como si fuera a hacerlo. ¿De verdad había creído que...?

¿Por qué?

Un fuerte crujido hizo que Cristiano levantara la cabeza hacia el techo. Un instante más tarde, el tejado se abrió. Las tejas y la madera comenzaron a caer a través de la grieta. No quedaba tiempo.

La adrenalina y el instinto lo hicieron reaccionar. Cristiano agarró a Antonella y la sacó de la cama. Sólo tuvo tiempo de protegerla con su cuerpo antes de que la pared se abriera bajo el peso del árbol como si fuera una cremallera.

Capítulo 6

CUANDO Antonella recuperó el conocimiento, lo primero que notó fue el peso que la aprisionaba contra el suelo. Casi no podía respirar. Lo segundo fue el fuerte olor a lluvia y a madera mojada. Las ráfagas de viento azotaban con fuerza su cuerpo, enfriándola especialmente donde tenía el vestido mojado. Trató de apartar el peso, pero notó que éste se movía. De repente, se encontró contemplando el rostro de Cristiano.

El corazón le dio un vuelco al ver que él tenía sangre cayéndole por la mejilla.

–¿No estás herida? –le preguntó él antes de que Antonella consiguiera hablar.

–Yo... no lo creo, pero no puedo respirar.

Cristiano se echó a un lado para que ella pudiera respirar más profundamente.

–¿Qué ha ocurrido?

Cristiano levantó la mirada. Antonella hizo lo mismo y se quedó atónita al darse cuenta de lo que veía. Una parte del tejado había desaparecido. Y la pared. Sin embargo, eso no era lo más sorprendente de todo, sino el hecho de poder contemplar el lluvioso cielo a través de las ramas de un árbol. La mayor parte de éste había caído sobre la cama y las retorcidas ramas se extendían en todas direcciones.

Oh, Dios...

Si él no la hubiera sacado de la cama a tiempo... El

colchón había impedido que el árbol cayera al suelo y que los aplastara a ambos bajo el peso de sus ramas. A pesar de todo, tendrían que salir de allí arrastrándose.

Antonella tocó el rostro de Cristiano y trató de ignorar las sensaciones que la recorrían por aquel simple contacto.

—Estás sangrando...

Él se pasó la mano por el rostro.

—No es nada grave. Sólo un arañazo.

—Pues hay mucha sangre.

—No es nada.

Antonella trató de dejar de temblar. Si estuviera malherido, seguramente él lo sabría. Había servido en el ejército, por lo que debía de tener experiencia con aquella clase de cosas. No le quedaba más remedio que confiar en él.

Cristiano se levantó la camiseta y se limpió el rostro con ella.

—Tendremos que salir de aquí a gatas. ¿Podrás hacerlo?

—Sí.

—Nos va a costar salir. No te separes de mí.

Aunque Cristiano se movía con cuidado, Antonella se arañó los brazos y las piernas más veces de las que pudo contar. Las astillas, las tejas y los ladrillos de la pared estaban por todas partes, lo que hacía que el proceso resultara lento y doloroso.

Trató de no gritar de dolor. Sabía que no iba a servir de nada. Debía concentrarse en salir de debajo de aquel árbol antes de que la tormenta empeorara. El viento los golpeaba con fuerza y la lluvia los empapaba por completo, helándoles la piel.

Afortunadamente, aún quedaba algo de luz en el exterior. Si hubiera sido completamente de noche, no habrían podido salir de allí. La linterna de Cristiano, que era la única luz que tenían, había quedado perdida entre los cascotes, seguramente durante la pelea que tuvo con ella.

Todo había sido culpa suya. Habían estado a punto de morir por ella.

A su alrededor, la madera crujía horriblemente. Las ramas arañaban su delicada piel. Después de lo que pareció una eternidad, Cristiano se volvió para mirarla. Antonella se dio cuenta de que habían logrado salir y que él le estaba levantando las últimas ramas.

Ella salió por debajo y vio que Cristiano le estaba ofreciendo una mano para que se levantara. Al incorporarse, sintió un fuerte dolor por haber estado tanto tiempo arrastrándose sobre el suelo, pero siguió sin gritar. Hacía mucho tiempo que había aprendido a no demostrar dolor alguno. El dolor significaba vulnerabilidad y, en su experiencia, vulnerabilidad para un hombre era como ofrecerle sangre a un tiburón.

—Agárrate a mi camiseta —le ordenó él.

Antonella hizo lo que él le había pedido y siguieron moviéndose. Instantes más tarde, llegaron al dormitorio principal. Comparado con el lugar en el que acababan de estar, aquello era un remanso de paz. Las blancas sábanas relucían a la luz de la vela. Antonella quería tumbarse en ella, quedarse dormida y rezar para que aquello fuera sólo una pesadilla y que, a la mañana siguiente, cuando se despertara, estuviera en su habitación de su casa de Monteverde. Dante e Isabel se reirían cuando les contara su extraño sueño durante el desayuno.

—Ven al cuarto de baño —dijo Cristiano. Portaba en la mano el botiquín que había llevado a la habitación cuando recogieron todo lo necesario—. Tenemos que limpiarnos estos cortes.

Por primera vez, Antonella se dio cuenta de que él

también tenía arañazos por todas partes. Sin embargo, cuando él se volvió, tuvo que ahogar un grito.

–¡Tu espalda, Cristiano!

Tenía la camiseta rasgada. Una herida recorría la espalda de un lado al otro de sus anchos hombros. Él la miró.

–Lo sé. Tendrás que curármela.

En el cuarto de baño, la luz que entraba por las tres ventanas del techo proporcionaba la luz suficiente para que no necesitaran vela. Cristiano tomó una toalla de una estantería y la mojó en el agua que había en el lavabo. Después, la retorció y se la entregó a ella.

–Limpia la sangre y la suciedad –dijo. Entonces, tomó otra toalla para sí mismo. Se quitó la camiseta mientras ella se limpiaba brazos y piernas.

Varios de los cortes volvieron a sangrar, por lo que Antonella presionó con fuerza la toalla sobre ellos para detener la hemorragia. Por suerte, ninguno de los cortes era muy profundo, aunque le saldrían hematomas en los lugares que se había golpeado cuando Cristiano la empujó contra el suelo.

–Cuando hayas terminado, ponte esto por encima –dijo él mientras le daba un frasco de antiséptico–. Te escocerá un poco.

–Me he cortado antes. Sobreviviré a las escoceduras.

Mientras ella se aplicaba el spray antiséptico sobre los cortes, Cristiano preparó unas vendas. Ella tenía tres cortes que necesitaban cubrirse.

–Puedo hacerlo sola –afirmó ella cuando vio que Cristiano se disponía a ayudarla.

Estaba tan cerca... Su torso desnudo relucía de sangre y sudor. Tenía el cabello mojado y una mancha de tierra encima del ojo derecho, que no se había logrado limpiar con la sangre. Sin embargo, incluso sucio y desarrapado, le aceleraba los latidos del corazón.

Cristiano no dijo nada. Simplemente le entregó la venda y dejó que se curara ella sola. Después de que cubriera las heridas de rodillas y brazos, se incorporó. Cuando lo miró, vio que Cristiano la estaba observando con una extraña expresión en el rostro.

De hecho, no resultaba tan extraña. Cuando ella se inclinó para vendarse las rodillas, había podido contemplarla a placer a través del escote abierto del vestido. El frío que había atenazado hasta entonces el cuerpo de Antonella se transformó en una lánguida calidez.

Los ojos de Cristiano se nublaron durante un instante. Cuando la tomó entre sus brazos, ella pensó que el corazón se le iba a detener. ¿Iría a besarla? ¿Y ella? ¿Se lo permitiría?

Los dedos de él le rozaron la oreja cuando le colocó un mechón detrás. Un escalofrío le recorrió el cuerpo.

—¿Por qué has creído que te iba a pegar, Antonella? —le dijo él suavemente.

Antonella se tensó. Trató de disimular, pero se dio cuenta de que Cristiano lo había notado. No quería que él viera lo cerca que estaba de la verdad, lo mucho que la turbaba que él supiera algo tan íntimo y personal sobre ella. ¿Cuántas veces iba a desmoronarse delante del hombre al que debía odiar?

—Lo siento —respondió por fin—. Simplemente estoy un poco estresada. He tenido una reacción exagerada.

Sin embargo, Cristiano no iba a ceder.

—¿Te pegó uno de tus amantes? ¿Por eso pensaste que yo iba a hacer lo mismo?

—¡Por supuesto que no!

Le avergonzaba pensar cómo había reaccionado. Habitualmente, era una mujer que se controlaba siempre perfectamente. Sin embargo, el problema era que Cristiano había estado muy cerca de la verdad.

Decidió cambiar de tema. No soportaba el escrutinio

de su mirada ni el hecho de que él amenazara con desvelar sus más íntimos secretos. Se estaba empezando a cansar de estar siempre en estado de alerta y también le preocupaba el hecho de que pudiera empezar a revelarle secretos demasiado íntimos si Cristiano seguía mostrándose tan compasivo con ella o, al menos, fingiendo que así era.

No obstante, no podía olvidar que le había salvado la vida. ¿Por qué lo habría hecho? No lo sabía, pero odiaba los sentimientos de culpabilidad y gratitud que se estaban produciendo en ella por esa causa.

Rezó para que él no insistiera más ni pidiera respuestas que no podía darle. Antonella estaba segura de que no podría soportarlo.

—Tienes que darte la vuelta y dejar que te vea la espalda.

En silencio, Cristiano le entregó otra toalla y se volvió. Antonella sintió un profundo alivio, aunque no le duró mucho tiempo. En cuanto le vio la espalda, sintió una profunda angustia. La sangre manaba de una larga y profunda herida que iba de un omoplato al otro. Limpió rápidamente la sangre y el sudor, pero tuvo que ponerse de puntillas para inspeccionar mejor el corte. Con mucho cuidado, apretó la toalla y limpió bien la zona. La sangre volvió a manar abundantemente.

—Creo que tendremos que vendarla.

—Lo sospechaba.

—¿Te duele?

—Mucho.

—Lo siento mucho, Cristiano —dijo ella. Le había sorprendido que él admitiera su dolor.

—He pasado cosas peores, *principessa*.

—No. Me refería al hecho de haber sido la causante de esto.

—No es culpa tuya que se cayera un árbol.

—Pero si yo me hubiera quedado contigo en la otra habitación...

—No importa, Antonella. Ocurrió. Ya no podemos hacer nada al respecto.

—¿Eres siempre tan estoico?

—No siempre lo he sido, no.

Antonella no preguntó a qué se refería. No tenía que hacerlo. Había perdido a su esposa. Esa clase de dolor era mucho peor que cualquier otro. De hecho, se preguntaba si se podría curar alguna vez ¿Podría volver a amar alguna vez a otra mujer?

—Creo que ya está. Ahora tengo que poner el antiséptico.

—Adelante.

—¿Listo? —preguntó Antonella tras tomar el frasco.

—Sí.

Ella pulverizó el líquido sobre la herida. Cristiano no emitió ni un solo sonido, aunque apretó los puños con fuerza.

—Creo que ya está.

Cristiano rebuscó en el botiquín y sacó una venda.

—Ahora, tienes que vendarla con fuerza.

Antonella tomó la venda y comenzó a colocársela. Cuando terminó, él se dio la vuelta. Con la venda por encima del pecho, parecía más humano y vulnerable que antes. ¿Dónde estaba en arrogante príncipe de la noche anterior? Sin duda, seguía allí. Sin duda, Antonella tendría que seguir en guardia. Las apariencias eran engañosas. Ella lo sabía mejor que nadie.

—¿Te encuentras bien? —le preguntó Cristiano.

—¿Y por qué no iba a estarlo? —respondió ella.

Él se encogió de hombros.

—Ha sido una tarde bastante dramática. Estoy seguro de que no estás acostumbrada a vendar heridas, *principessa*.

—A lo mejor te equivocas.

—¿Acaso trabajaste de voluntaria en el hospital?

Antonella bajó la mirada y comenzó a recoger todo lo que había en el lavabo.

—No. Olvida lo que he dicho.

De repente, Cristiano le agarró la muñeca. Entonces, deslizó la mano sobre el brazo de ella.

—Eres una mujer interesante.

—No.

—Yo creo que sí. Eres una princesa. Una Romanelli y, aunque estoy seguro de que estás algo mimada, existe otro lado tuyo. Un lado bastante turbador.

Antonella se soltó de él.

—No hay nada turbador en mi persona, Cristiano. Soy una princesa mimada, tal y como tú has dicho. He vivido la vida, tal y como tú dijiste. He visto mundo. He visto cosas.

—¿Dónde? ¿Cuándo? Tal vez uno de tus amantes amenazó con arrojarse por un acantilado cuando amenazaste con abandonarlo.

—Sí, eso fue —replicó ella, tan despreocupadamente como le fue posible.

Antes de que pudiera reaccionar, Cristiano la acorraló contra el lavabo del cuarto de baño. Colocó una mano a cada lado de su cuerpo, aprisionándola así. La presión de su cuerpo fue más que suficiente para volverla loca de necesidad.

—Siento la necesidad de saber lo que podría hacer que un hombre se volviera tan loco —susurró—. ¿Me lo vas a mostrar, Antonella?

—Yo... yo no creo que...

A pesar de que una voz interior le decía que no permitiera aquello bajo ninguna circunstancia, cerró los ojos. Sintió como los labios de Cristiano acariciaban los suyos. El contacto la sorprendió tan profundamente que contuvo la respiración. Él tomó el hecho de que ella abriera la boca como una invitación.

Aquella vez, Antonella estaba preparada para sentir la lengua de él contra la suya, pero las sensaciones resultaron tan desconcertantes como la noche del yate. No fue consciente de que sus brazos se movieran, pero, de repente, los encontró alrededor del cuello de Cristiano. Su aroma era tan masculino, tan delicioso, a hombre, a sudor, a sangre y a especias. La combinación resultaba muy excitante.

Aquel beso condujo a la zona de peligro mucho más rápidamente de lo que pudiera haber esperado. La boca de Cristiano la devoraba, pero, sorprendentemente, la de ella no se quedaba atrás. ¿Se debería al hecho de que habían sobrevivido a la muerte?

No estaba segura ni le importaba. La boca de Cristiano era mágica. Aquel beso era el centro de su mundo en aquel instante. Si lo soltaba, temía perderse en el espacio.

Por eso, lo abrazó con fuerza e inclinó la cabeza para tener mejor acceso. Un gemido se le escapó de los labios cuando las palmas de las manos de él le acariciaron los costados y le rozaron suavemente la curva de los senos. ¿Iba a tocarla? Una parte de su ser lo deseaba, lo suplicaba, pero la otra parte le recordaba que tenía que detener aquello inmediatamente.

No podía perder su virginidad con el príncipe de Monterosso. Era impensable. La humillación de haberse entregado a un hombre que la odiaba de aquella manera sería devastadora.

De repente, Cristiano le agarró las caderas y la levantó sobre el lavabo sin romper el beso. Tenía las manos cálidas y suaves cuando se las colocó sobre las rodillas para separárselas. A continuación, se las deslizó por los muslos para levantarle el vestido. Cuando sus cuerpos se unieron en sus partes más íntimas, el temblor que le recorrió el cuerpo se vio reflejado en el cuerpo de él. Lo único que los separaba era una fina tela.

Se acumulaban tantas sensaciones... La firme columna de su entrepierna se erguía contra la dulzura de la de ella. Las chispas del deseo saltaban entre ellos. La deliciosa presión que iba creciendo dentro de ella demandaba un alivio inmediato.

Además, sentía la necesidad de saber qué ocurría a continuación. Ansiaba experimentar la gloriosa unión de la que tanto había oído hablar. Sentirla con aquel hombre en particular.

El beso no había parado ni siquiera durante un momento. En realidad, se había intensificado.

Entonces, notó las manos de Cristiano sobre la piel desnuda. Los pulgares rozaban el interior de sus muslos y llegaban al borde del elástico de sus braguitas. En cualquier momento, él sobrepasaría la barrera de seda y encaje y sus dedos la tocarían donde nadie la había tocado antes.

Ese hecho la asustaba. Iban demasiado deprisa. No podía tener relaciones sexuales con Cristiano y, mucho menos, sobre el lavabo de un cuarto de baño. Siempre había deseado averiguar qué se sentía, saber si el sexo era tan increíble como decían las novelas que ella había leído o como contaban otras mujeres. Jamás lo había deseado tanto hasta aquel instante.

Sin embargo, estaba completamente fuera de lugar. Tenía que detenerlo antes de que fuera demasiado tarde.

—Cristiano, no... —susurró, justo en el instante en el que el pulgar sobrepasaba la barrera de la braguitas y le rozaba sus partes más íntimas—. Por favor, detente...

Por fin pareció escucharla. Dio un paso atrás, con la confusión claramente reflejada en sus hermosos rasgos.

—No puedo... No puedo.

Las frustración se apoderó de él y, sorprendentemente, la resignación. ¿Cuántos hombres habían tratado de convencerla para que los permitiera llevársela a la cama sin conseguirlo? Sin protestar, se apartó de ella, retirando la deliciosa presión del cuerpo de Antonella. Ella estuvo a punto de llorar por aquella pérdida. Sin embargo, se sintió aliviada. Estaba mal desearlo. Era inútil.

–Porque soy de Monterosso, por supuesto.

–No, no. No es por eso.

–Entonces, ¿por qué, Antonella? Sé cuando una mujer me desea y tú me deseas tanto como yo a ti. Que Dios me ayude.

Aquellas palabras le llegaron al corazón. Se bajó del lavabo y se colocó el vestido.

–Tal vez ésa sea la razón, Cristiano.

–¿Me rechazas porque me deseas?

–No. Porque me desprecias y te desprecias a ti mismo por desearme.

–Soy un hombre. No me odio por desear a una mujer hermosa.

Ella tragó saliva para aliviar el nudo que se le había hecho en la garganta.

–Tal vez no, pero me odias a mí. Soy de Monteverde. Y Monteverde mató a tu esposa.

«Monteverde mató a tu esposa».

Cristiano la miró fijamente. Tras pronunciar aquellas palabras, Antonella se había dado la vuelta y había salido corriendo.

Había una cierta verdad en ellas. Casi verdad. Un ataque enemigo había sido la causa real, pero había sido él quien había matado a su esposa. La había matado casándose con ella. Si hubiera sido sincero con Julianne sobre sus sentimientos, sobre su historia, sobre su deber con el trono y sobre el profundo conflicto que existía entre Monteverde y Monterosso, ¿se habría arriesgado ella?

No le gustaría tener que responder aquella pregunta, una pregunta que lo atormentaba y que lo empujaba al mismo tiempo.

Como si ya las cosas no fueran lo bastante complicadas, Antonella añadía un poco más. Cristiano no había esperado que ella reconociera el tormento en el que se encontraba. Ella no era lo que había esperado. A pesar de sus esfuerzos por creer lo contrario, la imagen que tenía de ella estaba adquiriendo nuevos parámetros.

Y no le gustaba. Se sentía furioso consigo mismo. Y con ella.

Antonella despertaba sentimientos en él de un modo que no le gustaba. Por supuesto, eran en parte sexuales. Ella era una mujer muy hermosa y con una cierta inocencia que él encontraba absolutamente arrebatadora. No era de extrañar que los hombres se volvieran locos por ella.

Además, Antonella se había mostrado muy asustada de él cuando trató de sacarla del dormitorio. Aquellas reacciones sólo podían atribuirse a un trauma en su vida.

¿Qué había pasado? ¿Quién le había hecho daño?

¿O acaso estaba fingiendo? ¿Había alguien capaz de alcanzar aquel nivel de mentira? Si era así, había estado a punto de conseguir que los dos resultaran muertos.

Desgraciadamente, no sabía cuál era la verdad. Lo que tenía que hacer era apartar todas las dudas e incluso la atracción sexual que había entre ellos para que no pudiera afectarle. No necesitaba conocer a Antonella ni comprender por qué se mostraba en ciertas ocasiones tan aterrorizada, tan vulnerable.

Nada la excusaba de los delitos que había cometido

su familia ni del modo despótico en el que gobernaban su nación. Nada de eso la hacía buena. Antonella era demasiado inteligente para ser un mero peón. Eso significaba que tenía que saber las cosas que les ocurrían a los que se atrevían a oponerse al régimen de los Romanelli. Periodistas, ingenieros, científicos, profesores... Todos los que se habían atrevido a levantar la voz durante el reinado de su padre habían sido silenciados. Algunos habían huido del país, otros estaban en la cárcel y no se había vuelto a tener noticias de ellos.

Cristiano no tenía ninguna duda de que seguía ocurriendo lo mismo. ¿Qué incentivo tenía el rey Dante para permitir que su pueblo fuera libre? Había derrocado a su propio padre, pero la dictadura militar continuaba. No había retirado las tropas de la frontera ni había hecho nada aparte del alto al fuego para certificar la paz.

Si Cristiano fracasaba en su misión, todo sería más de lo mismo. Más bombas, más armas, más tanques, más vidas perdidas.

Cristiano recogió las toallas sucias en una cesta y guardó todo en el botiquín. Cuando se volvió para marcharse, su imagen en el espejo lo obligó a detenerse. Tenía un aspecto frío, cruel.

Exactamente lo que necesitaba ser.

Capítulo 7

ANTONELLA sacó un vestido de punto de una de sus maletas. Era de color verde jade, lo que le hizo fruncir el ceño. Sabía que era suave y cómodo, pero resultaba demasiado elegante para un huracán.

Desgraciadamente, era la prenda más informal que tenía. Se dirigió al vestidor y echó el pestillo de la puerta antes de quitarse el vestido húmedo y rasgado. Tras ponerse el limpio, abrió la puerta que llevaba al dormitorio. Metió el que se había quitado en la maleta y sacó un peine. Tenía el cabello lleno de nudos. Se lo había recogido con una coleta, pero no le había servido de nada con los fuertes vientos que había tenido que soportar mientras salían de debajo del árbol.

Dios...

Se dio cuenta de que la mano le estaba temblando. Habían estado a punto de morir. Era un milagro que hubieran salido con vida. Ciertamente, ese hecho podría servir de excusa para el beso que había compartido con Cristiano.

Nunca.

Ocurriera lo que ocurriera, él era Cristiano di Savaré, príncipe de Monterosso. No era, ni lo sería nunca, un caballero andante. Seguramente, si no estuvieran allí atrapados, él no le resultaría tan atractivo. Como tampoco si él no fuera el único hombre del planeta a quien no debía desear.

Era su naturaleza perversa. Su lado oscuro, el que gozaba creando problemas. ¿Acaso no era culpa suya que su padre se enojara con ella?

Dante siempre le decía que no lo era, pero ella sabía que era la única culpable. Siempre que recordaba un episodio con su padre, había algo que ella había hecho antes para que se pusiera violento. La última vez fue el día en el que él arrestó a la princesa de Montebianco. Antonella se había atrevido a decirle que ella no tenía intención de asistir a un acto oficial aquella noche. No había querido sentirse humillada cuando Nico Cavelli apareciera con su esposa. No había querido ver a Lily Cavelli, verse obligada a hablar con ella cuando se había desmoronado delante de ella en un salón de belleza parisino tan sólo un par de semanas antes. Su padre se había enfurecido cuando Nico rompió el compromiso con ella y se casó con Lily. Antonella había creído, equivocadamente, que su padre comprendería por qué no quería estar presente aquella noche.

No había sido así. Cuando le abofeteó el rostro y le dijo que estaría presente en el acto, vestida para impresionar a todos. Entonces, había amenazado a Bruno si ella se atrevía a desafiarlo. Bruno, su dulce perrito que tanto la quería.

Por supuesto, ella había acudido a la fiesta a pesar de los hematomas que tenía en la mejilla y bajo el ojo.

Había resultado ser una de las mejores cosas que había hecho en toda su vida, porque había conocido a Lily. En los meses siguientes, se había hecho amiga íntima de la otra princesa. Aparte de Dante, Lily Cavelli era su única amiga en el mundo.

¡Daría cualquier cosa por hablar con Lily en aquel momento! Debería haber convencido a Dante para que fuera a Montebianco en primer lugar antes de acudir a Vega. Sin embargo, Dante era orgulloso y testarudo y quería salvar a su país con su propio sudor. Había creído que era posible y Antonella se había dejado convencer.

Oyó que la puerta del cuarto de baño se abría, pero no levantó la mirada. Los latidos del corazón se le aceleraron. Estaba empezando a acostumbrarse, aunque no le gustaba el hecho de no poder controlar las reacciones que tenía hacia Cristiano.

De reojo, vio que él salía por la puerta. Seguía sin camisa. Él se dirigió hacia la puerta del dormitorio y la abrió. El viento entró soplando en el interior y amagó con apagar la vela. Cristiano volvió a cerrar la puerta. Afortunadamente, la vela volvió a cobrar vida.

—¿Está mal la situación?

—El viento está haciendo que entre mucha lluvia en la casa. Creo que se intensificará en las próximas horas —dijo, mientras sacaba una camiseta de la maleta y se la ponía.

—La puerta no va a aguantar, ¿verdad?

—No. Probablemente, no.

—¿No deberíamos meternos en el cuarto de baño o en el vestidor? Al menos, así habrá otra puerta entre nosotros y la tormenta.

—Sí. El vestidor sería mejor. Es una habitación interior y no hay ventanas que pudieran romperse en medio de la noche.

No tardaron mucho en recoger sus escasas pertenencias y lo que habían reunido en la casa. Antonella trató de no pensar en cómo se sentiría al verse confinada en un espacio tan pequeño con Cristiano durante las siguientes horas. Sabía que lo conseguiría. Simplemente, tenía que recordarse que podía ser aún peor.

Cuando estuvieron en el interior de la pequeña habitación, Cristiano volvió a salir para regresar con mantas y almohadas de la cama. Antonella aceptó agradecida una almohada y, tras ponérsela detrás de la cabeza, se apoyó contra la pared. Estaba muy cansada, pero no quería quedarse dormida aún. Se sentía todavía demasiado excitada.

Ese beso... Por mucho que se esforzara en apartar los sentimientos, las imágenes, no hacía más que sentir la boca de Cristiano sobre la suya, la caricia de la lengua, las manos sobre su caliente piel. Lo había deseado tanto...

Aún seguía deseándolo. Resultaba muy desconcertante.

Si ella no lo hubiera detenido, ¿dónde estarían en aquel instante? ¿Seguirían haciendo el amor o estarían ya exhaustos y se encontrarían durmiendo?

Deseó no haberlo visto desnudo, porque resultaba demasiado fácil imaginarse su cuerpo, recordarlo...

—¿En qué estás pensando, Antonella?

—Estaba pensando lo mucho que me gustaría estar en mi casa, en mi cama. Con Bruno —mintió.

—¿Bruno? ¿Es uno de tus amantes?

Antonella se echó a reír.

—No. Bruno es mi perro. Es la luz de mi vida y lo echo terriblemente de menos.

—¿Estabas pensando en tu perro? No era eso lo que me había parecido.

—En ese caso no lo sabes todo, ¿no te parece?

—No, claro que no, pero las cosas que sí conozco las conozco muy bien.

—Y, a pesar de todo, parece que te puedes equivocar —dijo ella. Cristiano no se había equivocado, pero no iba a admitirlo.

—¿Qué clase de perro es?

—Un pomerania. Es muy mono.

—Un perro de chicas. Me lo tendría que haber imaginado.

—Supongo que tú tendrás un perro que se parezca más bien a un caballo, ¿no?

–En realidad, tengo un gato.

Antonella se quedó boquiabierta.

–¿Un gato? ¿De verdad?

–Sí. Seguramente, Scarlett será mayor que tu Bruno.

–¿Tienes un gato que se llama Scarlett? –comentó ella, sin poder creer lo que había escuchado.

–Sí. Scarlett O'Hara porque es una belleza del sur algo egoísta –dijo. La sonrisa se le borró completamente del rostro–. En realidad, era de mi esposa. Julianne era de Georgia y *Lo que el viento se llevó* era su película favorita.

–Oh –musitó ella, sin saber qué decir.

Afortunadamente, Cristiano siguió hablando de su gata.

–Ya se está haciendo vieja –añadió–. Está muy mimada. No puedo decirle que no cuando quiere que le dé un premio.

–Es decir, que te tiene dominado.

–Sí.

El estoicismo que se reflejaba en el rostro de Cristiano la entristeció profundamente. Tenía que hablar, aunque él se enfadara con ella.

–No sabía lo de tu esposa. Cómo murió, quiero decir. Sé que tal vez no me creas, pero no le desearía lo ocurrido a nadie. Siento mucho el dolor que sientes.

–Tal vez sea así....

Antonella esperó a que él dijera algo más. Cuando guardó silencio, se preparó para tumbarse y tratar de dormir un poco. El día había sido demasiado intenso y sólo quería olvidarse de todo lo ocurrido durante unas horas. Tal vez cuando se despertara, la tormenta habría pasado y podrían salir de allí. La esperanza era lo único que le quedaba.

De repente, su estómago protestó sonoramente.

Cristiano abrió los ojos.

—¿Por qué no dijiste que tenías hambre?

—No me había dado cuenta hasta ahora.

Él miró el reloj.

—Han pasado horas desde el desayuno. Tenemos que comer, aunque será mejor que racionemos lo que tenemos —dijo. Le entregó una caja de galletas—. Ábrelas mientras yo descorcho el vino.

—¿Cuánto tiempo crees que podríamos estar aquí?

—Espero que no más de un día o dos.

Antonella se quedó atónita. Un día o dos. Allí. En una minúscula habitación. Con Cristiano. Que Dios la ayudara.

Él sirvió un vaso de vino para cada uno. Entonces, tomó el cuchillo y cortó unas rodajas de las salchichas.

—¿Quieres también queso?

—No.

Observó como él untaba la galleta de queso y se la comía con la salchicha encima. Tal vez no estaba tan mal...

Comieron en silencio. Antonella dio gracias al dueño de la casa en silencio por el vino, aunque no tuviera mucho de comer. No solía beber demasiado, por lo que haría falta mucho para que se relajara un poco. Y, en aquellos momentos, era justamente lo que necesitaba.

—No llegaste a hablarme de Monteverde —dijo Cristiano unos minutos mas tarde. Parecía relajado e incluso interesado. Sin embargo, había en él una faceta nueva que no había existido antes. Como si se hubiera decidido sobre algo.

—No hay mucho que decir. Parece que es prácticamente igual que Monterosso.

—Sí, pero Monterosso no está al borde de la bancarrota.

Antonella trató de disimular.

–No sé dónde oyes esas cosas, pero ahora que Dante es rey estamos saliendo hacia delante.

–¿Apoyaste tú el hecho de que Dante derrocara a tu padre?

–Sí. Mi padre está... desequilibrado.

–Eso ya lo había oído, pero, ¿y si fuera simplemente una excusa para que tu hermano se hiciera con el trono?

–No fue así. Yo estaba presente y sé lo que ocurrió.

–Interesante.

La ira comenzó a despertarse en ella al escuchar el tono de la voz de Cristiano.

–¿Interesante? No tienes ni idea, Cristiano. No te pongas a juzgarnos a mí o a mi hermano por cosas que desconoces.

–Entonces, cuéntamelas.

–¿Y por qué iba a querer hacerlo? –replicó ella. De repente, ya no tenía más hambre–. Es asunto mío, no tuyo.

–Podría ser asunto mío también.

–¿Cómo es posible? Tú no eres ciudadano de Monteverde y no significas nada para mí, igual que yo no significo nada para ti.

–Me siento herido... Después de todo lo que hemos sido el uno para el otro.

Antonella dejó su vaso vacío y miró a Cristiano.

–No quiero jugar. Estoy cansada, dolorida y sólo quiero irme a mi casa.

–Pero viniste aquí con un propósito. Un propósito que no conseguiste. Estoy seguro de que no te vas a rendir tan fácilmente.

Cristiano se inclinó sobre ella y le sirvió más vino en el vaso. Ella lo tomó, sabiendo sólo a medias lo que estaba haciendo. Dio un trago.

–Estoy segura de que estás equivocado. Sí. Queríamos que Aceros Vega invirtiera en Monteverde. Tenemos gran cantidad de mena y parecía lo más natural. Había sido una buena asociación, pero habrá otras.

–No lo creo. En mi opinión, ésa ha sido la última oportunidad de Monteverde.

–¿La última oportunidad? Estás muy equivocado, *Su Alteza*. Eso sería lo que les gustaría a los monterossanos.

–Sin embargo, aún puedes salvar a Monteverde, *principessa*.

–Veo que no me estás escuchando. Monteverde no necesita que lo salve nadie.

–Los dos sabemos que no es así –dijo él mirándola con intensidad–. Y yo te daré la oportunidad de hacerlo.

Antonella lo miró fijamente.

–Si lo que dices fuera cierto, aunque no estoy diciendo que lo sea, ¿cuál es tu propuesta? ¿Le vas a decir a Raúl que has cambiado de opinión y que debería invertir en Monteverde?

–Monterosso comprará tu mena.

–No necesitamos venderos nada, Cristiano –replicó ella, con voz gélida a pesar del calor que reinaba en el vestidor–. Podemos vendérselo a quien queramos.

–El problema es que nadie lo quiere. Aceros Vega va a construir en Monterosso. Nosotros también tenemos depósitos de mena, pero los vuestros son más grandes. Entre nuestras minas y los incentivos que le ofrecí a Raúl en nombre del reino, Aceros Vega puede importar materiales de otros países de Europa o de América del Sur igual de fácilmente. No necesitamos vuestra mena, pero yo te ofrezco comprártela.

–Construirás tanques y armas.

–Aceros Vega construye barcos, Antonella. Barcos, vigas y productos industriales.

–Ellos construirán lo que tú quieras que construyan.

–No funciona así. Raúl tiene unos contratos que cumplir y Monterosso no es una dictadura.

—Tampoco lo es Monteverde.

—Ya sabes que eso no es cierto.

—Mi padre ya no es el rey, Cristiano. Monteverde no es una dictadura.

—Sea como sea, puedes salvar a tu país, Antonella. Sólo tienes que venderme la mena.

Ella sintió que el pulso se le aceleraba.

—La mena no es mía por lo que, aunque quisiera venderla, no podría hacerlo.

—Las vetas son propiedad del Estado. Tu hermano es el rey. Claro que puedes venderlo.

—Estás muy equivocado, Cristiano. Monteverde no necesita venderte su mena.

Él soltó una risotada burlona.

—Deja de decir tonterías, Antonella. Los dos sabemos la verdad. Monteverde se está desmoronando y tiene unos préstamos que están a punto de cumplir y que no puede satisfacer. Sin este contrato, el país caerá en la ruina.

—En ese caso, ¿por qué no esperar simplemente a que eso ocurra? Así Monterosso podrá recoger los trozos y conseguirás por fin tus fines sin esfuerzo.

—Estabilidad. Si Monteverde cae, habrá más problemas en la región de lo que tú te puedes imaginar. Nuestros enemigos destrozarán Monteverde y utilizarán los fragmentos para desestabilizar a las tres naciones. La guerra podría extenderse con el caos que tales acontecimientos podrían provocar. No consentiré que eso ocurra.

—Si la estabilidad es tan importante, ¿por qué no nos prestas el dinero que necesitamos para satisfacer los préstamos?

—¿Qué saca Monterosso de todo esto? Nada excepto dinero que jamás podríamos volver a recuperar. No. La mena, Antonella. Ésa es la única manera.

–Lo que dices es imposible. Dante jamás estará de acuerdo.

–Lo estaría si tú lo convencieras de que es lo mejor.

–Es imposible –repitió ella–. Aunque tuvieras razón, no podemos confiar en ti. Si te vendiéramos la mena, no tendríamos garantía alguna de que no te volverías contra nosotros. Sólo quieres anexionar Monteverde.

Bajo la tenue luz de la vela, Antonella vio que él sonreía. Sintió que el aliento se le helaba en la garganta. ¿Por qué tenía que ser tan guapo y tan peligroso al mismo tiempo?

–Puedes confiar en mí, Antonella. Yo jamás me volvería contra mi propia esposa.

Capítulo 8

ANTONELLA se quedó boquiabierta. Cristiano tuvo que obligarse para no inclinarse hacia delante y cerrársela con un beso.

—¡No puedes estar hablando en serio!

—¿Por qué no? Tiene sentido, ¿no te parece?

—¿Qué es lo que tiene sentido, Cristiano? —replicó ella—. ¿La parte sobre vender la mena o la parte en la que crees que podría acceder a casarme contigo?

—Las dos. Tú nos vendes la mena para garantizar los préstamos y yo accedo a casarme contigo como muestra de buena voluntad. Tu hermano y tú no podréis dudar de mi sinceridad si yo te convierto en una Di Savaré.

—Nuestro pueblo jamás aceptaría algo así. Pensarían que nos hemos vendido a nuestros enemigos.

—¿Que os habéis vendido o que habéis salvado a vuestro país de un destino peor?

—¿Qué puede ser peor que la subordinación a Monterosso?

—Dejar de existir. Convertirse en un pueblo fragmentado al que controlan diferentes facciones. Verse consumido por la guerra civil cuando los habitantes de vuestro pueblo se vuelvan unos contra otros. Entonces, ninguna nación se arriesgará a ayudaros.

—Tienes la intención de obtener el control. No estoy segura de cómo, pero ésa es tu intención.

—Te aseguro que yo no saco nada de todo esto.

Se podrían salvar muchas vidas. Tendría que centrarse

en eso. Cuando pagara a los acreedores de Monteverde, se establecería frente al mundo quién tenía el control financiero. Cristiano se aseguraría de que Monteverde entregara sus armas como parte del acuerdo. Sin la mena y sin los medios independientes para pagar los préstamos, Monteverde no volvería a ser una nación soberana.

Antonella levantó la barbilla con gesto desafiante.

—Aún tenemos opciones, Cristiano.

—El tiempo se está acabando, *principessa*. Los préstamos deben satisfacerse dentro de una semana. Vega era tu última esperanza y ya no está. Si estás pensando en pedirle ayuda a Montebianco, deberías darte cuenta de que no hay nada que puedan hacer. Han accedido a vender sus instalaciones a Aceros Vega, para actuar como compañía subsidiaria. Según tengo entendido, los incentivos para hacerlo fueron muy sustanciosos.

—Es decir, también has comprado a Montebianco. Me lo tendría que haber imaginado.

—Tal vez. El hecho de que Monteverde regrese al sistema de libre mercado nos beneficia a ambas naciones. No habrá más secuestros de los miembros de la familia real ni intentos de chantaje.

Los ojos de Antonella se llenaron de lágrimas.

—Chantaje... ¿Y cómo llamas tú a esto?

—Haré lo que sea necesario para terminar esta locura. Monteverde no puede continuar del mismo modo. Ya va siendo hora de que cambie.

—¿Por qué te molestas siquiera en conocer mi opinión o mi cooperación? Ve a hablar con Dante y oblígale a acceder a tu plan. A ver si lo convences.

Cristiano contuvo un gruñido.

—Accederás a esto, Antonella, o, cuando llegue el momento de pagar los préstamos, me aseguraré de que Monteverde sea destruido para siempre.

—Creía que deseabas estabilidad —dijo ella con voz

furiosa–. ¿Acaso lo único que deseas es venganza? Decídete, Cristiano.

–Prefiero la estabilidad, pero si no cooperas haré lo que sea necesario –afirmó, con un tono de voz más frío y más brutal que el invierno ártico. No le gustaba ser tan cruel, pero la paz duradera era más importante que los sentimientos de Antonella. Más importante que los suyos propios.

Antonella le dedicó una mirada tan llena de odio que él la sintió por todo el cuerpo. Lo más extraño de todo aquello era que la admiración que sentía hacia ella se incrementó, al igual que su deseo.

–Hablaré con Dante, pero no puedo garantizar que acceda a tu plan. Podría ser que prefiriera desaparecer a tener que realizar un trato con Monterosso.

–Me alegro de que lo veas a mi modo –dijo él, con satisfacción

–No es así, pero no me has dado elección. ¿Por qué no nos ahorraste muchos problemas a todos y no me dijiste simplemente hace muchas horas lo que querías?

–¿Habría supuesto alguna diferencia? Tal vez habrías salido huyendo a pesar de la tormenta. Los dos los sabemos y ya conocemos las posibles consecuencias. No. Te necesito viva, Antonella, no huyendo como una niña mimada.

La barbilla de Antonella temblaba, pero ella no soltó ni una lágrima. Sorprendente.

–No todos los niños mimados salen huyendo. ¿Lo has pensado en alguna ocasión? En ocasiones, salen huyendo para mantenerse a salvo, aunque, por supuesto, tú no sabes nada de eso.

–Lo sé muy bien, *principessa*. He estado en un búnker en la frontera mientras Monteverde nos lanzaba bombas. También he rescatado a muchos soldados de vuestras cámaras de tortura.

–Calla. Te decidiste hacer esas cosas. Un niño no puede elegir a sus padres.

Cristiano parpadeó. ¿De qué diablos estaba hablando?

Antonella comenzó a golpear la almohada y, entonces, se puso de costado para acurrucarse contra la pared. Cristiano quería preguntarle a qué se refería, pero no lo hizo. Ya había conseguido lo que quería. Ya estaba más cerca de la victoria. Muy pronto, Monteverde pertenecería a los Di Savaré. Llevaba cuatro años deseándolo.

Entonces, ¿por qué no se sentía triunfante? ¿Por qué estaba mucho más interesado en el último comentario que ella había realizado?

El grito que la despertó fue largo y agónico. Tan angustioso que le dejó la garganta dolorida. Se sentó de un salto, pero no pudo ver nada en la negra oscuridad que la rodeaba. Hacía mucho calor y jamás había experimentado una noche más oscura que aquélla.

El pánico se apoderó de ella, agarrándola por la garganta. Otro grito rasgó la oscuridad.

–¡Antonella!

Unas fuertes manos la agarraron y la estrecharon contra un enorme y cálido cuerpo. Ella se resistió, gritando y pataleando hasta que algo pesado le cayó sobre las piernas y la dejó completamente inmóvil.

–Antonella... ¡Despierta! Estás a salvo aquí... estás a salvo...

Sin que pudiera evitarlo, ella se echó a llorar. No dejaba de temblar al recordar. Había estado soñando.

–Estás a salvo... –susurró él, acariciándole delicadamente el brazo.

Antonella sintió fuego sobre la piel, pero no podía prestar atención a aquellas sensaciones en aquellos momentos después de la pesadilla que acababa de tener. Su padre, la chinchilla muerta, Bruno ocupando su lugar, ella suplicando por la vida de su perro, su propio rostro magullado y sangriento...

—No importa, Cristiano. Puedes soltarme. Estoy bien.

No lo estaba, pero no podía consentir que él siguiera tocándola. Tal vez quería tranquilizarla, pero ella no le importaba en absoluto. Para él, sólo era un peón. Nada más. La necesitaba viva y en buen estado, pero no le importaba si era feliz o no. No le importaba nada más que su venganza.

¿De verdad había accedido ella a casarse con él?

En realidad, no había dicho las palabras, pero quedaba implícito en el trato. Cristiano tenía la intención de casarse con ella para sellar el acuerdo, pero Antonella no se hacía ilusión alguna sobre cómo sería una unión entre ellos. No había amor ni esperanza, sólo sospechas y odio. En cierto modo, era un destino peor de lo que lo habría sido un matrimonio con Raúl.

—Encenderé otra vela —dijo Cristiano.

Ella aprovechó la oportunidad para separarse de él.

—No tienes que hacerlo. Estoy bien.

Él la encendió a pesar de todo. El rostro de Cristiano fue lo primero que ella vio. La luz iluminó sus ojos, unos ojos que la miraban fijamente.

—¿En qué estabas soñando? —preguntó él.

—Nada que desee compartir contigo.

—A veces ayuda. Lo sé por experiencia.

—Deja de fingir que te preocupas por mí, Cristiano —dijo ella cerrando los ojos—. Sé que no es así por lo que no voy a compartir las cosas que me aterran contigo. Sólo conseguiría que todo fuera más difícil.

—¿Cómo sabes que no te va a ayudar hablar del tema hasta que lo intentes?

—Si tan convencido estás, háblame tú de tu vida —le espetó—. Dime qué ocurrió cuando tu esposa murió.

Antonella vio la expresión vacía que se dibujó en el rostro de Cristiano. La tensión en el vestidor era grande dado que él no se dignaba en responder. De repente, se encogió de hombros y la tensión se disipó en un instante.

–No era yo mismo. No lo fui durante mucho tiempo. Hacía cosas. Decía cosas. Hacía daño a la gente, Antonella. Les hacía daño porque no les dejaba ayudarme.

–Debiste amarla mucho... –dijo sin pensar. De repente, sintió que había cruzado una barrera que no debería haber sobrepasado–. Lo siento. No tienes por qué responder eso. Olvídate de lo que he dicho.

–No, está bien...

Sin embargo, no dijo nada más. Antonella se aclaró la garganta.

–¿Cuánto tiempo estuvisteis juntos antes de que...?

–Fue una relación muy rápida –dijo él, encogiéndose de hombros una vez más–. Estuvimos juntos seis meses antes de casarnos. Mi padre no estaba muy contento, ya te lo puedes imaginar. Ella murió un mes más tarde –añadió, con un suspiro–. No quedó nada de lo que había sido una mujer hermosa y vibrante. Sólo pudimos identificarla con el ADN. Enterré un ataúd prácticamente vacío.

Antonella bajó la cabeza. Aquel relato la había entristecido profundamente y tenía una fuerte sensación de culpabilidad, aunque sabía que no estaba justificada. Ella era ciudadana de Monteverde, pero no había fabricado la bomba. Tampoco creía que aquél fuera el modo de resolver los conflictos entre naciones.

Violencia brutal y sin sentido. ¿Sería él capaz de terminar con la violencia? ¿Por eso quería casarse con ella, porque de verdad creía que una unión entre ambos podría suponer un ejemplo a seguir entre sus dos países?

De repente, se le ocurrió un nuevo pensamiento.

¿Por qué Dante no había hecho nada para terminar con las hostilidades? Jamás lo había considerado antes. Simplemente había confiado implícitamente en su hermano y había estado totalmente segura de que todo lo que él hacía era buscando los mejores intereses para Monteverde. Aún pensaba que era así y, sin embargo...

¿Por qué no había hecho nada aparte de acceder a un alto al fuego mucho antes? Si lo hubiera hecho, tal vez Cristiano no estaría haciendo aquello y ella no estaría allí, refugiándose de la tormenta con su enemigo.

—Mi madre murió cuando yo tenía cuatro años —dijo ella—. Sé que no es lo mismo, pero su muerte dejó un vacío que yo nunca he podido llenar. Aunque no sea la misma experiencia, sé lo que sientes, Cristiano.

—¿Sigues teniendo sueños después de tantos años o es algo completamente diferente lo que turba tus sueños?

Antonella no supo qué hacer. ¿De verdad la ayudaría a superarlo todo si le contaba la verdad? ¿La comprendería mejor?

Respiró profundamente. Él acababa de compartir algo muy personal y doloroso con ella. Debía darle algo a cambio.

—Mi padre se hizo muy violento después de la muerte de mi madre. Se convirtió en un desconocido para Dante y para mí. Hacíamos lo que podíamos por evitarlo, pero no siempre era suficiente.

—Fue él quien te pegó —afirmó él. Antonella simplemente asintió.

—Estaba enfermo. Yo lo sabía. Debería haber sido una hija mejor y...

—Eso es ridículo —dijo él, interrumpiéndola—. Los niños no tienen la culpa de los maltratos. Nunca.

—No, pero yo sabía que no debería hacer cosas que lo enojaran y, a veces, las hacía de todos modos.

–Eras una niña. Tú no eras responsable de lo que ocurrió. La culpa es de tu padre, no tuya.

Antonella lo creía, pero siempre le quedaba una pequeña duda. Si se hubiera esforzado un poco más...

No. Tenía que dejar de pensar así. Dante siempre le había dicho que estaba equivocada, lo mismo que Cristiano. ¿Por qué no aceptaba que algunas cosas quedaban fuera de su control? ¿Que no habría podido cambiar el resultado aunque se hubiera comportado de otro modo?

–¿Qué hora es? –preguntó. Se sentía demasiado agotada emocionalmente como para proseguir con aquella conversación. Además, estaba cansada. Muy cansada.

–Las tres de la mañana.

No era de extrañar que estuviera tan cansada. Él también se pasó una mano por el cabello y bostezó. Entonces, se puso de pie.

–Tengo que llevar la radio a otra habitación para ver si puedo escuchar la información meteorológica. Aquí dentro la señal será demasiado débil.

–Me voy contigo –dijo ella. No quería quedarse sola.

Cristiano le dedicó una sonrisa que resultó casi tierna.

–Regresaré, Antonella. No tienes que venir conmigo.

–¿Y cómo lo sabes? ¿Y si se cae otro árbol o si se abre el tejado y te ves arrastrado por el viento?

–¿Y crees que tú podrás impedirlo o acaso deseas que el viento te lleve conmigo.

Antonella se cruzó de brazos.

–No seas tonto. No me gustas tanto.

Las carcajadas de Cristiano la sorprendieron.

–¿Qué ocurre? –le preguntó. Quería saber qué era tan divertido.

–Acabas de admitir que te gusto.

–¡Eso no es cierto!

Cristiano le tomó la mano y se la llevó a los labios.

Entonces, le dio un beso. Una oleada de sensaciones se le extendió por todo el cuerpo, haciéndole desear mucho más.

–Te gusto. No lo puedes evitar –dijo él–. Ahora, vamos a ver si nos lleva el viento o si nos podemos enterar de qué ocurre con la tormenta –añadió. Le entregó a Antonella la vela–. Trata de que no se apague. Seguramente el viento será muy fuerte ahora por toda la casa.

Antonella lo siguió, protegiendo la luz con una mano, pero, mientras se concentraba en la tarea, su cabeza no dejaba de pensar. La verdad era mucho más sorprendente de lo que nunca hubiera creído posible.

Efectivamente, Cristiano le gustaba. A pesar de todo. Sin embargo, lo más aterrador de todo era que, a excepción de su hermano, Cristiano di Savaré le gustaba más que ningún hombre que hubiera conocido.

Capítulo 9

EL PARTE meteorológico no era bueno. La tormenta se había fortalecido y no se esperaba que el ojo pasara hasta transcurridas unas horas. El viento y la lluvia eran torrenciales. Antonella no necesitaba verlo. El sonido era aterrador. Aunque la puerta de la habitación principal no había cedido, en parte porque habían puesto una cómoda apoyada contra ella, se sentía el airado poder de la Naturaleza al otro lado.

Por primera vez, empezó a pensar que no saldrían de allí y se echó a temblar a pesar del calor reinante en el vestidor. Frente a ella, Cristiano parecía dormitar a la luz de la vela, que él había decidido dejar encendida. Antonella sabía que lo había hecho por ella, para que no tuviera miedo u otra pesadilla.

Antonella no le podía decir que simplemente el hecho de quedarse dormida podía provocarle otra pesadilla. Cuando su padre entró en prisión, que era donde debía estar, había empezado a dormir mejor y había tenido menos malos sueños. Se había convertido en una mujer más segura aunque también sabía que sólo era una fachada. En lo más profundo de su ser, sabía que seguía siendo la niña pequeña que trataba de ocultarse a la ira de su padre.

Cristiano abrió los ojos.

—No estás durmiendo.

—No...

–Veo que no dejas de pensar, Antonella. ¿En qué estás pensando?

–En nada importante. En realidad, paso mucho tiempo pensando. No soy tan necia como tú podrías esperar.

–Yo jamás he dicho que tú fueras necia, *principessa*. ¿Qué te ha hecho pensar algo así?

–Olvídalo –comentó ella– Simplemente estoy muy cansada, pero no puedo dormir.

–¿Te has tumbado?

–No.

–Tal vez deberías intentarlo.

–No importa. No va a funcionar –susurró ella. Comenzó a morderse el labio inferior, un gesto que no pasó desapercibido para Cristiano. Una intensa sensación le ocupó la parte baja del vientre–. No me mires de este modo.

–¿De qué modo?

Cristiano resultaba tan increíblemente masculino, tan sexual... Despertaba los sentidos de Antonella simplemente estando en la misma estancia.

–Como si quisieras besarme.

Él rió suavemente, lo que le provocó a Antonella un escalofrío por la espalda.

–Te aseguro que deseo mucho más que besarte, Antonella. Mucho más.

–No quiero saber más. Por favor, no me lo digas –dijo ella levantando la mano.

–A mí me parece la oportunidad perfecta para pasar el tiempo. ¿Acaso no es necesario que sepamos si encajamos?

–¿Si encajamos?

–Sexualmente.

–Vaya, no sabía que tenía que aprobar un examen. ¿Es ésa la frase que utilizas para llevarte a las mujeres a la cama? ¿Les pides que pasen una prueba?

Cristiano sonrió, desarmando enseguida la indignación que Antonella sentía.

—Normalmente no tengo que pedir nada. Y no se trata de una prueba, sino simplemente de un experimento para ver si queremos más.

—Más...

—Del otro.

Antonella contuvo la respiración. Claro que sí. Ella se veía deseando mucho más. No saciándose nunca, más bien.

—Eso es ridículo.

—¿Tú crees? ¿No te has acostado nunca con un hombre que no te aportaba nada? ¿Qué no sabía por dónde se andaba, por así decirlo?

—No –susurró ella.

—¿No? ¿De verdad? Pues no sabes la suerte que tienes, *cara*.

—No sé qué otra cosa esperabas que yo dijera.

No pensaba decirle que no se había acostado con nadie en toda su vida.

De repente, se escuchó un ruido en el dormitorio. Antonella se sobresaltó. Un segundo más tarde, una ráfaga de viento pasó por debajo de la puerta del vestidor y estuvo a punto de apagar la vela. Cristiano agarró una manta y la colocó en la parte inferior de la puerta.

—La puerta del dormitorio se ha abierto, ¿verdad?

—Sí. Eso creo.

—¿Crees que saldremos de aquí con vida, Cristiano?

Él la miró. Parecía preocupado, pero la respuesta que le dio no fue la que ella había esperado.

—Creo que sí.

Antonella había pensado que le iba a decir que se tenía que preparar para lo peor. Respetó que no fuera así, pero seguía pensando que la situación era más crítica de lo que él parecía querer hacerle creer. La tormenta se iba haciendo cada vez más fuerte. Su fuerza era abrumadora. Las esperanzas que ella tenía eran mínimas.

—Ojalá hubiera podido hablar con Dante —dijo ella. Pobre Dante. Tendría que enfrentarse a la crisis en solitario.

Cristiano la tomó entre sus brazos y la estrechó con fuerza contra su cuerpo. Ella no se resistió. En aquel momento, resultaba muy agradable tener compañía. Sentir que le importaba a alguien. Sabía que no era el caso con él, pero, al menos, Cristiano se lo había hecho creer por un momento.

—Conseguiremos salir de aquí, Antonella —le susurró al oído. Sus labios acariciaron el cabello de Antonella y el cuerpo de ella pareció arder en llamas.

—No puedes estar tan seguro —afirmó ella—, pero no me desmoronaré, Cristiano. Sé cómo ser fuerte frente al peligro. Puedes contar con ello.

—*Dio santo*... Siento haber pensado alguna vez que tú eras superficial.

Antonella echó la cabeza hacia atrás para mirarlo. A pesar de todo lo que había ocurrido entre ellos, a pesar de la ira y el dolor de estar en bandos opuestos de una sangrienta guerra y de la perspectiva de morir allí juntos aquella misma noche, ella le sonrió. Cristiano era también muy diferente a lo que ella había pensado. Mejor. Si ellos dos eran capaces de alcanzar aquella clase de entendimiento, ¿sería posible que sus pueblos también lo hicieran?

—Nadie es verdaderamente superficial, Cristiano. Creo que todo el mundo tiene un fondo, una historia. Sólo hay que mirar bien.

—¿Y cuál es la tuya, Antonella?

—Ya te he contado más de lo que les he contado a muchas personas.

—Eso creo, pero estoy seguro de que hay mucho más.

Ella bajó los ojos. Le asustaba la intensidad de los de Cristiano. Sabía que la deseaba y ella lo deseaba también a él, pero, ¿cómo era posible que así fuera cuando quería robarle su país?

Era una mujer débil. Demasiado débil.

–Una mujer tiene que tener algunos secretos.

Cristiano bajó el rostro hasta que sus labios tocaron los de ella. Suavemente. No había presión, ni urgencia. Se trataba tan sólo de un dulce beso que le atravesó el corazón a Antonella y lo dejó abierto para él. Una vez más. Fue consciente de que nunca antes se había sentido así con ningún otro hombre. Jamás había deseado a nadie del modo en el que lo deseaba a él. Nunca antes había querido desnudarse para sentir su piel desnuda contra la de él. Nunca antes había querido abrirse a él y sentir la abrumadora belleza de su posesión.

Deseaba aquello y mucho más con Cristiano. ¿Qué importaba ya? Seguramente no saldrían con vida de aquella tormenta. Simplemente, él no quería decirle la verdad. Aquélla era su última oportunidad de experimentar el amor físico entre un hombre y una mujer. Dadas las circunstancias, no podía estar mal. Abrió la boca y tocó el labio inferior de Cristiano muy delicadamente con la lengua.

Cristiano respondió con un gruñido. Entonces, volvió a besarla, más urgentemente en aquella ocasión. La lengua reclamó su acceso y ella, de buen grado, se lo concedió.

Antonella experimentó muchas sensaciones. Deseo, por supuesto. Miedo. Arrepentimiento. Anticipación.

Le enredó las manos en el cabello y lo sujetó con fuerza. El beso de Cristiano subió un grado más en intensidad, profundizándose, devorándola.

Ella lo recibió con la misma intensidad, deslizándose encima de él hasta que estuvo prácticamente sentada encima de su regazo. El beso fue haciéndoles perder el control, pero no le importó. Sólo quería experimentar más aún aquel sentimiento embriagador, aquel fuego que ardía bajo la piel y le hacía pensar en cosas que jamás había imaginado.

Cuerpos desnudos entrelazados. Sudor. Placer. Éxtasis.

Sin embargo, cuando él la colocó sobre la moqueta, el pánico se apoderó de ella. Una parte de su ser quería apartarlo de su lado y echar a correr tan rápidamente como pudiera. Trató de contemplar los acontecimientos desapasionadamente y desconectar... Sin embargo, encontró que no pudo hacerlo. Su habitual refugio le negaba la entrada. La ansiedad se acrecentó.

Cristiano debió sentir parte de su lucha interior porque dejó de besarla y levantó la cabeza para mirarla.

—¿Qué ocurre, Antonella?

Su voz sonaba tan tierna, tan preocupada... El corazón de Antonella parecía querer superar todos los obstáculos que ella le ponía. Quería ser libre y, sin embargo, ella sabía que eso no sería posible. Nunca sería libre para amar o ser amada. Si, por un milagro, sobrevivieran al huracán, ella nunca sería libre.

De repente, le resultó muy importante que él comprendiera que era virgen, que nunca antes había estado de aquel modo con un hombre. Si seguían adelante, si aquélla era su primera y última vez, quería saber que el hombre al que se entregaba creía en ella.

—Yo... yo no sé qué hacer.

Cristiano frunció el ceño.

—¿No sabes si hacer el amor conmigo o no? Sería maravilloso, Antonella. Déjate llevar... sentir lo que nos provocamos el uno en el otro.

Ella cerró los ojos y negó con la cabeza.

—No se trata de eso.

Cristiano extendió los dedos sobre su vientre y luego deslizó la mano para cubrirle un seno.

—Entonces, ¿de qué se trata, *bellisima?*

Ella contuvo el aliento al sentir que él comenzaba a acariciarle un pezón a través de la ropa.

—Yo no he hecho esto nunca antes —confesó.

Cristiano se quedó complemente inmóvil.

—¿Que no has hecho nunca qué?

Antonella sintió miedo al notar la dureza de su voz. Comprendió que él nunca la creería. Le apartó la mano y trató de zafarse del peso de él.

—Olvídalo, Cristiano. Ha sido una mala idea. Ahora quiero dormir.

—Yo no quiero olvidarme de nada, Antonella —afirmó él negándose a soltarla—. Explícame por qué haces esto. Por qué primero estás caliente y, un segundo después, fría. ¿Estás tratando de castigarme por desearte? ¿Te gustan esta clase de juegos? A mí me cansan.

Antonella se quedó completamente inmóvil debajo de él. Los ojos se le llenaron con lágrimas airadas al mirar el hermoso rostro de Cristiano.

—Sigo siendo virgen —confesó—. Sé que no me crees, así que te ruego que me sueltes.

—¿Virgen? No es posible.

—¿Y por qué no, Cristiano? ¿Porque has oído cosas sobre mí? Ya sabes lo que dicen de los rumores, ¿verdad?

Cristiano observó la delicada mancha rosada que cubría sus rasgos. ¿Estaría diciéndole la verdad o acaso era una manipuladora tan experta que podía tartamudear y sonrojarse cuando quisiera?

Dio santo.

Pensó en el modo en el que ella había reaccionado

cuando se quedó desnudo. Había parecido estar muy incómoda. El modo en el que se había asustado anteriormente, cuando él la besó. No se había visto presa del pánico hasta que él había hecho ademán de levantarle el vestido.

En aquel momento, al ver sus expresivos ojos, al ver el dolor, la ira y la incertidumbre que se reflejaba en ellos, quiso darse de patadas. Habían compartido mucho aquella noche como para volver a creer en lo de antes. Ya no podía seguir pensando que Antonella era una mujer superficial, avariciosa, tal y como había pensado el día anterior.

Era inocente. A pesar de todo, era inocente.

Tenía todos los motivos del mundo para tenerle miedo. Había tratado de decirle que no sabía lo que se suponía que había que hacer, no que no estuviera segura de su decisión.

El hecho de que lo hubiera elegido a él entre todos los hombres que sin duda habían tratado de seducirla lo abrumaba. Lo convertía en un ser más humilde. No se merecía su confianza.

—Antonella, lo siento...

Ella abrió los ojos brevemente. De repente, la princesa de hielo volvió a hacer acto de presencia. Se le daba tan bien esconder sus sentimientos. Sin duda, había aprendido a hacerlo tras los años de abusos a los que la había sometido su padre como manera de salir adelante.

—No es nada. Ya se me ha olvidado. Siento haberte molestado.

—¿Molestarme? —repitió él con una carcajada.

A pesar de lo mucho que lo deseaba, decidió que no podía hacerlo. No podía aceptar el regalo de la inocencia de Antonella cuando, en realidad, no tenía intención alguna de casarse con ella. Cuando todo lo que hacía tenía como único propósito hacerse con el control de su país para plegarlo a su voluntad.

Ella se merecía algo mejor. Entrelazó los dedos con los de ella y le dio un beso en la mano. Cerró los ojos al notar el suave aroma de la piel de Antonella y decidió que, después de aquello, deberían santificarlo.

—No puedo hacerte el amor, Antonella.

El corazón de Antonella latía tan fuerte que ella pensó que lo había escuchado mal, pero no había sido así. El rostro de Cristiano lo decía todo. Se había negado a hacerle el amor.

Otro hombre que la rechazaba, que había visto que era un alma dañada y se negaba a tener que ver más con ella. Sí. Él era el primer hombre con el que ella había querido hacer el amor, pero no era diferente ni de su primer ni de su segundo prometido.

Los hombres no la querían. Ansiaban lo que ella representaba, su belleza y su elegancia, pero no la querían a ella.

Cerró los ojos, giró la cabeza y pegó la mejilla al suelo.

—Antonella... Te mereces algo mejor tu primera vez. Mejor que un suelo, mejor que un revolcón apresurado y provocado por la desesperación y por la creencia de que nuestras almas están en peligro mortal. Te mereces seda y rosas, un hombre que sienta algo por ti...

Antonella lo atravesó con la mirada.

—Me estás obligando a casarme contigo. Si no eres tú, ¿quién? ¿Quién me hará el amor la primera vez? ¿Me permitirás que lo elija yo y luego te casarás conmigo sin importarte? Creo que no.

—No —dijo él. Tenía un aspecto fiero, posesivo—. Por supuesto que yo seré el primero, pero no será ni aquí ni ahora.

—¿De verdad me crees?

—Te creo.

A pesar del dolor y la confusión que sentía, una gran satisfacción se apoderó de ella. Cristiano la creía.

—Gracias.

Él le acarició el labio inferior con el dedo. Suave. Sensual. El cuerpo de Antonella ardió en llamas.

—Esperaremos. Haremos esto cuando llegue el momento —dijo. Parecía turbado, como si supiera que no habría otro momento. Como si supiera que iban a morir.

Antonella se negaba a aceptar aquella decisión. La creía en lo de que quería que su primera vez fuera especial. Con eso bastaba. Le agarró la muñeca y le mordió el dedo. Entonces, se lo lamió. Jamás se había imaginado que sería capaz de realizar un gesto tan descarado.

El deseo prendió en los ojos de Cristiano.

—Antonella...

—Quiero hacer esto. Te deseo.

—Estás tomando una decisión que seguramente no tomarías si no fuera por la tormenta.

—Lo sé, pero no quiero morir esta noche sin haber experimentado esto.

—No vamos a morir, Antonella.

—Eso no lo sabes.

—Claro que lo sé. Te lo prometo.

Como si el huracán quisiera desafiar sus palabras, se escuchó un rugido al otro lado de la puerta. Algo explotó con un fuerte ruido. La lluvia comenzó a caer con fuerza, golpeando las tejas con un ritmo ensordecedor.

—Por favor, Cristiano. Si llegamos a mañana, ya nos enfrentaremos a esto.

—Antonella... Mañana te arrepentirás y me odiarás por ello.

—Te olvidas que ya te odio —susurró ella.

—Sí, es cierto. ¿Cómo se me podía haber olvidado?

Antonella levantó una mano y le enredó los dedos en el cabello. Los ojos de Cristiano brillaban de pasión y de necesidad. Dios. Ella adoraba el tacto de su cabello. Suave. Sedoso. Negro como una noche sin estrellas.

–Bésame, Cristiano. Finge que estamos tumbados sobre sábanas de seda. Finge que sientes algo por mí...

Capítulo 10

ANTONELLA no creía que él fuera a hacerlo. Parecía dudoso, incluso algo asombrado a principio. Entonces, bajó la cabeza y rozó sus labios contra los de ella. Una caricia ligera como una pluma, igual de sensual. Ella quería gemir, agarrarse a él y obligarlo a que la besara del modo en el que lo había hecho antes.

Sin embargo, no lo hizo. Esperó. Dejó que él explorara, que hiciera lo que quisiera.

–Que Dios me ayude –dijo él–. No puedo rechazarte, debería, pero no puedo.

–Yo no quiero que lo hagas.

–Si tienes miedo o cambias de opinión, dímelo. No tengas miedo de que me enoje. Esto es para ti, Antonella. Debería ser todo lo que deseas. Si no es así me detendré.

El corazón de Antonella se llenó de una calidez que no había experimentado antes. Ocurriera lo que ocurriera, era el momento adecuado con el hombre perfecto.

–Gracias, Cristiano. Gracias por comprender.

Como respuesta, él volvió a besarla, en aquella ocasión más profunda y poderosamente. Los nervios de ella estallaron bajo aquel sensual asalto. Su cuerpo se acaloró y se humedeció. Sintió un ligero dolor entre las piernas, señal de anticipación y de miedo hacia lo que le esperaba.

Cristiano le deslizó una mano por el muslo y la metió por debajo del vestido. La palma acarició el muslo, subiendo cada vez más el vestido.

—Espera...

Cuando él se retiró y la miró, no había enojo en su rostro. El alivio que Antonella sintió resultó casi tangible.

—¿No deberíamos haber apagado la vela?

—¿Y por qué íbamos a querer hacer eso, *cara mia*? Deseo verte...

—Yo... bueno...

—Shh —susurró él—. Eres muy hermosa, Antonella. Créeme. Eres muy hermosa. Mi cuerpo te desea con sólo mirarte —añadió. Entonces, se incorporó. Antonella temió que se hubiera arrepentido de lo que iban a hacer o que ella le hubiera quitado las ganas con sus tonterías—. Me desnudaré para ti, ¿quieres? Si yo estoy desnudo, tal vez no tendrás objeciones a hacer lo mismo.

El pulso de Antonella se aceleró. Vio que Cristiano sonreía y que se sacaba la camiseta por la cabeza. La blanca venda contrastaba con su bronceada piel. Se quedó atónita al darse cuenta de que quería aplicar la boca justo allí, justo en los músculos que quedaban debajo de la venda. Quería lamerle como si fuera un helado.

—Me gusta el modo en el que me miras, *cara* —ronroneó. Entonces, se quitó los pantalones junto con los calzoncillos. Al mirar por segunda vez el sexo de un hombre, Antonella no pudo dejar de preguntarse si verdaderamente estaba preparada para aquello—. No tengas miedo —añadió, tumbándose de nuevo a su lado. Se estiró y se apoyó sobre un codo. Entonces, tomó una mano de ella y se la llevó suavemente al torso—. Tócame, explórame si lo deseas. O, si eres demasiado tímida, yo te exploraré a ti.

Antonella era tímida, pero quería tocarlo. Los dedos le temblaban mientras los deslizaba por los duros músculos del abdomen. Cristiano contuvo el aliento cuando ella bajó un poco más y, muy cuidadosamente, le tocó el miembro erecto.

–*Dio*...

–¿Te duele?

–Sí.

–Lo siento –dijo ella apartando la mano inmediatamente de la cálida y aterciopelada masculinidad.

–Puedes volver a tocarme, *cara*. Créeme si te digo que me duele del mejor modo posible.

Antonella volvió a intentarlo. Se hizo más osada cuando él cerró los ojos y no miró. Tenía la piel muy suave, muy cálida, pero aquella parte de su ser era muy rígida. Ella se la rodeó con los dedos. No estaba segura de cómo había esperado que fuera su tacto. Cuando Cristiano contuvo el aliento, le miró el rostro y vio que él no había abierto los ojos y que no parecía estar sufriendo precisamente...

Lo apretó con fuerza y recibió un gruñido de placer como recompensa. Un momento después, él la había vuelto a poner de espaldas para fundir su boca con la de ella y besarla hasta que estuviera a punto de perder el sentido. Entonces, volvió a apartarse de nuevo y comenzó a levantarle el vestido.

–Tienes que quitarte esto, Antonella.

Ella no protestó. Se sentó y lo ayudó a sacar el vestido de punto por la cabeza. El cabello cayó sobre los hombros y ayudó así a tapar el sujetador de encaje que se había puesto aquella mañana. Las braguitas, aunque no eran especialmente sexy, al menos hacían juego con el sujetador en estilo y color.

Cristiano la devoraba con la mirada. Lo más extraño de todo era que ella no sentía vergüenza alguna. El modo en el que él la miraba le hacía sentirse sexy, hermosa. Especial.

¿Habría mirado así a su esposa?

No debía pensar en aquellas cosas. Cristiano había amado a su esposa. Aquello era sólo sexo. Ella lo sabía. Lo había elegido así y podía enfrentarse a ello.

Cristiano le apartó suavemente el cabello y dejó al descubierto sus senos. Cuando ella estuvo a punto de volver a tapárselos, él sonrió.

–Eres todo lo que un hombre puede desear, *cara*. No lo dudes nunca.

Ella sintió ganas de llorar por la ternura de aquel comentario, pero Cristiano no le dio oportunidad de hacerlo. Volvió a tumbarla sobre la moqueta una vez más.

–Ahora, deseo mostrarte lo hermoso que puede ser esto –dijo, depositando delicados besos sobre el hombro, sobre el cuello, hasta que volvió a capturar sus labios una vez más.

El cuerpo de Antonella estaba caliente y frío a la vez. Los nervios parecían estar a punto de rompérsele con cada caricia de la lengua de Cristiano contra la de ella. De repente, él rompió el beso y comenzó a deslizar su hermosa boca por el cuerpo de Antonella. Cuando apartó las copas de encaje del sujetador para dejar al descubierto los senos, ella contuvo el aliento.

–Precioso –murmuró él antes de tomar el pezón entre sus labios.

Antonella arqueó la espalda y dejó escapar un gemido de increíble placer. Jamás hubiera podido imaginar que las sensaciones pudieran ser tan agradables. Antes de que se diera cuenta de lo que él estaba haciendo, Cristiano le desabrochó el sujetador y lo apartó.

Pareció pasarse una eternidad acariciándole los pechos, besándole cada uno de ellos, tomando el pezón entre los labios. Una y otra vez hasta que pensó que iba a explotar de tan exquisito placer.

—Cristiano...

Entonces, él comenzó a besarle suavemente el vientre, deslizándose por su cuerpo hasta...

Una vez más, a Antonella le costó respirar. ¿De verdad iba a hacer lo que estaba imaginando? Ella no era estúpida. Sabía la clase de cosas que las personas hacían durante el acto sexual, pero jamás había pensado que esto podría ocurrirle a ella.

Cristiano deslizó la lengua por las braguitas. Cuando depositó un beso sobre la seda, ella no pudo contener el gemido que se escapó entre sus labios.

—¿Te gusta? —le preguntó él, con voz ronca.

—Me siento muy extraña. Como si me fuera a disolver en un millón de trozos.

—Deja que me ocupe de eso, *cara mia*.

Cuando él le bajó las braguitas, Antonella no protestó. Se las sacó y las arrojó a un lado. Entonces, le separó las piernas, se arrodilló entre ellas y...

El primer toque de lengua contra la húmeda carne hizo que Antonella lanzara un grito de placer, pero él no se detuvo allí. Siguió con aquella dulce tortura. Labios y lengua hacían cosas que ella jamás hubiera imaginado. Se dio cuenta de que estaba jadeando. Una sensación se iba formando en su interior, apretándose hasta formar un nudo duro, tenso, que se iba concentrando cada vez más y más hasta que...

Cuando ese nudo explotó, Antonella se quedó muy sorprendida. Atónita. Arqueó la espalda a medida que las oleadas de placer le iban recorriendo los miembros. Cuando todo terminó, se sintió agotada, vacía de toda energía. Se sentía dispuesta a dormir durante un millón de años...

Hasta que Cristiano comenzó una vez más aquella dulce tortura.

Dos veces más susurró ella su nombre. El cuerpo le temblaba de placer, deshaciéndose y volviéndose a formar entre asombrosos clímax.

–¿Aún deseas seguir adelante? –le preguntó él instantes más tarde.

Antonella abrió los ojos para mirarlo. Al ver su hermoso rostro, la expresión de preocupación, creyó sinceramente que si ella le hubiera dicho que no, se habría detenido inmediatamente.

–Muéstrame más, Cristiano...

–Encantado.

Se estiró al lado de ella. Con los dedos, volvió a despertar su pasión. A Antonella ya no le sorprendió lo rápidamente que él podía excitarla. Justo cuando estaba lista para alcanzar su cuarto orgasmo, él se detuvo y sacó un preservativo de un bolsillo de su maleta. Ella trató de no imaginarse por qué llevaba preservativos en su equipaje, pero reconocía que era irresistible para las mujeres, tal y como había escuchado en más de una ocasión. Sin duda, pensaba que lo más sensato era ir siempre preparado. Sin embargo, saber que no era su primera vez y que no era en absoluto especial para él, molestó a Antonella un poco.

Era sólo sexo.

Justo lo que ella quería. No tenía derecho a disgustarse porque, para Cristiano, aquél fuera un encuentro más.

–Antonella –dijo él–. Estás pensando demasiado...

Ella parpadeó. ¿Cómo era posible que siempre se diera cuenta?

–No es nada.

–¿Quieres parar?

—No —replicó ella, sinceramente.

—Esperaba que dijeras eso, pero si cambias de opinión...

—No lo haré.

Rápidamente, la pasión fue acrecentándose entre ellos hasta que lo único que ella deseaba fuera él. El pasado no importaba. El futuro no era una garantía. En aquellos momentos, eso era lo único que tenían.

—Cristiano, por favor...

El cuerpo de Antonella ardía de deseo. Colocó una mano entre ellos para agarrar la parte cálida y firme del cuerpo de Cristiano que más deseaba.

—*Cara*... Harás que termine antes de que empecemos.

—En ese caso, tenemos que empezar.

Cristiano se colocó el preservativo con un rápido movimiento. Entonces, se colocó entre los muslos de Antonella. El peso de él, la cálida presión de su piel contra la de ella, la punta de su masculinidad deslizándose en la cálida humedad de Antonella... Había tanto a lo que prestar atención, pero ella no quería perderse nada. Trataba de no perder detalle, de sentir todo a la vez.

—Esto probablemente te dolerá.

—Lo sé. No importa.

—Mírame.

Así lo hizo. Cristiano le sonrió.

—Gracias por confiar en mí. Espero que no te arrepientas de este momento.

—Bésame..

Así lo hizo Cristiano. Un instante después, se movió hacia ella, deslizándose entre su cuerpo hasta llegar a un punto en el que ella supo que ya no era virgen. El dolor era menor de lo que había esperado, pero lo suficiente como para que lanzara un grito. Inmediatamente, Cristiano se incorporó encima de ella y la miró.

–¿Estás bien?

Antonella movió las caderas, para acostumbrarse al tamaño y al tacto de Cristiano. Las sensaciones se apoderaban de ella con cada pequeño movimiento.

–Yo... Es sorprendente, Cristiano. No tenía ni idea...

–*Dio santo,* es un delito, pero doy las gracias por haber sido el primero.

Se retiró lentamente y luego volvió a hundirse en ella, llenándola más plenamente que la primera vez. Antonella sentía calor por todas partes, acompañado de unas sensaciones que nunca hubiera imaginado que pudieran existir. A pesar de todo, él se mostraba tan cuidadoso ella sentía ganas de gritar. Quería más. Levantó las caderas para recibirlo más plenamente.

Entonces, Cristiano comenzó a moverse más rápidamente. A pesar de todo, ella sabía que estaba teniendo mucho cuidado, por miedo a hacerle daño. Muy pronto, él le colocó un brazo en la espalda y la obligó a levantar un poco más las caderas. Antonella contuvo el aliento. ¿Cómo podía ser mejor aún?

–Sí, Antonella –ronroneó Cristiano–, así... Muévete así. *Dio,* sí...

–Bésame otra vez –le suplicó ella, sorprendida de lo mucho que necesitaba que él lo hiciera y de lo rápido que estaba alcanzando un clímax que sentía que sería más potente que los anteriores.

Los labios de Cristiano se fundieron con los de ella. Las lenguas se enredaron. Cristiano sabía a sudor y a ella. Resultaba tan terrenal, tan masculino que ella se preguntó cómo había podido pensar que la habían besado antes de que él lo hiciera.

El clímax la alcanzó con una fuerza que le arrebató el aliento. Apartó la boca de la de Cristiano, asombrada por la fuerza y la intensidad con la que sintió el orgasmo. Las sensaciones fueron tan fuertes que lo obligaron a gritar el nombre de Cristiano sorprendida y maravillada a la vez.

—Antonella, *mia bellisima principessa*. Nunca dejas de sorprenderme. Eres tan hermosa, tan sensual...

Ella no podía hablar. Le costaba demasiado respirar.

Cristiano movió las caderas. Ella se dio cuenta de que él aún seguía excitado. Aún estaba preparado. No habían terminado aún. Aquel pensamiento la hizo temblar de anticipación.

—Por favor... por favor —susurró, cuando pudo volver a hablar.

—Lo que tú desees, *cara mia* —dijo. Entonces, comenzó a moverse.

No tardaron mucho tiempo en volver a gemir de placer. El clímax de Cristiano se produjo inmediatamente después del de ella.

Oír su nombre en los labios de Cristiano cuando alcanzaba el orgasmo fue el sonido más dulce que Antonella hubiera escuchado nunca.

Ella lo había destruido por completo. Cristiano levantó la cabeza cuando tuvo energía suficiente y la miró. Antonella tenía los ojos cerrados, pero la suave sonrisa que se le había dibujado en los labios le dijo que no estaba sufriendo.

Aún seguía dentro de ella. Más que nada, deseaba repetir lo que acababa de ocurrir, pero no podía. Ella estaría dolorida, aunque no lo sintiera en aquel momento.

Una virgen... Si su cuerpo no supiera la verdad, su mente habría insistido en que no era posible. A pesar de que su inexperiencia en el terreno sexual, su sensualidad era tan natural que le sorprendía el hecho de que nunca hubiera estado con otro hombre.

La culpabilidad se apoderó de su conciencia. No había tenido ningún derecho a poseerla de aquel modo. Aunque ella se le hubiera entregado de buena gana, lo había hecho bajo falsas pretensiones. No sólo porque creía que sus vidas estaban en peligro mortal, sino porque creía que él tenía la intención de casarse con ella.

Había estado mal, pero, a la vez, nada había podido ser más correcto...

No.

De repente, una culpabilidad de una clase diferente se apoderó de él. Desde el momento en el que se despertó y la miró a los ojos, no había pensado en su difunta esposa ni una sola vez. ¿Cómo había podido olvidarse de ella? Ella había muerto por su culpa, por ser él quien era. Porque no había sabido protegerla.

¿Cómo podía perderse de tal manera en el cuerpo de la princesa de Monteverde?

Observó el cuerpo perfecto de Antonella y sintió un escalofrío de placer. Él tan sólo era un hombre. ¿Cómo podía cualquier hombre mirar a aquella mujer y no hacer lo que él había hecho?

No tenía excusas. No se había portado bien.

Antonella debió de presentir que estaba despierto porque abrió los ojos. Sonrió y se arqueó a su lado como si fuera una gata.

–Gracias.

–¿Por qué, *cara mia*? Te aseguro que el placer ha sido todo mío.

–Podría acostumbrarme a esto –dijo ella, entre bostezos.

–Sí, ya me lo imagino, pero te merecías una cama. Sábanas de seda, un baño de burbujas. Champán. Te merecías que se te tratara como una princesa.

–En mi experiencia, ser una princesa no significa

mucho en lo que se refiere a cómo le tratan a una. Me alegro de que haya sido así.

—Pero te he hecho daño.

—No.

—Tu piel... Siento haber sido demasiado duro.

—Te aseguro que no ha sido así, Cristiano. No ha sido así. Has sido muy paciente conmigo.

Cristiano se colocó a su lado y la tomó entre sus brazos. Aquella noche, la abrazaría. Si sobrevivían, lo que sinceramente esperaba, se enfrentaría a sus sentimientos enfrentados por la mañana. Los cubrió a ambos con una manta y bostezó.

—¿Puedes dormir ahora? –le preguntó.

La única respuesta fue un delicado y femenino ronquido.

Antonella se despertó lentamente. Algo era diferente. La cama era muy dura y había alguien a su lado. Alguien grande y cálido. Un hombre.

El vestidor estaba completamente a oscuras. La vela se había apagado seguramente hacía ya mucho tiempo. Ella estaba tumbada sobre la moqueta, acurrucada contra Cristiano.

Los dos estaban desnudos.

Recordó imágenes de hacía unas pocas horas, casi sin poder creer lo que había ocurrido entre ambos, y mucho menos su propia osadía. Había pensado que iban a morir, pero los dos seguían con vida. ¿Qué estaría haciendo la tormenta en aquellos momentos? Se escuchaba el viento, pero ya no parecía ser un rugido ensordecedor.

Trató de apartarse de Cristiano. Tal vez podría abrir un poco la puerta y asomarse...

Unos músculos que ni siquiera sabía que existían protestaron por su movimiento. Cristiano se despertó a su lado.

–¿Adónde vas, Antonella?

–Creo que la tormenta ha amainado.

Él guardó silencio durante unos instantes.

–Creo que tienes razón.

Un segundo más tarde, Cristiano encendió una vela. Instintivamente, ella se cubrió con una manta. La expresión de Cristiano la llenó de pasión. Sexy. Conocedora.

–Lo he visto todo, Antonella. Es demasiado tarde.

–Lo sé –dijo ella, pero se ruborizó de todos modos.

Cristiano se puso de pie. Su cuerpo relucía a la luz de la vela. Le recordaba a Antonella a una estatua de mármol, tan hermoso. Se dirigió hacia la puerta y la abrió con mucho cuidado.

–Efectivamente, el viento parecer haber amainado un poco, pero necesito ver si puedo escuchar la radio –dijo él cerrando la puerta.

Ella bajó la mirada, temerosa de lo que él pudiera ver en sus ojos. ¿De dónde había salido aquel sentimiento de necesidad, de pasión que se estaba despertando en su interior? Deseo, sí, pero había algo más. Se sentía más cercana a aquel hombre que a cualquier otra persona viva. Resultaba un sentimiento aterrador porque él seguía siendo su enemigo. A la fría luz del día, él seguía queriendo la mena de Monteverde. El hecho de que ella fuera capaz de darle cualquier cosa, incluso su alma si él le volvía a hacer el amor, la aterrorizaba.

¿Cómo podía ser tan avariciosa, tan egoísta?

–Antonella...

Ella levantó la mirada.

–¿Te arrepientes?

–No.

–Entonces, ¿qué es lo que te ocurre?

–No me ocurre nada –respondió ella–. Simplemente esperaba que volvieras a hacerme el amor.

Cristiano no dijo nada durante un largo instante. Antonella sintió miedo. Creyó que tal vez hubiera sido mejor guardar silencio y no haber sido tan osada...

–Serás mi muerte –dijo él suavemente–, pero resulta que a mí no se me ocurre ninguna otra forma mejor de morir.

Durante los siguientes dos días, comieron galletas, salchichas y queso, charlaron, hicieron el amor y escucharon los partes meteorológicos. Antonella averiguó tantas cosas sobre él en aquellos dos días... Igualmente, compartió más de sí misma de lo que nunca hubiera creído posible.

Era peligroso, pero era lo adecuado. Estaban aislados allí, en su pequeño mundo, preguntándose si la tormenta terminaría por reclamarlos.

Después de tanto hacer el amor, el cuerpo le dolía, pero de un modo muy placentero. El escozor que tenía entre las piernas era un delicioso recordatorio de todo lo que habían hecho. No tenía ni idea de cuántas veces había alcanzado el clímax gracias a Cristiano, pero estaba tan cansada como si hubiera corrido un maratón.

–Tengo que volver a encender la radio –dijo él.

–Sí...

Sin embargo, Cristiano no se movió. Antonella se quedó prácticamente dormida entre sus brazos. De repente, un sonido comenzó a retumbar en sus oídos, un sonido diferente a la tormenta. ¿Una voz?

Parecía que alguien estaba gritando.

–¡Su Alteza Real! ¡Príncipe Cristiano!

Cristiano se incorporó de un salto. Entonces, una luz iluminó el oscuro vestidor, cegando a Antonella de tal manera que tuvo que cubrirse el rostro con un brazo.

–Su Alteza Real... Gracias a Dios que lo hemos encontrado.

Capítulo 11

DESDE el momento en el que los hombres de Cristiano los encontraron, todo fue diferente. Su amante comenzó a mostrarse frío y distante. Les ordenó que esperaran en el exterior y, cuando los dos estuvieron vestidos, la ayudó a salir del vestidor.

Cuando abandonaron la habitación principal, Antonella se dio cuenta de que la casa estaba en un estado de ruina mucho peor de lo que hubiera imaginado. Muros derribados, tejado en un estado precario, escombros por todas partes... Había sido un milagro que la habitación que los había resguardado no hubiera resultado también destruida.

Cristiano la acompañó al Mercedes que los esperaba. Antes de entrar en el coche, Antonella se volvió a mirar la casa, pero la mano de él la empujaba con firmeza al interior del vehículo.

–Per piacere, principessa.

Antonella se montó en el coche. Cristiano la siguió inmediatamente. Muy pronto, comenzaron a alejarse de la casa en la que ella se había entregado por completo a él. La casa en la que se había enamorado de Cristiano.

¿Cómo había sido eso posible? ¿Cómo había podido enamorarse del príncipe de Monterosso?

Todo había ocurrido muy rápidamente, tal vez demasiado. ¿Qué diría Lily? Le encantaría poder hablar con su amiga en aquellos momentos. En muchos sentidos, se sentía una estúpida. Había perdido su virginidad y se había enamorado del hombre al que se la había entregado. ¿Cómo podía ser tan ingenua?

No tenía ni idea de cuándo se había producido, pero en algún momento del viaje que les había llevado de ser enemigos acérrimos a amantes insaciables, ella había perdido el corazón. Cristiano era un hombre de fuertes sentimientos y de profundas convicciones. Le había enseñado que un hombre podía ser un compañero en vez de convertirse en alguien al que ver con sospecha y miedo. Los últimos días habían sido una completa revelación para ella.

¿Y para él? ¿Cuáles eran sus sentimientos? No lo sabía. Le turbaba no saber lo que Cristiano estaba pensando. Sabía que él no la amaba, pero pensaba que después de todo lo que habían pasado al menos sentiría algo por ella. Desgraciadamente, se había mostrado muy distante desde el momento en el que sus hombres habían llegado. Como si no hubieran compartido absolutamente nada.

El coche los llevó directamente al aeropuerto. Cuando llegaron allí, el avión ya estaba reparado y listo para despegar. Cristiano la hizo subir por la escalerilla. El contacto en la espalda era ligero e impersonal. Antonella trató de no pensar en lo mucho que la entristecía ese detalle.

Una azafata les dio la bienvenida a bordo. Cristiano la hizo sentarse en una cómoda butaca.

—Debes de estar hambrienta. Pediré algo para comer.

—Primero, me gustaría asearme un poco.

—Habremos despegado dentro de un instante. Podrás hacerlo entonces.

Con eso, Cristiano se dio la vuelta y comenzó a hablar con la azafata. A continuación, se abrochó el cinturón. Antonella observó sus fuertes manos con la esperanza de que tomara las suyas cuando hubiera terminado, pero no fue así. Simplemente las apoyó sobre el regazo y cerró los ojos.

Antonella se mordió los labios. ¿Qué diablos estaba pasando? Sabía lo que tenía que hacer. Debía fingir, hacer como si no le importara. Sin embargo, no podía. Con él no. Lo amaba. ¿Por qué había tenido que dejar que le robara el corazón? ¿Por qué no había sido más fuerte?

En cuanto estuvieron volando, llegó la comida. Ella hizo ademán de levantarse sin comer nada, pero él le agarró la muñeca.

—Come primero. Te ayudará a sentirte mejor.

Nada podía ayudarla, pero no dijo nada. Se sentó y miró el plato en silencio.

—¿Por qué no comes? —le preguntó Cristiano cuando su plato ya estuvo completamente limpio.

Antonella se encogió de hombros.

—No tengo hambre.

Él le colocó un dedo debajo de la barbilla y la obligó a mirarlo. Resultaba ridículo lo mucho que se le aceleró el corazón. Lo mucho que su cuerpo ansiaba sentir el de él, aunque hacía sólo unas pocas horas que habían compartido intimidad. Ridículo.

Los ojos de Cristiano eran inescrutables. ¿Sentía él lo mismo o ya había olvidado lo ocurrido en los últimos días?

—¿Preferirías ducharte?

—Sí.

Cristiano llamó a una de las azafatas.

—Por favor, acompañe a Su Alteza al cuarto de baño.

Entonces, él tomó un periódico y comenzó a leerlo, apartándola de sus pensamientos como si nada.

Cuando Antonella estuvo a solas en el cuarto de baño, se quitó la ropa y sacó de su maleta un vestido más adecuado. Estaba muy arrugado, por lo que llamó a la azafata y le preguntó si se lo podían planchar.

–Por supuesto, *principessa* –dijo la azafata, con una sonrisa. A pesar de todo, la frialdad de su voz no sorprendió a Antonella. Ella era una enemiga para ellos. No era de extrañar aquella actitud.

Cuando se quedó a solas, se miró en el espejo. Su aspecto era el de una mujer que se había pasado tres días haciendo el amor. Tenía los labios hinchados y enrojecidos por los besos, el cabello despeinado y tenía marcas sobre la piel en los lugares en los que la barba de Cristiano la había arañado mientras se besaban. No le cabía duda de que todos los que la hubieran visto desde que los rescataron, sabían perfectamente lo que habían estado haciendo. Contuvo una risa histérica. Por fin su reputación de mujer algo ligera de cascos era cierta. ¡Qué ironía!

El agua caliente la hizo sentirse muy bien. A pesar de todo, la tensión sobre lo que le deparara el futuro no la dejaba relajarse.

Cuando salió de la ducha, se secó y vio que el vestido ya estaba listo. Se puso la ropa interior y luego sacó la prenda de la percha. En cuanto se lo puso, notó que algo iba mal. En vez de ceñírsele a las curvas, la tela permanecía suela. Entonces, se dio cuenta de que quien hubiera planchado el vestido, se había ocupado también de descoserle todas las costuras.

Cristiano levantó la mirada al notar que ella se acercaba. El ceño que él tenía en el rostro le dijo a Antonella que no estaba consiguiendo ocultar demasiado bien sus sentimientos.

–¿Ocurre algo, *principessa?*

–En absoluto. ¿Por qué lo preguntas? –mintió–. ¿Cuánto nos queda para llegar a París?

–¿Te encuentras incómoda?

–En absoluto.

La azafata los interrumpió. Colocó una taza de café delante de Cristiano.

–*Principessa*? –le preguntó a ella.

Antonella esbozó una amplia sonrisa.

–*Grazie,* pero no –respondió. No quería darle a alguien la oportunidad de escupir en su café.

Cuando la azafata se marchó, Cristiano levantó la taza y tomó un sorbo.

–¡Cuánto había echado esto de menos!

–No me has respondido –insistió ella–. ¿Sabes cuánto tiempo vamos a tardar en llegar a París?

–Claro que lo sé, pero no vamos a ir a París. Vamos directamente a Monterosso.

–¿A Monterosso? Prometiste llevarme a París.

–Eso fue antes.

–¿Antes de qué, Cristiano? ¿Antes de la tormenta? ¿Antes de que me chantajearas para que me casara contigo? ¿O antes de que te pasaras los tres últimos días practicando el sexo conmigo sobre el suelo?

Cristiano se terminó el café sin inmutarse.

–Antes de que decidiera que era mejor no perderte de vista. Por lo que ha ocurrido entre nosotros, podrías pensar que nuestro trato ya no está vigente. Te aseguro que eso no es cierto. Espero que te esfuerces para que me entregues los derechos del mineral.

Antonella comprendió inmediatamente que él no sentía nada por ella. Sólo le preocupaban las minas y el hecho de dominar Monteverde. Para él, no había sido más que un negocio. Ella lo había sabido desde el principio, pero había preferido pensar que podría significar más. Que ella podría significar más.

¿Cómo podía haber sido tan estúpida? ¿Cuándo iba a aprender? ¿Acaso una vida entera de ansiar el amor de su padre y tratar de conseguir su aprobación no le habían enseñado nada?

–Tal vez sientas la tentación de pensar que el senti-
mentalismo me va a apartar la idea de la cabeza, ahora
que hemos compartido... tanta intimidad.

–¿Intimidad? –repitió ella con amargura–. Sí, es
cierto, pero, aparentemente, no la suficiente.

–¿Acaso esperabas que el hecho de que me entrega-
ras tu virginidad iba a cambiar las cosas, Antonella?

–Vete al infierno –le espetó ella.

–Quiero que sepas que me disculpo por ello –dijo él,
tras un largo silencio–, pero eso no cambia nada. Con-
vencerás a tu hermano de que esto es lo mejor para
Monteverde. Porque lo es, Antonella. Es el único modo
de sobrevivir.

Ella se cruzó de brazos y apartó la mirada. La garganta le dolía por las lágrimas que no había derramado.
Lo más extraño de todo era que su disculpa le dolía más
que sus acusaciones. Sin ella, hubiera podido convencerse de que él era un ser malvado y poco merecedor de
su amor. Sin embargo, él había aplastado esa esperanza
haciéndole ver de nuevo el Cristiano justo y objetivo
que ella sabía que había bajo aquel frío exterior.

–No era el único modo de sobrevivir –dijo ella, suavemente–, pero es lo único que nos queda, gracias a ti.

Cristiano se negaba a sentir remordimientos. Sí. Se
había pasado varios placenteros días en compañía de
Antonella, pero eso ya había terminado. Él tenía un objetivo en mente y no iba a perder la guerra simplemente
porque hubiera cedido un par de batallas. Tenía que
centrarse en el objetivo real.

En el momento en el que sus hombres los encontraron en el vestidor, supo que no podía seguir siendo su
amante. Odiaba hacerle daño a Antonella, pero ella lo
superaría con el tiempo. La tendría a su lado hasta que

estuviera seguro de tener las minas y Monteverde en su poder y luego la enviaría a su casa. No podría hacerle creer la farsa de un compromiso ficticio más tiempo del necesario. Ya no. Enviarla a su casa lo antes posible era lo mejor que podría hacer por ella. Aunque no fuera de Monteverde, no podía casarse con ella. Antonella le hacía sentir cosas que lo confundían y lo irritaban. Sentimiento de protección, placer, compañerismo... Cosas peligrosas.

El rostro de Julianne acudió de nuevo a su pensamiento. Por fin, terminaría con la violencia que había terminado con su vida y ella podría descansar en paz.

Oyó un clic en la puerta del despacho. Levantó la mirada. Había enviado a Antonella a llamar a su hermano. No era necesario que él escuchara. Estaba muy seguro de su posición. Haber estado controlándola habría sido un insulto añadido a las demás afrentas que le había ocasionado a Antonella.

Ella estaba de pie, de espaldas a él. Sin poder evitarlo, admiró la línea del trasero. El deseo prendió inmediatamente en sus venas...

Apartó los recuerdos de los últimos días. Le hacían desear llevársela al dormitorio y hacerle el amor sobre las sábanas de seda que le había dicho en repetidas ocasiones que se merecía. Antonella era tan sensual, tan dispuesta... A pesar de su inexperiencia, lo había compensado con creces.

Antonella se apartó de la puerta y se dirigió con resolución hacia él. La princesa de hielo volvía a ocupar su lugar.

Ella se sentó frente a él y cruzó las piernas. Cristiano trató de no mirárselas para no imaginarse lo que había debajo de aquella falda. El paraíso...

–¿Se ha alegrado tu hermano de saber que te encuentras a salvo?

—Sí, mucho —respondió ella mirándose las uñas—. Dante desea reunirse contigo antes de acceder a venderte la mena.

Cristiano enmascaró su contrariedad. No era culpa de Antonella. Había esperado cierta reticencia, pero no se había imaginado nunca que el rey de Monteverde se mostraría tan testarudo con el poco tiempo que le quedaba.

—¿Para qué? No os quedan opciones, a menos que a Dante no le importe perder el control de su país a manos extranjeras.

—¿No es eso lo que piensas hacer tú?

—Nosotros somos naciones hermanas, Antonella. Nos entendemos más de lo que podría hacerlo nunca una potencia extranjera.

—Yo no creo que nos entendamos en lo más mínimo, Cristiano. Si así fuera, no estaríamos en guerra.

—Yo voy a terminar esa guerra, *cara*.

—Creo que para eso hará falta mucho más que un príncipe decidido —dijo ella con cierta pena—. Me pregunto si entiendes a tu pueblo tan bien como crees hacerlo.

—¿Qué quieres decir con eso?

—Significa que las antipatías de muchos años son difíciles de borrar. No se puede cambiar de la noche a la mañana el sentir de un pueblo. Es imposible.

—Pues nosotros hemos cambiado de opinión bastante rápidamente, ¿no es así?

—Nosotros somos sólo dos personas. Además, esencialmente, no creo que haya cambiado nada entre nosotros. Hemos sido amantes, sí, pero tú no sientes nada por mí, ¿verdad, Cristiano?

—Claro que sí —dijo.

—Me temo que no lo suficiente.

Él le tomó la mano y se la apretó con fuerza.

–Todo lo que compartimos fue sincero y real, Antonella. No lo dudes nunca.

Ella pareció dudar, como si estuviera pensando en algo. Lo que dijo a continuación no fue lo que él hubiera esperado nunca.

–Yo quiero más. Mucho más. Quiero amor, Cristiano. Quiero que sientas lo que yo siento.

Antonella lo amaba. ¿Por qué no se lo había imaginado? Era virgen, una niña inocente que tenía una profunda desconfianza hacia los hombres y que, sin embargo, se había entregado a él. Debería haber previsto esta complicación. Debería haber sido más cruel consigo mismo y haberse negado a convertirla en su amante.

El fuego y el hielo se le mezclaban en las venas. Las palabras de Antonella eran muy seductoras. Quería dejarse llevar, sentir ese vínculo con otro ser humano, pero no podía. ¿Cómo iba a permitirse enamorarse de aquella mujer? Sería una traición a Julianne, una traición a su recuerdo y a su sacrificio. Si no había podido amar a su esposa del modo que ella se merecía, ¿cómo podía amar a otra persona?

La ira comenzó a ganar la batalla. El hielo cristalizó la llama. La hizo pedazos. Había tomado su decisión hacía muchos años. No cambiaría en aquel momento. Era demasiado tarde para él.

–No puedo darte más. Perdí la habilidad de hacerlo cuando una bomba monteverdiana me arrebató la vida de mi esposa.

Capítulo 12

ANTONELLA no se despertó hasta que el avión comenzó a descender en Sant'Angelo del Capitano, la capital de Monterosso. Se atusó el cabello y observó como Cristiano no apartaba la mirada de la pantalla de su ordenador.

El corazón le dolía de amor y angustia. Él no la amaba. Jamás la amaría. Amaba a una mujer muerta.

La ansiedad comenzó a apoderarse de ella, incrementándose a medida que descendían. Ella jamás había estado en Monterosso. Por lo que podía recordar, sería la primera Romanelli en poner pie en suelo de Monterosso desde hacía al menos cuatro generaciones.

El pensamiento no la consolaba, como tampoco lo hacían las miradas veladas de las azafatas. Ellas no la querían allí. Antonella tampoco lo deseaba.

Cristiano cerró por fin el ordenador. Se había duchado y se había puesto un traje limpio. Parecía tan distante, tan guapo... Ella, por su parte, llevaba un vestido de algodón. El de seda habría sido más apropiado, pero no había querido correr el riesgo de pedir que le plancharan otro vestido.

–Pareces nerviosa –le dijo Cristiano.

–¿Sí? ¡Qué raro!

Cristiano sonrió, lo que le dolió a ella aún más.

–No debes tener nada que temer, Antonella. Estás bajo mi protección. Monterosso es un país bastante civilizado.

A Antonella le habría gustado compartir aquel sentimiento, pero aún tenía un vestido de seda en la maleta que demostraba lo contrario.

El recibimiento que Cristiano tuvo en la misma pista de aterrizaje fue espectacular. La guardia de honor le rindió honores a ambos lados de una alfombra roja. Antonella permaneció detrás de él, esperando no llamar la atención. Ya era de noche, pero los focos del aeropuerto iluminaban la zona como si fuera de día. A pesar de todo, se puso las gafas de sol y mantuvo la cabeza baja.

Mientras pasaban por delante de los periodistas, éstos comenzaron a tomar fotografías y a hacer preguntas. Entonces, Cristiano se volvió hacia ella y la agarró del brazo. A continuación, siguió andando. Los flashes restallaron con más velocidad que antes y un murmullo colectivo recorrió la multitud.

Segundos más tarde, cuando llegaron al Rolls-Royce que los esperaba, entraron en su interior. El chófer uniformado cerró la puerta y se puso al volante.

–Hiciste eso a propósito –dijo ella mientras el coche avanzaba entre una multitud enfervorizada, a pesar de que eran ya más de las diez de la noche.

–¿El qué?

–Atraer la atención sobre mí.

–He regresado a mi casa acompañado por la princesa de Monteverde. Es una gran noticia. Es mucho mejor que todos vean que te llevo del brazo que no que vas detrás de mí, ¿no te parece?

–Si tú no se lo hubieras dicho, no se habrían dado cuenta.

–Confía en mí, *cara*. Resulta muy fácil reconocerte. Era cuestión de tiempo que alguien se diera cuenta de quién eres.

Se dirigieron a la capital del país. En comparación con la capital de Monteverde, Sant'Angelo del Capitano era una ciudad viva y vibrante. ¿De verdad podría Cristiano salvar a su empobrecido país? ¿Era su plan la clave para devolver a su nación la vitalidad y la prosperidad perdidas?

–Ahora que estamos aquí, ¿cuáles son tus intenciones? –le preguntó. Quería prepararse para lo que se le fuera a venir encima.

–Todo lo que pueda conseguir, Antonella.

–¿Cuándo te vas a reunir con Dante?

–En cuanto pueda.

–¿Me llevarás contigo?

–¿Es necesario?

–No, pero quiero ver a mi hermano. Hemos estado a punto de morir en Canta Paradiso. Quiero ver a mi familia.

–Muy bien.

Antonella no había esperado que él accediera tan fácilmente, pero agradecía que así hubiera sido.

Unos momentos más tarde, el Rolls se detuvo delante de un alto edificio. Un portero abrió la puerta del coche para que Cristiano pudiera bajar. Entonces, él se volvió y le ofreció a ella la mano. En aquella ocasión, no había fotógrafos. Antonella suspiró aliviada.

–¿Dónde estamos?

–En mi casa –respondió él. La hizo pasar a través de una puerta doble y le llevó hasta unos ascensores. Otro hombre de uniforme los saludó afectuosamente y deslizó una tarjeta en el ascensor. Las puertas se abrieron inmediatamente. Cristiano le indicó a Antonella que pasara.

–¿No vives en palacio? –le preguntó ella.

–Tengo mis habitaciones allí, sí, pero prefiero tener mi intimidad.

–Debe de ser más fácil traer las mujeres aquí. Los padres pueden coartar mucho una relación –bromeó. Él la miró muy seriamente.

–Nunca he traído a una mujer aquí, Antonella. Compré este ático después.

Después de que su esposa muriera.

El ascensor se detuvo por fin y las puertas se abrieron. Antonella siguió a Cristiano a un espacioso apartamento que, efectivamente, estaba decorado con un toque muy masculino.

–Nuestro equipaje llegará muy pronto, pero el servicio no estará aquí hasta mañana.

De repente, se escuchó un maullido en un rincón del salón. Cristiano se inclinó para saludar a una enorme gata de color gris. Mientras él acariciaba el gato, Antonella sintió que se le hacia un nudo en la garganta.

Entonces, como si acabara de recordar que Antonella estaba allí, tomó a la gata en brazos y se incorporó.

–Ésta es Scarlett O'Hara, la señora de la casa.

–Es muy grande.

–Sí. Ya te dije que seguramente es mayor que tu Bruno.

Por alguna razón, el hecho de recordar a Bruno hizo que Antonella sintiera deseos de escapar. Necesitaba tiempo y espacio.

–¿Cuál es mi dormitorio? Creo que me gustaría retirarme.

–¿Tu dormitorio? ¿No deseas compartirlo conmigo? –le preguntó mientras volvía a dejar a la gata sobre el suelo.

–¿Para qué, Cristiano? Ya has dicho que no me puedes dar lo que quiero.

Él se acercó a ella, invadiendo el espacio personal de Antonella. Aquella cercanía la ponía nerviosa y despertaba su cuerpo. Deseaba tanto abrirle los pantalones y tomarle el sexo en la mano antes de hacer que se sentara y acomodarse a horcajadas encima de él. Deseaba mucho hacerlo, pero se contendría.

–Me deseas, Antonella, igual que yo te deseo a ti. Sin embargo, tienes razón. No puedo darte lo que quieres, por lo que sería injusto pedirte lo que yo deseo.

–Efectivamente.

–Vamos –dijo él, sin hacer ademán alguno por establecer contacto físico con ella–, te mostraré la habitación de invitados.

Cristiano tomó un sorbo de whisky y observó las luces de la ciudad. Estaba sentado en el sofá del salón sumido en la oscuridad. Scarlett estaba acurrucada a su lado. No sabía qué hora era, aunque debía de ser más de medianoche. Había tratado de dormir, pero no había podido. Su cama estaba demasiado vacía.

Antonella Romanelli lo amaba. *Dio santo*. Muchas mujeres le habían dicho aquellas mismas palabras a lo largo de los años y él no había tenido problema alguno. Sospechaba que las mujeres que se lo habían dicho no sentían las palabras. Seguramente, sólo querían ser princesas y reinas en el futuro. Sus amantes aprendían muy pronto que no conseguían persuadirlo con falsos sentimientos.

Julianne sí que había sido sincera y estaba completamente seguro de que Antonella también. Cada vez que le hacía el amor, había comenzado a creer que debería casarse con ella. El sexo con Antonella era mucho más excitante que lo que nunca hubiera creído posible. Podían construir una vida entera con esa conexión sexual. Ciertamente, había aspectos mucho menos atractivos en los que basar un matrimonio.

Sin embargo, cuando terminaba, la culpabilidad lo corroía por dentro. Tendría que haberse imaginado que ella se enamoraría. Era inocente y sexy, tan vibrante que lo volvía loco de deseo. Él le había enseñado el placer físico, pero se había negado a considerar que ella pudiera leer algo más en ello.

Antonella se merecía un hombre que pudiera amarla, no un hombre como él. Debería haber amado a Julianne y no lo había hecho. Si la hubiera amado, jamás la habría dejado ir a la frontera sin él. Había sellado su destino. No le haría lo mismo a otra mujer.

Scarlett comenzó a ronronear. Cristiano le acarició detrás de las orejas. Era el único vínculo que le quedaba con Julianne. Resultaba una locura pensarlo, pero cuando el gato falleciera, se quedaría solo. ¿No debería un hombre, un príncipe y futuro rey, tener unas mejores perspectivas en la vida que aquéllas?

—¿Cristiano?

Se giró al escuchar la voz de Antonella.

—¿Por qué no estás durmiendo?

—No puedo.

—¿Quieres tomar una copa?

—No.

Scarlett se puso de pie y se estiró. Entonces, se subió al respaldo del sillón y comenzó a maullar delante de Antonella. Ella comenzó a acariciar la cabeza del animal. La gata no tardó en volver a ronronear.

—Le gustas. Normalmente ignora a la gente.

Scarlett volvió a maullar ruidosamente. Antonella la tomó en brazos y la abrazó, frotando el rostro contra la piel del animal. Aquella imagen hizo que a Cristiano se le hiciera un nudo en la garganta. Julianne solía hacer el mismo gesto. La gata ronroneó con más fuerza.

—Quería decirte algo —dijo Antonella sentándose en el sofá con la gata en brazos—. Es importante que lo sepas.

—Antonella, si es sobre lo que dijiste...

—No. Cuando estábamos en el avión, pedí que me plancharan un vestido. Quien lo hiciera, se ocupó también de descoserme también todas las costuras. El vestido se deshizo cuando me lo puse. No quiero que tomes ningún tipo de medida, sólo que lo sepas porque creo que es importante. Yo estaba bajo tu protección, pero alguien se atrevió a hacer algo así de todos modos. Antes de que trates de decir algo, sé que la prenda no estaba dañada cuando pedí que me la plancharan.

La ira se apoderó de Cristiano. Encontraría al culpable y le obligaría a disculparse...

No podía hacerlo. No serviría de nada. Sólo conseguiría que todos la odiaran más. *Dio...* ¿Y él había creído que podría terminar con la guerra?

Sí. Lo conseguiría.

—Siento mucho lo ocurrido, Antonella. Te compraré otro vestido.

—No se trata del vestido, sino de ti. De lo que piensas hacer.

—Si estás tratando de conseguir que cambie de opinión, estás perdiendo el tiempo.

—En absoluto, Cristiano. Sé que no te detendrás ante nada. Entiendo tu deseo de terminar con la guerra y traer la paz, pero espero que no permitas que tu necesidad de castigarnos por la muerte de Julianne te dicte lo que has de hacer. Hay odio y resentimiento en ambos bandos. Muchas personas han perdido a seres queridos en la lucha. El hecho de destruirnos, aunque te ayudaría a sentirte mejor durante un tiempo, no serviría para recuperar a nadie.

—No soy ningún niño, Antonella. Sé que no puedo hacer resucitar a nadie, pero tal vez pueda conseguir que los muertos descansen en paz, ¿no te parece?

Antonella dejó a la gata sobre el sofá, pero Scarlett se subió a su regazo y se durmió encima. Cristiano trató de ignorar aquel hecho, pero, de repente, se sintió rechazado. Por un gato.

Estaba perdiendo la cabeza.

–Necesito saber algo. ¿Es tu intención destruirnos o de verdad quieres terminar con la guerra y ayudarnos a volver a empezar?

–Haré lo que haga falta, Antonella. Creo que Monteverde estaría mucho mejor sin los Romanelli en el poder. Dante podría permanecer como figura decorativa, pero no tendría ni voz ni voto en el gobierno del país. Eso dependería de Monterroso.

–Sí. Eso me había parecido. Jamás tuviste intención de ayudar. Sólo querías someternos. Y tampoco tuviste nunca intención de casarte conmigo, ¿verdad?

–No –confesó. No podía seguir ocultando la verdad.

Suavemente, Antonella dejó a Scarlett en el sofá antes de ponerse de pie. Tenía la voz suave, triste.

–Lo siento mucho por ti, Cristiano. Has perdido a la mujer que amabas, sí, pero ¿querría ella que tú sacrificaras tu felicidad para compensar lo que le ocurrió a ella?

–No la amaba del modo que ella se merecía. Cualquier sacrificio que yo haga es mi penitencia. Julianne murió por mi culpa, por quien soy. No descansaré hasta que haya paz entre nuestras naciones. Vete a la cama, Antonella. Ahórrate tu amor para alguien que lo merezca.

–Yo no conocí a tu esposa y siento que muriera, pero tú causaste su muerte igual que yo no obligué a mi padre a que me pegara.

–Esto es diferente.

–No lo es. ¿Es que no te das cuenta? Me dijiste que me equivocaba al creer que podría haber cambiado los actos de mi padre, que mi comportamiento no tenía nada que ver con el suyo. Sin embargo, crees que obligaste a Julianne a ir en aquel convoy, que pusiste la bomba que la mató.

—Antonella...

—No. Te equivocas, Cristiano. No me importa lo que pienses, pero te equivocas. No es culpa tuya —susurró ella. Cristiano comprendió que estaba a punto de echarse a llorar.

—Yo podría haberle impedido que fuera...

—No eres omnisciente. Ninguno lo somos. Yo debería haberme quedado en mi casa en vez de ir a Canta Paradiso. No habría tenido que sufrir la tormenta y mi corazón seguiría perteneciéndome.

Cristiano guardó silencio mientras que ella se daba la vuelta y se marchaba. ¿De qué hubiera servido hablar?

Entonces, Scarlett saltó del sofá y echó a correr detrás de Antonella. Una puerta se cerró, pero volvió a abrirse cuando la gata comenzó a maullar.

Cuando volvió a cerrarse, Cristiano se quedó verdaderamente solo. Hasta la gata lo había abandonado.

CUANDO Antonella se despertó a la mañana siguiente, con la gata acurrucada a su lado, se sintió más sola y enfadada de lo que se había sentido en toda su vida. Estaba enamorada de un hombre que era esclavo de un recuerdo. Un hombre que la había mentido.

Saber que nunca había tenido intención de casarse con ella le dolió más de lo que debería. Sólo le había prometido matrimonio para asegurarse de que ella creía que su intención era ayudar a Monteverde. Suponía que, en cierto modo, ayudaría al país enemigo, aunque terminaría por destruir la independencia de Monteverde. ¿Estaba mal pensar que podría terminar con las hostilidades entre los dos países uniéndolas?

Todo dependía de Dante, aunque a ella le daba la sensación de que no se opondría. Era demasiado tarde. Sin el dinero de un generoso benefactor, el de Cristiano era su último recurso. Tendría que elegir entre eso o permitir que los acreedores se repartieran Monteverde, lo que podría prolongar el sufrimiento del país.

Después de vestirse, salió de su dormitorio. Encontró a Cristiano sentado a la mesa del desayuno. Una mujer uniformaba le servía el café mientras él leía el periódico de la mañana. Antonella se unió a él aunque su estómago se negaba a comer nada.

—Nos marcharemos a Montebianco dentro de dos horas —le dijo él sin preámbulo alguno—. Tu hermano se reunirá allí con nosotros.

No dijo nada más. Antonella se sintió muy desilusionada por su cruel actitud. A pesar de lo que sentía por él, no podía hacerlo cambiar ni conseguir que sus sentimientos fueran diferentes. Tenía que cambiar él solo.

Lo único bueno de ir a Montebianco era que, aparte de volver a ver a su hermano, vería también a Lily. No estaba presente en el helipuerto para recibirla, pero cuando entraron en el palacio, una Lily muy embarazada salió a recibirlos. Dio a Antonella un fuerte abrazo.

—¡Has cambiado!

Antonella miró a Cristiano, que estaba hablando con Nico Cavelli, el príncipe de Montebianco.

—Te aseguro que no es nada. Han sido unos días muy duros luchando contra esa tormenta. Eso es todo.

—Ya lo he oído. ¡Qué miedo debes de haber pasado! Sólo estabais Cristiano y tú, ¿eh? Tal vez eso explique por qué tu aspecto me parece diferente. ¿Qué hicisteis el apuesto príncipe y tú mientras estabais solos, Ella?

Antonella hizo un gesto de desesperación con la mirada para tratar de hacerle creer a su amiga que la pregunta era una tontería.

—No hicimos nada más que permanecer con vida. Tu imaginación anda un poco desbocada. Sin duda, será por tu embarazo.

—Aún me queda otro mes —suspiró Lily—, pero me parece que voy a estallar en cualquier momento.

Nico se acercó en aquel momento a su esposa y, muy solícito, la ayudó a que se sentara. Antonella apartó la mirada. En aquellos momentos, no podía contemplar a una pareja enamorada. No podía ver cómo Nico miraba a su esposa ni el modo en el que el rostro de ella relucía con el amor incondicional que sentía por su marido.

No quería hacerlo, pero miró a Cristiano. Él la estaba observando. Sus miradas se cruzaron unos instantes, pero enseguida apartó la mirada.

Muy pronto, Dante llegó. Antonella salió corriendo a recibirlo con los brazos abiertos. Se abrazaron durante un largo instante. Sin poder evitarlo, ella se echó a llorar.

–¿Qué te pasa, Ella? –le preguntó Dante–. Ya estás a salvo. Estoy muy contento por ello.

–Nos he fallado, Dante. He fallado.

–No. Soy yo quien ha fallado. Sea lo que sea lo que ocurra ahora, no debes culparte por ello.

–Debería haberme esforzado más...

–Ella, mi dulce Ella –susurró Dante tras darle un beso en la frente–. Siempre te tienes que culpar por todo y siempre te equivocas al hacerlo. No puede ser así.

Cuando se acercaron a donde estaban los demás, Cristiano se puso de pie. Antonella no pudo soportar mirarlo ni un instante más. Se dio la vuelta y se marchó al patio más cercano. Necesitaba un instante para respirar. Sin embargo, cuando regresó a la sala, los tres hombres habían desaparecido.

Lily frunció el ceño.

–Creo que tenemos que hablar, Antonella.

–Sí –susurró ella–. Creo que tienes razón.

Los tres hombres estuvieron reunidos durante varias horas. Antonella se moría de ganas por saber qué estaba pasando. Sentía una profunda ira. En primer lugar, hacia su padre. Él era el causante de la situación en la que se encontraba Monteverde. Además, se había limitado a hacerles daño a Dante y a ella y se había negado a verla como algo más que un objeto de cambio al servicio del país.

Decidió que esa situación iba a cambiar. En primer lugar, tomó la decisión de ir a la universidad. Quería aprender algo útil. Dejaría que otra persona se ocupara de servir el té a las esposas de los dignatarios. Dejaría de ser una figura decorativa. Ella era capaz de mucho más. También estaba enfadada con su hermano, por no haber sabido reaccionar antes, y con Cristiano. La incapacidad de éste por dejar atrás la muerte de su esposa, su necesidad de venganza y su negativa a aceptar un nuevo amor la ponían verdaderamente furiosa. El amor que ella le ofrecía merecía la pena. Ella merecía la pena.

El hecho de hablar con Lily la ayudó a aclarar muchas cosas.

Estaba tomándose un té helado a solas en el salón cuando escuchó una voz muy profunda y sensual.

—Antonella...

—¿Cómo ha ido todo, Cristiano? ¿Eres ya el héroe rescatador? ¿Debería hacerte una reverencia y llamarte amo?

—No creo que eso sea necesario. Dante ha accedido a venderme la mena y yo he accedido a garantizar los préstamos. Es lo mejor para todos.

—Sí, claro. ¿Cómo se ha tomado mi hermano que le digas que sólo será una figura decorativa?

—Monterosso enviará consejeros para ayudar en la recuperación. Dante sigue siendo rey.

—Me pregunto por cuánto tiempo

Cristiano se mesó el cabello con una mano y se sentó en la butaca que Lily había dejado vacía.

—No quiero que las cosas terminen de este modo entre nosotros.

—¿Que terminen cómo, Cristiano? ¿Contigo triunfante? ¿Cabalgando hacia la puesta del sol con tu nuevo juguete y estando libre de toda atadura?

—Estás enfadada.

–¿Cómo te has dado cuenta?

–Hemos compartido muchas cosas para ser enemigos, ¿no te parece?

–Creo que siempre fuimos enemigos, Su Alteza Real. Cometí el error de olvidarlo. No lo volveré a hacer, te lo aseguro.

–No habría salido bien, *cara*. Aunque nos hubiéramos casado y nuestros pueblos lo hubieran aceptado, tú me habrías odiado porque ya te he dicho que no te puedo dar lo que deseas. Por mucho que sienta hacia ti, por mucho que desee tenerte en mi cama, sería injusto por mi parte reclamarte. Te mereces que te amen, Antonella, de un modo que yo jamás podré darte.

Una lágrima se deslizó por la mejilla de Antonella.

–Estoy furiosa, así que no pienses que lloro porque me has roto el corazón. Deja de buscar excusas a tu comportamiento diciéndome lo que yo me merezco. Sé lo que me merezco, Cristiano.

–No estoy buscando excusas. Simplemente te informo de los hechos.

–Sí, bueno. Conozco bien los hechos. También sé que si tú me pidieras que me casara contigo en este momento, te diría que no. Lo que me merezco es un hombre que crea en mí. Cualquiera puede decir que ama a una persona. Creer en ellos, confiarse a ellos... eso es lo más difícil, ¿no te parece?

–Creo que eres capaz de hacer lo que te propongas, Antonella. Tendrás una buena vida sin mí. Y encontrarás a ese hombre que estás buscando.

Ella giró la cabeza. No quería que él viera la desesperación en la que la iba a sumir su ausencia. Dijera lo que le dijera, Cristiano era el hombre al que ella amaba. Tardaría mucho tiempo en olvidarse de él.

–Ya puedes marcharte, Cristiano. Creo que ya no nos queda nada que decirnos.

Él no se movió durante un largo instante. Antonella rezó para que no la tocara, porque si lo hacía estaba segura de que se desmoronaría.

Afortunadamente, Cristiano no lo hizo. Se marchó sin decir ni una sola palabra. Ella permaneció allí sentada, escuchando cómo los pasos de su amado se alejaban de ella.

Cristiano estaba de muy mal humor cuando se montó en el helicóptero que lo llevaría a casa. No tenía deseo alguno de regresar a su apartamento. Éste había sido su refugio tras la muerte de Julianne, porque allí no tenía recuerdos de ella. Había sido un lugar seguro hasta que Antonella pasó una única noche allí.

Se colocó las manos en las sienes, esperando así poder hacer desaparecer con un masaje el terrible dolor de cabeza que estaba empezando a sentir. Sólo era estrés de todo lo ocurrido en los últimos días y de la charla que había mantenido con Dante Romanelli.

Sorprendentemente, sentía simpatía por el nuevo rey de Monteverde. No presentía en él siniestras intenciones. El rey Dante era un par de años más joven que él, pero parecía mayor. El estrés de gobernar en tan terrible circunstancias le estaba pasando factura.

Mientras charlaba con él, empezó a pensar que Dante era el hombre adecuado para dirigir el cambio en Monteverde. No obstante, como era demasiado tarde para cambiar su plan, Monteverde estaba efectivamente bajo el control de Monterosso.

Sin embargo, su victoria le resultaba vacía. Había creído que sentiría triunfo, satisfacción, pero se sentía vacío. Como si, en vez de ganar, hubiera perdido.

Antonella.

No quería pensar en ella, pero no podía evitarlo. Se

la imaginó sentada en solitario en la terraza donde la había dejado. Algo se quebró en su interior, pero se negó a analizarlo.

Era una mujer hermosa, sensual y fascinante, mucho más fuerte de la mayoría de las personas que conocía y también más vulnerable. Era a la vez inocente y mundana. Lo había hecho arder con una simple mirada y lo desgarraba por dentro con su indignación.

Ella lo amaba. Aunque Cristiano quería aceptar ese amor, dar la vuelta y llevársela consigo a Monterosso, no podía hacerlo. Había aceptado el amor de una mujer en el pasado y ese hecho le había arruinado a ella la vida.

Dejar que Antonella se marchara había sido lo más duro y generoso que había hecho en toda su vida. No podía regresar.

Todo había terminado.

Capítulo 14

EL VERANO estaba llegando a su fin. Los días se iban haciendo más cortos a medida que el sol se dirigía a su campamento de invierno en el cielo. Antonella sonrió a la niña que saltaba a la comba en el patio.

–Va muy bien –le dijo la *signora* Foretti, la directora del albergue infantil–. Ahora sus pesadillas son menos frecuentes. Su psicólogo dice que está avanzando mucho.

–Me alegro –replicó Antonella.

En cierto modo, la pequeña le recordaba a ella misma. Tímida, menuda, asustada de todo y de todos. A su edad, Antonella también había sido así.

–Siempre se pone muy contenta cuando usted viene a verla, *principessa*. Como todos los que viven aquí.

–*Grazie, signora.* Es un honor para mí estar aquí. Si mi experiencia sirve para ayudar a que una mujer deje al marido que la maltrata o que un niño sepa que no es culpa suya que lo maltraten, me basta.

En los dos meses que habían pasado desde que regresó a Monteverde, su vida había cambiado mucho. Seguía queriendo asistir algún día a la universidad, pero había estado tan ocupada que no había tenido tiempo de hacerlo. Se pasaba los días en el albergue y en la fundación que dirigía.

En vez de seguir siendo una fuente de vergüenza y de angustia, su experiencia con su padre se había convertido en su fortaleza. Podía ayudar a otras mujeres y a otros niños. Su fundación iba creciendo como la espuma. Aquella misma mañana, su contable la había llamado para decir que tenían una donación muy grande procedente del extranjero. Había empezado a pensar en internacionalizar el trabajo de su fundación y aquella suma de dinero había llegado en el momento más adecuado.

Se despidió de todos los que trabajaban en el albergue y se volvió a montar en el vehículo que la llevaría de vuelta a palacio. Como siempre que se quedaba sola, no dejaba de pensar en Cristiano. No había tenido noticias suyas desde aquella tarde, en el palacio de Montebianco. Si Dante hablaba con él, nunca se lo mencionaba. No le había contado a su hermano la aventura que había tenido con Cristiano, pero tal vez su hermano había presentido algo.

Se preguntó con desesperación cuánto tiempo tardaría en superar aquellos sentimientos. Cada día que pasaba era más doloroso que el anterior.

Al menos, Monteverde se estaba recuperando. El dinero procedente de la venta de la mena estaba ayudando a animar la maltrecha economía del país. No obstante, había habido algunos contratiempos. El más importante había sido una bomba que explotó hacía dos semanas en un concurrido mercado. El mercado estaba a menos de un kilómetro de palacio. Nunca antes había sentido ella la violencia tan cercana.

En el ataque habían muerto diez personas. El ataque había sido reivindicado por un monterossano, pero el padre de Cristiano se había apresurado a condenar lo ocurrido y a afirmar que el grupo terrorista no había actuado con la aprobación o la autoridad del Estado.

Cuando estaban a punto de llegar a palacio, el coche tuvo que detenerse por el tráfico.

—¿Qué ocurre? —le preguntó Antonella al chófer.

—No lo sé, *principessa*. Podría ser una protesta.

Antonella sacó el teléfono y llamó a su hermano. Cuando él no contestó, llamó a su cuñada.

–Dante no quería decírtelo –le dijo Isabel–, pero el príncipe Cristiano está aquí.

–¿Y por qué no me lo dijo, Isabel? Cristiano di Savaré no significa nada para mí. No he hablado con él desde hace meses. Sería agradable saludarlo.

Isabel quedó en silencio.

–Dante cree que el hecho de mencionarte al príncipe te causa dolor. Te habría enviado lejos, pero no tuvo noticia de esta visita hasta esta mañana.

Antonella pensó que seguramente la visita tendría que ver con la bomba. ¿Se culparía de lo ocurrido? Seguramente.

Sin poder evitarlo, se preguntó cómo se sentiría al volver a verlo.

–Ahora mismo estoy en un atasco –dijo–. Tal vez se haya ido cuando yo llegue.

–Creo que no, querida –suspiró Isabel–. Se va a quedar a cenar. Dante ha llamado a varios de sus ministros para que asistan también. Tal vez deberías pasar la noche en un hotel.

–¿En un hotel? Por supuesto que no. Voy a regresar a casa.

–Ella –dijo Isabel–. Ha venido con una mujer...

–¿Una mujer? –repitió ella

–Sí. El príncipe Cristiano viaja ahora con una acompañante.

Antonella se miró en el espejo con satisfacción. Se había puesto un vestido azul que le sentaba como un guante. El color resaltaba el gris de sus ojos, que además había delineado con *kohl* negro. El brillo de labios le daba a su boca un aspecto jugoso, como cuando acaban de recibir un beso.

Tristemente, los besos eran tan sólo un recuerdo para ella. No había encontrado a ningún otro hombre que quisiera besar.

Se recogió el cabello sobre la nuca, de manera que los rizos oscuros le caían en brillante cascada por la espalda. Cuando se puso sus joyas, un colgante de diamantes, unos pendientes y una pequeña tiara, respiró profundamente para darse valor. Conseguiría superar la cena. Le demostraría a Cristiano que lo había olvidado por completo.

Por supuesto, no era así, pero él no tenía por qué saberlo. Evidentemente, a él no le había costado encontrar otra amante. Le enojaba que se hubiera atrevido a llevarla a su casa, sabiendo que seguramente la vería a ella. Eso sólo podía significar que era para él mucho menos de lo que había imaginado en un principio. Más bien nada.

Llegó tarde al cóctel a propósito. Decidió que, si tenía que asistir, realizaría una entrada que no pasara desapercibida para nadie. Cuando entró en la sala, con la cabeza bien alta, la conversación cesó. Todos los ojos se volvieron para mirarla. Supo el lugar que Cristiano ocupaba en el momento en el que entró en la sala, pero no lo miró. De reojo, distinguió que había una mujer a su lado. Una encantadora mujer con brillantes joyas y un vestido de seda color menta.

–*Principessa* –le dijo un camarero ofreciéndole una bandeja con copas de champán

Antonella tomó una para tener algo entre las manos. El camarero se apartó y la conversación se reinició de nuevo. Isabel se acercó corriendo a ella.

–No tenías por qué venir.

–No seas tonta. Claro que sí.

–Oh, Dios mío... –susurró Isabel mordiéndose el labio. Estaba mirando por encima del hombro de Antonella.

—¿Qué ocurre?

—Antonella...

Ella cerró los ojos brevemente al escuchar aquella voz tan sensual y profunda. En silencio, le pidió a Dios que le diera fuerzas.

—Príncipe Cristiano —replicó mientras se daba la vuelta—. Me alegro mucho de volver a verlo.

La mirada de Cristiano era abrasadora. La miró de la cabeza a los pies.

—Me gustaría hablar contigo en privado.

—Lo siento, Su Alteza —dijo ella, cuando consiguió reponerse de aquel sorprendente requerimiento—, pero eso es imposible. Están a punto de servir la cena.

—En ese caso, hablaremos después de la cena.

—Sí, por supuesto —afirmó ella, sin dejar de sonreír. Esperaba que él se marchara inmediatamente. Después de la cena, ya encontraría ella una razón para ausentarse.

—¿Puedo acompañarte a la mesa? —le preguntó él tomándole la mano antes de que ella tuviera oportunidad de responder.

—Por supuesto.

Por suerte, una vez que Antonella estuvo sentada, él tuvo que dirigirse al lugar que se le había asignado.

La cena resultó interminable. Cristiano estaba sentado a poca distancia de ella. Aunque no desatendía la cortesía, Antonella era muy consciente de todos los gestos que hacía. Su acompañante era una hermosa mujer que sonreía mucho. No era de extrañar. Compartía la cama con un hombre que sabía muy bien cómo hacer feliz a una mujer, al menos físicamente. Antonella la odió inmediatamente y también a sí misma por sentirse así. No era culpa de la mujer ser el objeto de deseo de Cristiano en aquellos instantes.

En cuanto se sirvió el último plato, Antonella colocó la servilleta sobre la mesa y se excusó comentando que tenía un fuerte dolor de cabeza. Ya no podía seguir fingiendo que todo iba bien mientras que el hombre que seguía amando estaba sentado a la misma mesa con su nueva amante.

Cuando se puso de pie, Cristiano la miró. Ella no le prestó atención y se marchó de la sala. El camino más rápido a sus habitaciones era a través del jardín. Salió corriendo hacia el exterior, pero mientras bajaba los escalones, un tacón se le enganchó entre los adoquines del sendero que la llevaba a través del jardín.

–Deberías ponerte unos zapatos más sensatos.

Antonella sacó el zapato y se dio la vuelta para encontrarse cara a cara con Cristiano.

–¿Qué es lo que quieres? –le preguntó ella. La ira era su único refugio.

–Quiero hablar contigo.

–Para ese propósito están los teléfonos. Podrías haber llamado en cualquier momento de estos dos últimos meses.

Cristiano dio un paso al frente. Tenía las manos en los bolsillos. Su expresión era menos controlada de lo que había pensado. Parecía... inseguro.

–Te he echado de menos.

–No digas esas cosas. No quiero oírlo, Cristiano. No voy a volver a acostarme nunca contigo, así que te ruego que te vayas y me dejes en paz.

–Sin ti, no puedo irme.

Antonella se cubrió las orejas con las manos, pero Cristiano le agarró suavemente las muñecas y se las apartó.

–Escúchame...

–¡Suéltame! No tienes derecho, Cristiano. ¿Qué va a pensar tu novia?

—¿Mi novia? ¿De qué estás hablando?

—De la mujer que te acompaña esta noche

—No has escuchado nada de lo que se ha hablado en la mesa, ¿verdad?

—Tengo un terrible dolor de cabeza.

—Rosina es mi prima tercera por parte de mi madre. Es médico. Su especialidad es la cirugía de heridas traumáticas. Explosiones de bomba, tesoro mío. La he traído a Monteverde para que pueda ofrecer sus conocimientos.

Antonella se quedó muy sorprendida, pero sintió en el corazón una ligera esperanza.

—Es muy amable de tu parte.

—Esa bomba ha sido culpa mía. Es lo menos que puedo hacer.

—¿Cómo va a ser culpa tuya?

—Tú me advertiste que no había considerado lo profundamente que llegaba el resentimiento. Que no podría terminar con la guerra entre nuestros dos países tan fácilmente. Tenías razón.

—Gracias a ti, Monteverde se está recuperando. Nos has salvado de la ruina. Es imposible evitar que un puñado de extremistas lo quieran deshacer todo. La bomba no es culpa tuya.

—Tal vez tengas razón. Sin embargo, os he puesto bajo nuestro control sin pensar que era mejor para los monteverdianos. He venido a cambiar eso.

—No lo comprendo.

—Sólo podremos prosperar si trabajamos juntos, no si una nación manda sobre la otra. Dante es un buen hombre. Es un buen rey y es la persona adecuada para guiar a esta nación. Nuestros gobiernos trabajarán juntos hasta que termine la desconfianza y la hostilidad.

—¿Nos has devuelto los derechos sobre la mena?

—Sí. Somos avalistas de vuestra deuda, pero no mandamos sobre vosotros.

—Pero Dante podría vender el mineral a quien quiera...

—Sí. En ese caso, Raúl debería ofrecer un buen precio o ver cómo la mena de Monteverde acaba en manos de sus competidores. Te aseguro que no permitiré que esto último ocurra.

—¿Por qué haces esto?

—Equivocadamente, pensé que los monterossanos somos superiores y que era simplemente la avaricia y la testarudez de los monteverdianos lo que estaba prolongando las hostilidades entre nuestros pueblos. Pensé que podría controlar Monteverde y que así todo terminaría. Me equivoqué.

—Lo siento mucho, Cristiano.

—¿Y por qué tienes tú que sentirlo?

—Bueno, siento que todo esto no te haya dado la paz que buscabas. Me refiero a la paz personal.

—Ah, te refieres al fantasma de Julianne. He cometido muchos errores que ella no hubiera deseado que yo hiciera, pero ella ya no está y por fin estoy dispuesto a seguir con mi vida. Sabía perfectamente lo que hacía cuando se fue en ese convoy. Tal vez se lo hubiera podido impedir en aquella ocasión, pero habría habido otras.

Antonella sonrió. Por fin había aceptado que lo ocurrido no había sido culpa suya. Estaba dispuesto a volver a vivir la vida.

—Me alegro mucho por ti, Cristiano. Espero que seas feliz y que encuentre a alguien que...

—Ya la he encontrado. Te he encontrado a ti.

Antonella sintió que las rodillas se le doblaban. Tuvo que agarrarse a la balaustrada de piedra para no caerse.

—Te ruego que no me atormentes, Cristiano. No podría soportar volver a ver cómo te marchas.

Cristiano le colocó la mano en la mejilla. Los dedos le temblaban. De no haber sido por eso, ella se habría dado la vuelta. Esa señal de vulnerabilidad le hizo pensar que Cristiano podría sentir algo por ella después de todo.

—Me resulta muy difícil sentir el amor cuando me aterra poder perderte, pero así es. Te amo, Antonella.

Ella no pudo contener las lágrimas que comenzaron a caerle por las mejillas.

—Quiero creerte, pero tengo miedo.

Cristiano la tomó entre sus brazos y la acurrucó contra su pecho como si fuera lo más valioso para él.

—No. Eres la persona más valiente que he conocido nunca. Más valiente que yo.

—No...

—Sí. Yo creía que la valentía se encontraba en las cosas heroicas, como salvar a las princesas de árboles caídos, pero va mucho más allá. La verdadera valentía viene de enfrentarse a nuestros miedos, a negarse a aceptar las verdades, por duras que éstas sean. Tú me lo enseñaste. He tardado demasiado tiempo en darme cuenta de la verdad, pero deseo pasar el resto de mis días compensándotelo.

Antonella lo abrazó con fuerza. Entonces, echó la cabeza hacia atrás para que él pudiera besarla. El beso fue todo lo que ella recordaba... y mucho más.

—Dime que sigues amándome, Antonella —susurró él—. Dime que no he estropeado lo que sientes por mí.

—Yo... necesito tiempo.

—Por supuesto. Todo esto es demasiado. Demasiado pronto. Sin embargo, jamás he sido un hombre paciente cuando sé lo que quiero, aunque por ti estoy dispuesto a intentarlo.

—¿Qué es lo que quieres, Cristiano?

—A ti. Te quiero a ti. Creía que ya te lo había dicho.

—No sé lo que eso significa exactamente. Podrías querer una aventura o...

—Antonella, *amore mio* —la interrumpió él tomándole el rostro entre las manos—. Lo quiero todo. Quiero una aventura que dure toda una vida. Te quiero a mi lado todos los días. Quiero que seas mi princesa, mi reina y la madre de mis hijos.

—¿Estás seguro? No te resultará fácil. Yo soy de Monteverde y...

—Te amo, Antonella. No voy a presentar más excusas. Si tuviera que renunciar a mi lugar en la sucesión por ti, lo haría.

—Yo jamás te pediría algo así.

Cristiano le dio un beso en la frente.

—No te queda elección. Para estar contigo, sería capaz de dejar mucho más que un trono.

—No quiero que tengas que renunciar a nada.

Cristiano sonrió.

—En ese caso, dime que te casarás conmigo y que me vas a sacar del sufrimiento en el que vivo. Llevo dos meses sin dormir y sin ser feliz. Si te casas conmigo, lo recuperaré todo.

Antonella estaba dejando paso a la esperanza. Estaba empezando a creer...

—Espero que estés seguro de esto.

—Más seguro de lo que nunca lo he estado.

—Creo en ti, Cristiano. Te confío mi alma. Llevo haciéndolo prácticamente desde el momento en que te conocí.

—¿Significa eso que me amas? ¿Que te casarás conmigo?

—Sí. A las dos cosas.

—*Grazie a Dio* —susurró él—. *Non posso vivere senza voi.*

—Yo tampoco puedo vivir sin ti, Cristiano. *Ti amo.*

Epílogo

ANTONELLA di Savaré, Su Alteza Real la princesa de Monterosso, estaba sentada en una hamaca al lado de la piscina. Tenía los ojos cerrados para poder disfrutar del sol. Resultaba doblemente agradable porque la noche anterior no había dormido muy bien.

Oía las risas y los chapoteos, pero sabía que la *signora* Giovanni lo tenía todo bajo control.

Sintió que alguien se aproximaba a ella. No tuvo que abrir los ojos para saber de quién se trataba. Hubiera reconocido aquel aroma en cualquier parte.

—Sé que estás despierta —dijo él tras darle un beso en la frente.

—Dame un beso como es debido, Cristiano.

—Pues, mírame.

Ella obedeció y él la besó tan apasionadamente que prácticamente la dejó sin aliento.

—Te deseo. Ahora mismo —gruñó él.

—¿No tuviste bastante anoche?

—Ya sabes que no. Antonio te necesitaba cuando las cosas se estaban empezando a poner interesantes.

—Es un bebé que demanda mucha atención —dijo ella, bostezando.

—Estás muy cansada. Ve a dormir un rato. Yo le diré a la *signora* Giovanni dónde estás.

—Le prometí a Cristiana que después la llevaría a comprar un helado.

—Tenemos helado aquí —comentó él con incredulidad.

—Lo sé, pero a tu hija le gusta ir a la heladería y pedirlo ella sola.

—Tiene dos años. ¿Cómo es eso posible?

—No lo sé, pero lo es. Creo que se lo ha enseñado su tío Dante.

—Muy bien, pero la llevaré yo. Tú debes descansar. Entre los niños y tu trabajo con la fundación, en ocasiones me preocupas.

—Estoy bien, Cristiano. ¿Cómo ha ido hoy tu reunión? —le preguntó ella acariciándole suavemente el brazo.

—Muy bien. Dante e Isabel mandan recuerdos. Quieren que vayamos mañana a cenar con ellos.

Antonella sonrió. En los tres años que llevaba casada con Cristiano, la vida se había portado bien con ella. Tenían dos hermosos hijos, sus naciones estaban en paz y la prosperidad había regresado a Monteverde. Aún había facciones que requerían cierta vigilancia, pero llevaban más de un año sin actos de violencia. Incluso se había producido un incremento en el número de matrimonios entre las dos naciones.

—Estupendo, pero tengo más ganas aún de otra cosa —dijo ella.

Los ojos de Dante ardieron de pasión.

—Tienes que dormir, *amore mio*. No me tientes...

Antonella le colocó la mano en la abultada erección.

—Me deseas.

—Sí, claro que te deseo.

—Dormiré mucho mejor si me haces el amor en primer lugar.

Cristiano la tomó en brazos y llamó a la *signora* Giovanni. Antonella se echó a reír mientras él la llevaba al dormitorio.

–Resulta muy fácil seducirte...

–Me parece recordar que fui yo quien trató de rechazarte la primera vez que hicimos el amor, pero tú no me
dejaste –comentó él mientras cerraba la puerta del dormitorio y echaba la llave.

–Estoy encantada de que no seas tan firme en tus convicciones como finges ser.

–¿Cómo dices? Voy a demostrarte ahora mismo lo
decidido que puedo llegar a ser.

–¿Y qué vas a hacer, amor mío?

–Demostrarte que me conviertes en un hombre completo. Que, sin ti, estaría perdido.

Los ojos de Antonella se llenaron de lágrimas.

–Te amo, Cristiano.

Él la tomó entre sus brazos y la besó.

–Eso es de lo que yo estoy profundamente agrade-
cido...

BIANCA™

LYNN RAYE HARRIS

CORAZONES DE DIAMANTE

HARLEQUIN™

Prólogo

Reaparece una valiosa joya. Washington, D.C.

Anoche Massimo d'Oro ofreció una fiesta para su hija en su yate, actualmente anclado en el Puerto Nacional. Francesca, la hija menor del hombre de negocios celebró su dieciocho cumpleaños por todo lo alto. A la fiesta acudieron numerosas celebridades de Washington, y se rumorea que la joven lucía un traje confeccionado a medida por la casa Versace. Se calcula que la fiesta ha costado al señor d'Oro más de cien mil dólares.

El regalo que hizo a su hija fue un espectacular diamante amarillo de cincuenta y cinco quilates, conocido como El Corazón del Diablo. Esta joya, que perteneció durante siglos a la familia real de España, desapareció en los años ochenta y la última vez que se supo de ella, estaba en posesión de la familia Navarro, de Argentina.

Capítulo 1

Ocho años más tarde...

—¿Perdón? —Marcos Navarro miró a la figura vestida con ropa oscura que le apuntaba con un revólver.

—He dicho que te muevas.

En aquella ocasión, la voz sonó menos grave. Marcos se separó de la puerta de la habitación del hotel, mostrando las manos para tranquilizar al intruso.

No era la primera vez que era amenazado con un arma, así que no sentía miedo. Los años que había pasado con una guerrilla en la selva de Sudamérica lo habían inmunizado contra el miedo, además de enseñarle que siempre se presentaba una oportunidad para recuperar la posición de ventaja. Al menos mientras tuviera las manos libres

No, no era miedo lo que sentía, sino ira.

La persona que tenía delante era menuda, pero Marcos sabía que no debía confundir el tamaño con la debilidad. La habitación estaba sumida en la oscuridad, así que no podía vislumbrar ningún detalle del intruso. Sólo podía calcular que ser bastante más alto y pesado le proporcionaba cierta ventaja. En cuanto se le presentara una oportunidad, la aprovecharía. La clave estaba en permanecer alerta. Tenía que evitar por todos los medios que lo atara. El recuerdo de una habitación oscura, con un fuerte olor a sudor y el sabor de su propia sangre, estalló en su mente como una granada.

«No. Concéntrate».

–Estás perdiendo el tiempo –dijo con serenidad–. No guardo dinero en mi habitación.

–Cállate.

Marcos parpadeó. La voz rasposa del intruso se había evaporado. La persona que lo amenazaba con un revólver era claramente una mujer. Marcos se relajó levemente.

¿A quién habría ofendido en aquella ocasión? ¿Cuál de sus antiguas amantes estaba tan desesperada como para llegar tan lejos? ¿Fiona? ¿Cara? ¿Leanne?

Aunque era muy generoso con ellas, a veces les costaba aceptar la ruptura. Pero si era una de ellas, ¿por qué no conseguía identificarla? No era tan insensible como para olvidar el cuerpo o la voz de una mujer que le hubiera proporcionado placer.

Mantuvo las manos a la vista mientras iba hacia el centro de la habitación en espera de instrucciones. La mujer se encogió al pasar él por su lado, pero se irguió al instante, como irritada consigo misma.

Se produjo un silencio sólo roto por las aspas del ventilador de techo.

–Dame la joya –dijo ella, ignorando toda pretensión de ser un hombre.

Marcos pensó que eso lo ayudaría a identificarla.

–No sé a qué te refieres.

Ella dejó escapar un resoplido de impaciencia y blandió el revólver, que centelleó bajo la luz de la luna que inundaba la habitación. El descubrir que se había molestado en ponerle un silenciador no contribuyó a que Marcos se tranquilizara.

–Sabes perfectamente que me refiero a El Corazón del Diablo. Si no quieres morir, entrégamelo.

Marcos sabía que habría hecho mejor ignorando las ridículas pretensiones de los d'Oro y que no debía haber llevado consigo la joya a Estados Unidos. Pero su carrera profesional podía verse perjudicada si no terminaba con sus fraudulentas exigencias. La corte argentina ya había dictaminado a su favor. No necesitaba la aprobación de la corte americana para conservar lo que le pertenecía legalmente y por lo que había pagado con su propia sangre.

¿Habrían mandado los d'Oro a aquella mujer? ¿Sería la demanda una mera estratagema para que la pieza volviera al país para así poder robarla? Aunque el viejo Massimo hubiera muerto, sus hijas seguían vivas. De hecho, todavía le resultaba un misterio el sentimiento de frustración que lo invadía al pensar en la menor de ellas, a pesar de la forma en la que lo había manipulado.

Una parte de sí quería seguir pensando que era inocente, pero otra conocía la crueldad de la que era capaz el alma humana. A menudo, la ingenuidad no era más que la máscara de la traición.

–Querida, si me disparas no conseguirás la joya.

–Pero puede que consiga algo mejor –dijo ella con amargura.

Marcos se puso alerta. Había algo en aquella voz...

–Por ahora me conformo con la joya –añadió ella–. Sácala de la caja fuerte.

Marcos sintió la ira avivarse en su interior. ¿Quién era aquella mujer que osaba intentar robarle lo que le pertenecía por derecho de nacimiento? Tendría que impedírselo como fuera.

Poco tiempo después de que fuera robada, cuando era un niño, la junta militar se llevó a sus padres. Nunca volvieron, y se contaron entre los miles de desaparecidos que el partido gobernante mandó matar antes de que, años más tarde, se restaurara la democracia.

Marcos culpaba a su tío más que al diamante. De no ser por la ambición y avaricia de Federico Navarro, su vida habría sido muy diferente. Pero El Corazón del Diablo era todo lo que le quedaba de su familia, y no pensaba permitir que nadie volviera a arrebatárselo.

—Vamos, abre la caja fuerte —insistió la mujer, haciendo ademán de acercarse pero finalmente quedándose donde estaba.

Marcos permaneció inmóvil unos segundos.

—Está bien —dijo finalmente. Y fue hacia la pared donde estaba la caja.

Tras correr el panel de madera que la cubría, hizo girar la perilla a izquierda y derecha hasta que se oyeron los correspondientes «clics» y la puerta se abrió.

—Frankie —se oyó susurrar una voz—. Date prisa.

Marcos se quedó paralizado intentando adivinar de dónde procedía. Había sonado extrañamente etérea.

—Frankie —se oyó de nuevo.

—Calla —dijo ella—. No tardaré.

¡Llevaba un auricular con el que se comunicaba

con alguien en el exterior! Que usara una técnica tan poco sofisticada para un ladrón experto se sumó a las demás incongruencias de la situación.

–Aléjate de la caja –ordenó ella, haciendo un ademán con el revólver–. Y mantén las manos donde pueda verlas.

Marcos retrocedió con las manos en alto. La mujer esperó a que estuviera junto a la pared opuesta para moverse y entonces encendió una linterna con la que iluminó el interior al tiempo que lo palpaba.

–Está vacía –dijo, desconcertada–. ¿Dónde está?

Marcos casi sintió lástima. Casi.

–Tengo otras joyas, ¿por qué no te las llevas a cambio?

–¿Dónde está El Corazón del Diablo? –insistió ella, apuntándolo–. ¿Dónde lo has escondido?

–Olvídalo, Frankie –dijo él, poniéndole énfasis en el nombre–. Has fracasado.

–No eres tú quien da las órdenes, Navarro. Jamás volverás a decirme lo que debo hacer –dijo ella, tan bajo que Marcos no supo si había oído correctamente.

–¿Quién eres? –exigió saber, rabioso.

Antes de que la mujer hablara o le mandara callar, Marcos alargó la mano hacia el interruptor y encendió a luz.

–¡Bastardo! –exclamó ella, parpadeando al ser cegada por la luz pero sin dejar de apuntarlo con el arma.

Marcos ignoró el insulto. Frankie era una mujer muy atractiva, a la que no había visto en su vida. Llevaba el cabello dorado recogido en un moño bajo; tenía la piel pálida y sus ojos avellana lo miraban centelleantes. Vestía un mono de trabajo negro, lo bastante ceñido como para que se pudiera apreciar la voluptuosidad de su cuerpo.

Parecía furiosa y segura de sí misma, pero al verla mordisquearse el labio inferior, Marcos supo que no era invulnerable. Una corriente de deseo lo atravesó y tuvo que decirse que no era el momento para coquetear con una mujer, especialmente cuando ésta le apuntaba al corazón. Intentó memorizar cada detalle. Si la mujer huía, y siempre que no le disparara, tendría que recordar cómo era. Porque fuera quien fuera, iría en su busca y le haría pagar su osadía.

–¿Quién eres, Frankie, y por qué quieres el collar?

Ella entornó los ojos y por primera vez le tembló la mano.

–No tienes ni idea, ¿verdad? –dijo, riendo con sarcasmo–. Claro que no, porque eres egoísta y cruel, Marcos Navarro.

Marcos sintió un zumbido en la mente, como un molesto mosquito, que ignoró para concentrarse.

–El Corazón del Diablo me pertenece. No voy a consentir que me lo robes. Así que vete o dispárame.

–Me encantaría hacerlo –dijo ella, amenazadora–, pero quiero la joya, Navarro, y acabarás dándomela.

Francesca consiguió dominar la ira que sentía. Cuando Marcos había encendido la luz quiso morir. Pero Marcos no había dado la mínima señal de reconocerla.

Y eso le resultó aún más doloroso. Después de

todo, había sido ella, cegada de amor, quien le había dado El Corazón del Diablo. Sólo ella se había sorprendido cuando Marcos se quedó con la joya y desechó su amor. Para quedarse con el diamante la había engañado, haciéndole creer que la amaba.

La joya respondía a su nombre. Se lo había dado al diablo y éste le había devuelto un corazón roto. Y ahora estaba frente a ella, espectacularmente guapo en su esmoquin, mirándola con gesto altanero, como si fuera un insecto.

Frankie sintió su corazón latir como un pájaro enjaulado. Seguía siendo tan hermoso... Alto, de anchos hombros, con una cicatriz en la comisura del labio que le proporcionaba un aire misterioso y salvaje. Tenía una de esas bellezas latinas que hacían postrarse a las mujeres a sus pies. Tal y como ella había hecho estúpidamente.

Enamorarse de las mentiras y del físico de Marcos Navarro había destrozado su vida. Por creer que tenía un futuro con él le había dado lo que quería. ¿Cómo había sido tan ingenua como para creer que un hombre como él pudiera interesarse en ella, una chica regordeta, tímida y fea?

Su hermana había intentado prevenirla, pero ella no la había escuchado porque estaba convencida de que Livia, la hermosa Livia, estaba celosa. Y por no escucharla había llevado a su familia a la ruina.

Marcos la había engañado. A ella y a todos. Pero ella era la única culpable de que el astillero d'Oro hubiera tenido que cerrar, de que su padre se hubiera suicidado, y de que su madre conservara tan sólo una vieja casa en Nueva York.

Apretó el arma con fuerza. Ya no dejaría que la vida la siguiera vapuleando y privándola de las personas que amaba.

Jacques no iba a morir mientras dependiera de ella. El anciano la había cobijado cuando huyó tras la muerte de su padre, le había dado un trabajo y le había enseñado todo lo que sabía sobre el negocio de joyería. Había cuidado de ella en los momentos más duros de su vida, cuando quería morir junto al bebé que nunca había llegado a tener en sus brazos.

Aunque nunca había sentido por Robert lo mismo que por Marcos, había llegado a convencerse de que sólo se debía a una romántica visión de juventud que lo convertía en excepcional. Aunque se había quedado embarazada accidentalmente, en cuanto lo supo, ansió ser madre. Robert, por el contrario, no había manifestado el menor entusiasmo, y la había dejado a los pocos meses.

Cuando perdió el bebé, Jacques fue el único que permaneció a su lado. Por eso lo quería tanto y no pensaba abandonarlo.

—El collar, Marcos —dijo con firmeza—. Dámelo.

—No está aquí, querida. Estás perdiendo el tiempo.

Francesca le apuntó a la ingle.

—Matarte no me daría ninguna satisfacción. En cambio puedo privar a las mujeres de tus habilidades como amante. Te aseguro que tengo muy buena puntería.

Había aprendido por necesidad, y aunque nunca había disparado a nadie, no sentía el menor remordimiento en amenazar a Marcos si con ello lograba salvar a Jacques.

–Seas quien seas, Frankie, te encontraré –dijo él en tono amenazador–. Y cuando lo haga, desearás no haberme conocido.

Frankie sintió que el corazón le daba un vuelco.

–Eso no sería ninguna novedad. Ahora, dame el collar antes de que pierdas la capacidad de tener hijos.

Francesca sintió que se le formaba un nudo al emitir una amenaza que no habría deseado a nadie. Pero tenía que ser fría y calculadora, como él.

Marcos la miró con ojos centelleantes de furia y la mandíbula apretada. Muy lentamente, se llevó una mano a la pajarita, soltó el nudo y la dejó caer al suelo.

Francesca contuvo el aliento al ver que se desabrochaba el primer botón y que quedaba al descubierto la base de su cuello.

–¿Qué haces? No es el momento de intentar seducirme, Navarro –dijo fríamente.

Él metió la mano por debajo de la camisa, tiró de una cadena de plata, se la sacó por la cabeza y se la lanzó a Francesca, que la tomó en el aire. Sujetándola con fuerza, vio que de ella colgaba una llave.

–¿Qué se supone que tengo que hacer con esto?

–Hay una caja de seguridad debajo de la cama. El collar está dentro.

Francesca miró a Marcos con desconfianza.

–Sácala tú –dijo, haciendo un ademán con el revólver.

Marcos se encogió de hombros y fue hacia el dormitorio con aparente indiferencia. Ella lo siguió a distancia para evitar que pudiera alcanzarla si se volvía súbitamente. No podía correr ningún riesgo. Aunque nunca había llegado a conocerlo bien, sabía que era un hombre peligroso, el mismo demonio con envoltura de seda. Eso era lo que le había atraído de él en primer lugar: la promesa de oscuros y peligrosos secretos que ella, siempre protegida en un mundo de privilegiado bienestar, nunca había llegado a atisbar. Eso, y la convicción de que la amaba.

Francesca tuvo que contener una exclamación de rabia. Aquella chica inocente estaba enterrada en el pasado. La mujer en la que se había convertido lo sabía todo sobre oscuros secretos.

Se detuvo en el umbral de la puerta mientras Marcos se acercaba a la gigantesca cama que dominaba la habitación. Las sábanas de seda estaban abiertas, esperándolo, y en la mesilla reposaba una cubitera con una botella de champán y dos copas.

Francesca intentó ignorar la oleada de calor que la invadió. ¿Cómo no habría pensado que esperaba a una mujer? Tenía que conseguir el collar antes de que llegara. Quizá Marcos contaba con ello y estaba haciendo tiempo para que la situación se complicara.

—Date prisa —dijo ella al tiempo que él se arrodillaba junto a la cama—. No intentes nada o te juro que dispararé.

Marcos la miró fijamente.

—¿Intentas convencerme a mí o a ti misma?

Francesca asió el revólver firmemente.

—No me pongas a prueba, Marcos. Y usa sólo una mano —añadió cuando él se agachó debajo de la cama.

Marcos mantuvo una mano en el suelo, donde ella pudiera verla, y alargó la otra. Francesca oyó el ruido de metal antes de ver una caja alargada y negra.

–Ahora deslízala hacia mí y siéntate en la cama –ordenó.

Marcos se puso en pie y dio una violenta patada a la caja hacia ella, que la detuvo con el pie.

–Todavía estás a tiempo de marcharte –dijo él con voz ronca–. Si lo haces, prometo no seguirte.

–Siéntate en la cama –reiteró ella.

Marcos sonrió pero no engañó a Francesca, que sabía que estaba dispuesto a atacar en cualquier momento.

–¡Y yo que creía que sólo te interesaba el collar! –dijo él con sarcasmo.

–Siéntate, Marcos, deprisa.

–Está bien. ¿Me desnudo primero?

Sin esperar respuesta, se sentó y se reclinó relajadamente sobre el cabecero, luego se abrió otro botón de la camisa, dejando a la vista un triángulo de piel morena que Francesca había deseado besar en el pasado aunque no llegara a tener la oportunidad de hacerlo. Por eso era aun más increíble que Marcos no la reconociera. Por mucho peso que hubiera perdido, no había cambiado tanto. Seguía siendo Francesca d'Oro, tan poco atractiva como en el pasado. Eso sólo significaba que nunca había sentido un verdadero interés por ella.

–¿Te gusta lo que ves? –preguntó él, provocativo.

Francesca sacó unas esposas del bolsillo y se las tiró. Marcos abandonó toda pretensión de sarcasmo para mirarla con odio, y otro sentimiento que Francesca no supo interpretar, pero que se parecía al miedo.

—Espósate a la cama y asegúrate de que las cierras bien.

Marcos apretaba las esposas con tanta fuerza que tenía los nudillos blancos.

—Vas a tener que pegarme un tiro —dijo con fiereza—, porque cuando te encuentre haré que tu peor pesadilla se haga realidad.

—No me tientes —masculló ella—. Haz lo que te he dicho.

Marcos la miró con la respiración agitada, pero obedeció. Francesca creyó ver que palidecía, pero pensó que era imposible que Marcos Navarro sintiera miedo.

Tras cerrar las esposas, Marcos tiró de ellas para demostrarle que estaban bien cerradas. Francesca respiró, aliviada. Hasta que Marcos volvió a hablar.

—Pagarás por esto, Frankie, te lo aseguro.

—Cállate —gritó ella, sujetando el revólver con firmeza.

El corazón le latía con tanta fuerza que la ensordecía. Marcos no tenía ni idea de que su peor pesadilla ya se había hecho realidad. Nada de lo que pudiera hacerle podía ser más espantoso que la paliza que le habían dado los matones que habían matado al bebé que llevaba en su seno.

—No quiero hacerte daño, Marcos, pero te juro que lo haré si me obligas a ello.

Se agachó y abrió la caja de seguridad con dedos temblorosos. La adrenalina le recorrió las venas al pensar que en cuestión de segundos tendría El Corazón del Diablo, y que con él, la vida recuperaría su normalidad, Jacques se curaría y podría continuar haciendo sus preciosas joyas, mientras ella regentaba la joyería en la que las vendían.

Una punzada de pánico la atravesó al imaginar lo que podría pasar si Marcos llegaba a encontrarla, pero se tranquilizó diciéndose que aun en el caso de que la localizara, la joya ya habría desaparecido y Jacques se estaría recuperando.

También ahogó el sentimiento de culpabilidad que más de una vez la había asaltado al cuestionarse si actuaba correctamente. Marcos era rico y no necesitaba el collar. Además, la había engañado para que se lo diera. Prometes amar, respetar y cuidar...

Alzó la cabeza bruscamente al oír un ruido en la habitación contigua.

—¿Cariño, dónde estás? —llamó una mujer cuyo acento delataba su pertenencia a una clase social privilegiada, poseedora de riqueza y cultura.

Francesca se quedó paralizada. Ella había disfrutado de esas cosas en el pasado, pero las había perdido por culpa de Marcos.

En realidad nunca había sido feliz, y ni la educación ni las clases de protocolo que había recibido la habían convertido en la hija que su madre deseaba tener. Nunca había alcanzado la perfección de Livia. Escapar había sido un alivio. Al menos hasta que una nueva pesadilla había estado a punto de hacerla enloquecer.

—¿Cariño? —volvió a llamar la mujer.

Francesca alzó el revólver indicando a Marcos que guardara silencio. Para su sorpresa, éste la obedeció mientras ella tomaba la caja y retrocedía hacia la oscuridad del balcón.

Lo último que vio fueron los ojos de Marcos Navarro clavados en ella con un brillo metálico que prometía venganza.

Capítulo 2

JACQUES estaba en la cama, tapado por las mantas hasta la barbilla. Tenía los ojos cerrados y respiraba trabajosamente. Francesca tragó saliva para contener el llanto. Ansiaba contarle que tenía el diamante y preguntarle qué debía hacer, pero si lo hacía, estaba segura de que Jacques se preocuparía por ella.

Gilles, el sobrino de Jacques, la miró con preocupación desde el otro lado de la cama. Él la había ayudado a recuperar el diamante, y Francesca se sentía culpable de haberlo implicado.

Desde el instante que había leído en el periódico que Marcos volvía con El Corazón del Diablo a Nueva York, no había podido pensar en otra cosa que recuperarlo. Pero lograrlo no le había causado ninguna satisfacción. Aunque él le hubiera robado la joya, se arrepentía de la forma en la que lo había conseguido.

Quizá debía haber llamado a Marcos para intentar verlo en persona y pedírselo. ¡Pero qué posibilidades habría tenido de que la escuchara!

No. El tiempo se le estaba acabando a Jacques y también a ella. Livia y su madre habían puesto una demanda aduciendo que les pertenecía, y si la ganaban o si el juez dictaba a favor de Marcos, ella no vería ni un céntimo.

No tenía tiempo ni dinero para pelear judicialmente. No le había quedado otra opción que recuperar la joya por medio del robo. Jacques era mucho más importante para ella que todo eso.

Había hecho todo lo posible para conseguir dinero con el que pagar su tratamiento contra el cáncer, pero ninguna aseguradora estaba dispuesta a darle un crédito. Tragándose el orgullo, incluso había llamado a su madre para suplicarle que le diera dinero, pero debía haber sabido que Penny Jameson d'Oro ya no era millonaria, y que de acuerdo a sus estándares, no le quedaba más que lo justo para vivir. No habría dado un céntimo a nadie, y menos a la hija a la que culpaba de su presente estado de «pobreza».

–Avísame cuando se despierte –dijo Francesca. Y Gilles asintió con la cabeza.

Francesca salió y bajó las escaleras que conducían a la tienda. Era muy afortunada teniendo a Gilles para compartir el cuidado de Jacques sin desatender la joyería.

Sabía que, de haberlo querido, Gilles podría ser más que un amigo. Era de su misma edad, fuerte y lleno de energía, y tenía una colección de novias con las que salía ocasionalmente aunque con ninguna de ellas había llegado a establecer una relación seria.

Pero no quería cruzar esa línea con él por mucho que a menudo se sintiera sola y vacía. Como en aquel instante, en el que el recuerdo de Marcos descubriendo su pecho y sacando la cadena con la llave, la hizo estremecer.

Apartó la imagen de su mente diciéndose que el amor no estaba hecho para ella, y que no era el momento de pensar en un argentino sexy. Tenía que conseguir vender El Corazón del Diablo, y, por más que sintiera un nudo en el estómago, no tenía sentido sentirse culpable después de haber llegado tan lejos.

En cuanto abriera la tienda, haría unas cuantas llamadas discretas para encontrar un comprador.

Al abrir la puerta entró una ráfaga de viento. Hacía una mañana gris y desapacible, que anunciaba el invierno. Su aliento formaba un vaho blanquecino y le recordó a su infancia, en la mansión familiar, cuando las hojas se tornaban doradas y las manzanas perfumaban el aire.

Sólo pensaba en su vida pasada ocasionalmente, pero ver a Marcos había reavivado sus recuerdos. Alguna vez había tratado de imaginar cómo habría sido su vida con él, pero el propio Marcos se había ocupado de hacer sus sueños añicos, y la vida se había ocupado de asestarle el último golpe.

Fue a la pequeña cocina en la parte trasera de la tienda para hacerse un café. Al oír la campanilla de la puerta anunciando que había entrado alguien, Francesca fue a recibir al primer cliente del día con una amplia sonrisa y la taza en la mano.

Un hombre alto se inclinaba sobre una vitrina, dándole la espalda. A través de la puerta se veía a dos hombres de anchos hombros, cruzados de brazos. Francesca sintió un escalofrío. El viejo terror amenazó con paralizarla, pero consiguió vencerlo. Dejó la taza y deslizó una mano hacia el revólver que ocultaba bajo el mostrador.

Hacía meses que no sufrían un intento de robo, pero no estaba dispuesta a correr ningún riesgo. El recuerdo del dolor, de la sangre y del pánico a perder el bebé mientras el ladrón la golpeaba y pateaba la asaltó al tiempo que asía el frío metal de la culata. Después de aquel episodio había aprendido a defenderse, y había descubierto que podía actuar con frialdad si su vida de ello dependía.

–Yo que tú no lo haría –el hombre se volvió y Francesca contuvo el aliento–. Buenos días, Frankie. ¿O prefieres que te llame Francesca?

A Marcos Navarro no le gustaba que se rieran de él, y eso era lo que Francesca había hecho. La mujer que lo miraba no tenía nada que ver con la joven dulce y tímida que había conocido hacía años. ¿Cómo podría haber reconocido a la mujer fría y calculadora que tenía ante sí?

En aquel instante, sin embargo, parecía desconcertada y vulnerable, pero Marcos ahuyentó aquel pensamiento porque sabía que sus instintos estaban demasiado sincronizados con el dolor y el miedo ajeno. Ésa era una de las herencias de una infancia transcurrida en las calles de Buenos Aires. Había aprendido por las malas que no podía salvar a todo el mundo. Y menos aún a Francesca d'Oro. En el pasado había sentido lástima por ella; luego, desprecio. Tras el robo, la odiaba. Además de arrebatarle la joya, le había sometido a una humillación que había jurado no volver a experimentar. Aunque la retención con las esposas había durado poco, un minuto había bastado para hacerle recordar los días de pánico, sangre y dolor, durante los que había permanecido encadenado en una habitación oscura mientras era golpeado para que proporcionara información sobre sus compañeros.

Francesca no sabía nada de aquello ya que nunca se lo había contado, pero eso no le impedía odiarla por haberle recordado la angustia de sentirse indefenso.

Por eso estaba allí: para hacerle pagar por sus actos.

Un ruido en las escaleras llamó la atención de Francesca antes de que se hubiera recuperado de la sorpresa. Dio un paso en esa dirección, pero no lo suficientemente deprisa como para que le diera tiempo a impedir que un hombre bajara los últimos peldaños y, al verlo, mirara a Marcos con abierta hostilidad.

–¡No, Gilles, no vale la pena!

Francesca y Gilles intercambiaron una mirada que hizo que a Marcos se le hiciera un nudo en el estómago. La forma en que aquel hombre miraba a Francesca y la muda comunicación que había entre ellos...

Francesca se volvió hacia él.

–Marcos...

–Dile a tu amante quién soy, Francesca, y lo que significo para ti.

Ella enrojeció a la vez que su expresión se endurecía.

–¿Cómo te atreves? Tú no significas absolutamente nada para mí.

–No es eso lo que dijiste cuando prometiste amarme, respetarme y obedecerme el esto de tu vida.

Francesca no se molestó en mirar a su amante y Marcos asumió que éste sabía lo que había habido entre ellos. Sólo así habría conseguido convencerlo para que la ayudara a robar el collar. Porque Marcos estaba convencido que la voz que había oído la noche anterior le pertenecía.

—Ya no estamos casados, Marcos. ¿No recuerdas que te marchaste y que no litigaste contra la anulación?

Marcos deslizó la mirada por el cuerpo de Francesca cuyo holgado jersey negro y vaqueros no conseguían esconder sus curvas. De haber tenido aquel aspecto a los dieciocho años, Marcos dudaba que le hubiera resultado tan fácil volver a Argentina tras la boda.

Había perdido el exceso de peso, se había quitado las gruesas gafas y su cabello, que antes llevaba en una poco favorecedora melena, caía por su espalda como oro líquido. Sus sensuales labios nunca le habían resultado tentadores en el pasado.

Cuando volvió la mirada a sus ojos color avellana, vio que lo observaban con odio, y Marcos se preguntó cómo lo mirarían una vez se vengara de ella.

—Querida, será mejor que me des El Corazón del Diablo —dijo con fría amabilidad.

Ella alzó la barbilla.

—¿Cómo me has localizado tan pronto?

—No pensarás que soy tan ingenuo como para confiar en tu familia. He instalado un microchip con un GPS en el collar.

Francesca lo miró con ojos centelleantes.

—Me pertenece, Marcos. Me lo robaste la noche de bodas.

—Si no recuerdo mal, me lo regalaste, mi amor.

–No lo habría hecho de haber sabido que ibas a abandonarme.

–Claro, pensabas que me habías comprado, ¿verdad? Que tu papaíto te conseguiría cualquier cosa que le pidieras.

Francesca enrojeció.

–¡Eres repugnante!

Marcos se encogió de hombros con indiferencia a pesar de que estaba furioso consigo mismo porque era cierto que se había vendido. Ansiaba tanto recuperar El Corazón del Diablo que había pasado meses intentado convencer al padre de Francesca que se lo vendiera, aunque no tenía el dinero para comprarlo.

Pero Massimo d'Oro era un manipulador y le había regalado la joya a su hija. La culpa era sólo suya, pensó Marcos, por haberle dedicado tanta atención. La encontraba dulce e inocente, una especie de Patito Feo que vivía bajo la sombra de su hermosa hermana, Livia, y había acabado dejándose atrapar en la red. Ver como su rostro se iluminaba cada vez que se dirigía a ella había incrementado su deseo de protegerla. Hasta el día en que su padre le comunicó que si quería obtener el collar y que él lo ayudara a defender Industrias Navarro del ataque de Federico, tendría que casarse con Francesca. En ese momento Marcos se había dado cuenta de que era igual que las demás d'Oro, vanidosa, mimada y superficial. La única diferencia era que, al no ser hermosa, tenía que usar otras armas, y él se había dejado engañar.

–Cuando te casaste conmigo no me encontrabas tan repugnante, querida –hizo un ademán con la mano–. Pero olvidemos el pasado. O me das el collar o haré que mis hombres destrocen la tienda en su busca.

—Es mío, Marcos —dijo ella con firmeza—. Pero estoy dispuesta a vendértelo por un precio justo.

Francesca se apoyó en la puerta del Bentley y tiró de la manija por enésima vez. Sabía que el resultado iba a ser el mismo, pero estaba tan furiosa que tenía que hacer cualquier cosa para no atacar al hombre que conducía. Ya había gritado hasta quedarse ronca.

Su reacción la había desconcertado. No pensaba que le pagaría ni un céntimo por el collar, y desde luego no había imaginado que fuera a raptarla a plena luz del día tras ordenar a sus matones que arrasaran la tienda.

Gilles había intentado salvarla a pesar de que ella le había rogado que no se pusiera en peligro, pero uno de los hombres de Marcos lo había retenido, apuntándolo con un revólver. Gilles había permanecido quieto, con los puños apretados con furia.

Francesca cerró los ojos para contener las lágrimas. Confiaba en que a Jacques no le hubieran despertado ni los gritos ni el ruido de los cajones abriéndose y cerrándose. Pero, ¿qué sería de él sin ella? ¿Cómo iba a poder Gilles cuidar de Jacques y mantener la joyería abierta al mismo tiempo?

Alguien tenía que ocuparse de recoger las medicinas de Jacques, de hacer su caldo favorito y encargar el material para el taller. Aunque apenas trabajaba, ocasionalmente hacía algunos diseños en cera que luego Gilles fundía en metal y lijaba hasta obtener la pieza sobre la que engarzar la gema.

¡Jacques...! Francesca se mordió el puño para contener el llanto.

—¿También lloraste cuando me marché, Francesca?

Ella se volvió hacia Marcos bruscamente.

—¡No estoy llorando! —dijo entre dientes, aunque la humedad de sus mejillas indicaba lo contrario—. Y jamás lloraría por ti.

—¡Qué lástima!

—¿Dónde me llevas?

Marcos entornó los ojos.

—A Buenos Aires, mi amor.

El corazón de Francesca se aceleró.

—¡No puedes hacer eso! ¡Hay personas que me necesitan!

—Te lo advertí —dijo él con una fingida dulzura que contradecía la furia de su mirada.

Francesca tuvo la convicción de que disfrutaba torturándola.

—Estoy segura de que no quieres hacer esto.

—Te equivocas. ¿Recuerdas el juramento que hiciste, Frankie? —Marcos alisó una arruga imaginaria de la manga de su camisa.

—¡Deja de jugar conmigo! Y no me llames Frankie.

Marcos la atravesó con sus ojos azabache.

—Creía que te gustaba. ¿Es un apelativo cariñoso exclusivo de tu amante?

Francesca se abrazó para protegerse del frío que sentía. Aquel hombre no se parecía en nada al joven argentino que la había cautivado, pero no debía olvidar que entonces sólo la trataba bien para ganarse su afecto y engañarla.

En cuanto consiguió lo que quería la dejó para que

se enfrentara a la humillación a solas. ¡Ni siquiera la había besado jamás! Habían estado casados tres horas y aparte de un beso en la mejilla cuando el juez de paz dio la ceremonia por concluida, nunca se habían besado.

—Tienes que dejarme ir. ¡Jacques me necesita!

—Ah, sí, el dueño de la joyería. ¿También es tu amante?

Francesca miró a Marcos indignada.

—¡Te has tomado tantas molestias para localizarme y ni siquiera sabes que Jacques Portier tiene setenta y cinco años, y que sin mi ayuda puede morir! —Marcos permaneció tan frío e indiferente que Francesca no pudo contener un sollozo—. Necesito el collar, Marcos. Necesito el dinero para salvar a Jacques.

Marcos frunció los labios.

—Una historia poco convincente, Francesca. Olvidas que sé de lo que eres capaz. Puede que ese Jacques esté enfermo, pero sólo lo utilizas para hacerme sentir lástima. Eso siempre se te ha dado bien.

—No —Francesca se inclinó hacia él intentando demostrarle que su desesperación era sincera—. Iré contigo y haré lo que me pidas, firmaré un documento diciendo que te he dado el collar y que mi madre y mi hermana no pueden reclamarlo, pero a cambio tienes que ayudar a Jacques, por favor.

Marcos la miró en silencio tanto rato que Francesca temió que no la hubiera oído.

—Tengo una idea mejor —dijo finalmente, bajando la voz hasta el punto de que Francesca tuvo que aproximarse aún más para oírle.

—Haré lo que quieras —dijo.

—Te creo —dijo él, tras dejar que su mirada vagara por el cuerpo de Francesca.

El aire se electrizó y a Francesca se le aceleró el corazón, pero se dijo que no era más que una manifestación del odio que sentían el uno por el otro.

—Vendrás conmigo a Buenos Aires, querida.

—Está bien —replicó ella automáticamente, aunque la idea la llenaba de angustia.

Tenía que recordar que lo único importante era que Marcos usara su dinero para salvar a Jacques, y si para ello tenía que bailar encadenada, lo haría. Aun así, no pudo contener su curiosidad.

—¿No bastaría con que firmara un documento ante notario?

—Es posible. Pero prefiero mi solución: vas a volver a casarte conmigo, Francesca, pero esta vez se tratará de un matrimonio de verdad.

Francesca se quedó sin aliento. Entre todas las cosas que estaba dispuesta a hacer para salvar a Jacques, Marcos había elegido la más dolorosa.

—Es una locura. Ni lo sueñes.

—Está incluido en el precio que estoy dispuesto a pagar.

Francesca cerró los ojos e intentó respirar con normalidad. Marcos jugaba con ella como parte de su venganza, aunque no conseguía comprender en qué podía beneficiarle cuando ni quisiera se sentía atraído por ella.

¿Sabría lo de su antiguo novio y lo del bebé que había perdido? No había vuelto a estar con un hombre desde el aborto. ¿Pretendía Marcos atormentarla? ¿Estaría hablando en serio?

Al decir que haría cualquier cosa no había considerado aquella posibilidad, la que más la aterrorizaba de todas. Aunque ya no fuera la joven inocente en peligro de perder su corazón, ¿no sería una tortura forzarla a una intimidad que sólo podía hacerle recordar lo que no tenía, lo que nunca tendría, el bebé que nunca acunaría en sus brazos?

–Tú no me quieres –dijo, ahogándose.

–Permanentemente, no. Pero sí el tiempo suficiente como para que tu familia se dé por vencida respecto a El Corazón del Diablo.

Francesca sabía que debía conservar la calma para poder enfrentarse a la situación. Entrelazó sus dedos temblorosos sobre el regazo. Había aprendido a distanciarse y a controlar sus emociones, y aquélla era la oportunidad de demostrarlo.

–¿De cuánto tiempo estamos hablando, Marcos?

–¿Tres, seis meses? –dijo él, encogiéndose de hombros.

¡Seis meses! ¡No podría soportarlo!

–Firmaré lo que quieras y permaneceré en Buenos Aires, pero no tiene sentido que nos casemos.

–Te equivocas –dijo él. Y su voz sonó como el restallido de un látigo–. El diamante me pertenece, pero hasta que nos casemos se seguirá cuestionando mi derecho a poseerlo.

Francesca sintió que se ahogaba.

–¿Cómo puedo saber que cumplirás tu palabra respecto a Jacques?

–Firmaré un documento.

Francesca cerró los ojos y tragó saliva.

–Nuestro matrimonio no tiene por qué ser más que

un papel —dijo, sintiendo que las palabras le cortaban como una navaja de afeitar—. Puedes seguir viendo a quien quieras. Cuando nos divorciemos, nadie tiene por qué saberlo.

La cicatriz que Marcos tenía en la comisura de los labios le daba un aspecto temible y sensual a un tiempo. Cuando sonreía de medio lado le daba aspecto de depredador.

—Pero yo sí lo sabría, Francesca.

Marcos le tomó la mano y se la llevó a los labios. El cuerpo de Francesca reaccionó en cuanto la tocó, despertando sus sentidos, devolviendo a la vida partes de su cuerpo que llevaban años anestesiadas.

—¡No me toques! —dijo, soltándose.

Marcos sonrió malévolamente.

—No tengo intención de ver a otras mujeres. Mientras estemos casados, pienso cumplir con mis votos matrimoniales.

Puesto que no la deseaba, la única explicación posible a la actitud de Marcos era que quisiera torturarla, pero si no accedía, ponía la vida de Jacques en peligro.

Uniendo a las dinastías d'Oro y Navarro, el mundo entero reconocería su derecho a poseer El Corazón del Diablo. Sólo así se sentiría satisfecho. En cuanto lo consiguiera, probablemente la dejaría marchar.

—Antes, tendrás que redactar y firmar el documento.

Marcos sacó el teléfono del bolsillo y marcó un número. Tras dar una serie de órdenes hablando en español, guardó el teléfono con una sonrisa triunfal.

–Los contratos estarán listos cuando lleguemos.

–Preferiría verlos antes de dejar Nueva York.

–Lo siento, pero mi avión privado está listo para despegar.

–Seguro que puedes pedir que espere.

–Pero no pienso hacerlo –dijo Marcos, dirigiéndole una mirada heladora.

–No puedes obligarme a embarcar –dijo ella, en un último intento de retarlo.

–Si es preciso, te llevaré en brazos, Francesca.

–Gritaré hasta que alguien acuda en mi ayuda.

–¿Y arriesgar con ello la vida de Jacques? Lo dudo.

–Te odio –musitó Francesca antes de girar la cabeza y mirar por la ventanilla mientras una lágrima rodaba por su mejilla.

Tras una pausa, Marcos habló con la suavidad del terciopelo y la dureza de un diamante.

–Quizá ésa sea la única manera de que nos comprendamos.

Francesca cerró los ojos. Lo que comprendía era que acababa de vender su alma al diablo, y que los tratos con el diablo nunca acababan bien.

Capítulo 3

EL VUELO a Buenos Aires duró más de diez horas y aunque viajaron en el lujoso y confortable avión de Industrias Navarro, para cuando llegaron, Francesca estaba exhausta. Apenas había dormido desde la noche anterior, cuando había asaltado a Marcos en el hotel.

Aunque era de noche, las luces de la ciudad iluminaban el cielo nocturno con un resplandor rosáceo. Francesca tropezó al bajar la escalerilla y Marcos la tomó por la cintura, bajando con ella hasta la pista. Sus dedos la quemaban a través de la ropa.

Un elegante Mercedes los esperaba. Francesca se sentó lo más alejada posible de Marcos y éste se puso a hablar por teléfono en su melodiosa lengua materna. Francesca hablaba francés y alemán aceptablemente y podía leer latín, pero nunca había aprendido español.

Cuando terminó la conversación, guardó el teléfono y ambos guardaron silencio mientras el coche se adentraba en la ciudad. Aunque viajaban a gran velocidad, Francesca se fijó en el gran obelisco que ocupaba el centro de una majestuosa avenida. Marcos le contó que se había erigido allí para conmemorar el cuatrocientos aniversario de la fundación de la ciudad.

—A veces se organizan conciertos a su alrededor— añadió.

Y Francesca se dio cuenta de que estaba rodeado por un gran semicírculo de césped y una plataforma que podía acoger a un grupo numeroso de gente. De hecho, aunque era de noche, se veía mucha gente paseando alrededor. Incluso vio una pareja bailar el tango, aunque se la ocultaban el círculo de curiosos que la observaba.

A pesar de lo cansada que estaba y de la razón por la que estaba allí, el colorido y el bullicio de la gran ciudad la atraparon. Durante su infancia había viajado mucho, pero nunca había ido a Sudamérica. A su madre le encantaba ir a París, a Roma y al Mediterráneo, y mientras Francesca y Livia permanecían encerradas en el hotel con sus tutores, ella se dedicaba a ir a desfiles de moda y a comprar compulsivamente. Quizá ésa era una de las razones de que la fortuna de su padre hubiera desaparecido con él. Penny Jameson d'Oro ya no viajaba al extranjero, algo de lo que responsabilizaba a Francesca al cien por cien.

—No recuerdo haber visto nunca una avenida tan ancha —dijo precipitadamente, ahuyentando los oscuros pensamientos que la asaltaban siempre que pensaba en su madre.

—Es lógico. Se trata de la Avenida 9 de julio. Tiene doce carriles.

—¿Dónde vamos? ¿Falta mucho para llegar? —a pesar la inquietud que sentía, Francesca estaba deseando acostarse.

–Estamos a punto de llegar. Mi familia vive en Recoleta.

–Creía que estábamos en Buenos Aires.

–Recoleta es un barrio.

–¿Es allí donde creciste?

Marcos apretó los labios.

–No. Cuando se llevaron a mis padres, fui a vivir con unos familiares.

A Francesca le sorprendió que eligiera esa expresión en lugar de «murieron» o «desaparecieron».

–¿Cómo que «se llevaron»?

–Es una larga historia, Francesca. Algún día te la contaré. Basta que sepas que reclamé la casa familiar y que ahora vivo en ella.

El coche tomó una calle bordeada de casas señoriales que recordaban a París. Pronto llegaron ante una verja de hierro que se abrió automáticamente. Tras traspasarla, el coche se detuvo ante una imponente fachada blanca.

Una exuberante colección de palmeras y macizos de flores decoraban un pequeño patio previo a la entrada. Un hombre uniformado acudió a recibirlos en cuanto bajaron del coche.

–Bienvenido, señor Navarro.

–Gracias, Miguel. Es un placer volver a casa.

Un grupo de hombres se aproximó al maletero posterior y retiraron el equipaje. Marcos condujo a Francesca a un magnífico vestíbulo con una gran araña de cristal, suelo de baldosas blanco y negro en diamante y un enorme espejo veneciano ocupando una de las paredes. Su elegancia hizo que a Francesca se le hiciera un nudo en el estómago. Ella había de-

jado atrás aquel tipo de lujo y todo lo que conllevaba.
Aquel lugar le hacía sentir insignificante. ¿Cómo iba
a poder vivir allí interpretando el papel de esposa de
Marcos y no derrumbarse?

Marcos le tomó la mano súbitamente y se la besó.
Llevaban horas sin hablarse, y el gesto la tomó des-
prevenida y despertó su suspicacia.

Marcos la observó con una mezcla de odio y deseo que la desconcertó tanto como su tacto, que despertó cada célula de su cuerpo.

—Hasta mañana, mi amor. Juanita te acompañará
a tu dormitorio.

Una joven con uniforme que estaba en un lateral,
hizo una genuflexión cuando Francesca la miró.
Luego ésta se volvió hacia Marcos de nuevo.

—Por favor, no me llames eso —dijo en un susurro.
Darse cuenta de que era mucho más vulnerable de lo
que había creído la mantenía en estado de shock, y le
hacía temer su reacción ante cualquier intento de
aproximación de Marcos.

Él arqueó una ceja con sorna.

—¿Prefieres que te llame Frankie?

Francesca liberó su mano en cuanto él aflojó la
presión.

—Claro que no. Me refiero a «mi amor». Sabes que
no lo soy.

—Desde luego que no, pero recuerda que nos casa-
remos pronto y que tenemos que mantener las apariencias.

Francesca sintió que el corazón le daba un vuelco.
Sólo al entrar en aquel... palacio, se había dado
cuenta de lo que había hecho al acceder a las condi-

ciones de Marcos. Tuvo que recordarse que todo lo hacía por Jacques.

–No hace falta que finjamos que nos queremos –dijo.

Ya iba a ser bastante difícil superar los siguientes meses como para tener que mostrarse cariñosa con aquel hombre, cuando había tardado años en erigir una muralla a su alrededor para protegerse del dolor que le había causado la brutalidad con la que la había abandonado.

Marcos la miró con severidad.

–Te equivocas, Francesca. Como mi esposa, tendrás que acudir a muchos actos públicos y vas a tener que demostrar lo feliz que eres a mi lado. ¿Comprendes?

Francesca sintió que las rodillas le flaqueaban, y bien por cansancio o por miedo, perdió el equilibrio. Marcos evitó que cayera al suelo, tomándola en brazos y sujetándola contra su pecho.

–Estoy bien –dijo con voz quebradiza–. Déjame en el suelo

Marcos masculló algo ininteligible antes de dar una orden sin dirigirla a nadie en particular y encaminarse hacia la escalera que ascendía en curva al piso superior.

–No es más que cansancio –dijo ella, sintiendo una mezcla de vergüenza y de excitación por la proximidad física de Marcos.

Nunca había estado tan cerca de él. Ni siquiera estando casados la había abrazado; jamás había sentido la fuerza de sus brazos rodeándola. ¡Cuántas veces había soñado con que la condujera así al dormitorio, la echara sobre la cama susurrándole al oído palabras provocativas antes de desnudarla y hacerle el amor toda la noche!

Pero entonces tenía dieciocho años, y en el presente, era una pesadilla ser consciente de que despertaba sensaciones en ella que ningún hombre había despertado en los últimos cuatro años.

Juanita los adelantó precipitadamente y abrió una puerta. Marcos entró en la habitación y depositó a Francesca en un pequeño sofá que había junto a la ventana. Ella cerró los ojos momentáneamente y al abrirlos vio que Marcos la observaba.

–Si estás embarazada de tu amante, será mejor que lo digas ahora mismo.

Francesca recibió aquellas palabras como una bofetada y tuvo ganas de llorar y reír a la vez de rabia, pero se mordió el labio y sacudió la cabeza.

– Sólo estoy agotada –dijo, rabiosa–. Necesito descansar.

–Si es así, no te importará que lo compruebe haciéndote un análisis de sangre.

Francesca lo odió con toda su alma, pero pensó en Jacques y decidió mostrarse sumisa.

–Hazme los análisis que quieras. No tengo nada que ocultar.

–Estás temblando –dijo Marcos con el ceño fruncido.

–Se me pasará en cuanto te vayas.

Marcos apretó los labios en un gesto que Francesca reconoció como de enfado. Pero le dio lo mismo. También ella estaba enfadada

–Por favor, márchate, Marcos –dijo débilmente–. Quiero estar sola.

Él se acercó en actitud amenazadora.

–Puedes quedarte sola y pensar en tu amante por esta noche, pero desde mañana nos comportaremos como una pareja feliz.

Antes de que Francesca pudiera reaccionar, salió a grandes zancadas y cerró de un portazo. La doncella llegó unos segundos más tarde y le preparó un baño ignorando las protestas de Francesca, que le indicó que lo haría ella misma.

Lo cierto fue que en cuanto se sumergió en el agua perfumada se sintió mucho mejor. Cerró los ojos y, maldiciendo a Marcos, apoyó la cabeza en la almohada de baño que le había dado Juanita.

La mujer que lo había amado era una niña inocente. Desafortunadamente, la mujer del presente podía incluso desearlo, pero nunca lo amaría.

Intentó olvidar la forma en que su cuerpo había reaccionado al sentirse en sus brazos y el anhelo que había despertado en ella de entrelazar sus piernas alrededor de su cintura y sentir la presión de su cuerpo moviéndose en su interior.

Era desconcertante despertar al deseo cuando llevaba tanto tiempo aletargada. Hizo correr el agua fría para borrar las fantasías que su mente invocaba, salió de la bañera y se secó enérgicamente. Dudó si buscar en su equipaje la camiseta de algodón que usaba para dormir, pero finalmente optó por el pijama de seda que Juanita había dejado sobre la cama.

A pesar de lo cansada que estaba, permaneció despierta un buen rato, escuchando los ruidos de la casa y deseando estar en su pequeño apartamento. Estaba a punto de dormirse cuando un ruido la espabiló. ¿Eran imaginaciones suyas o alguien gritaba? Se incorporó en la cama y prestó atención. Se trataba del sonido inconfundible de una voz masculina, áspera y sofocada, llena de angustia. Francesca se levantó y fue hasta la puerta sigilosamente. ¿Acaso sólo lo oía ella? ¿Debía pedir ayuda?

Entreabrió la puerta y escudriñó el descansillo. El sonido volvió a repetirse tras la puerta que quedaba frente a la suya, y el pulso se Francesca se aceleró mientras se acercaba a ella. Quienquiera que estuviera al otro lado necesitaba ayuda. Pero ¿y si se equivocaba y su intervención era recibida como una intromisión?

Buscó el picaporte a tientas, pero la puerta estaba cerrada con llave. Volvió a oír un grito y olvidó toda reserva. Había sido un grito de dolor.

Francesca llamó con los nudillos. Los gritos cesaron y unos segundos más tarde, la puerta se abrió de par en par y apareció Marcos, sudoroso y perturbado.

Francesca retrocedió un paso al ver la angustia reflejada en su rostro.

—He oído algo... No sabía...

—No corres ningún peligro —dijo él con frialdad—. No tienes de qué preocuparte.

Francesca pestañeó, pensando que no la había comprendido.

—Pensaba que alguien necesitaba ayuda.

—No pasa nada —Marcos pareció titubear, pero enseguida recuperó el semblante áspero—. Vuelve a la cama —añadió. Y cerró la puerta.

Francesca se quedó paralizada en la oscuridad, preguntándose si no habría sido más que un sueño o si debía volver a llamar y asegurarse de que Marcos estaba bien. Finalmente, volvió a su dormitorio y pasaron horas hasta que concilió el sueño.

Marcos se tumbó en el suelo, resistiéndose a volver a la cama empapada de sudor, y porque la dureza del suelo le recordaba a las noches pasadas en la selva. O en la calle.

Hacía tiempo que no sufría pesadillas tan intensas, pero empezaban a repetirse regularmente. Haber estado esposado a la cama era una de las causas, y eso que no había sido más que durante unos minutos y no durante semanas, como cuando había caído en manos de sus enemigos. Aun así, la experiencia le había hecho revivir aquellos espantosos momentos, convirtiéndolo una vez más en un animal cuya única obsesión era sobrevivir.

Pensó en Francesca al otro lado de la puerta, con cara de preocupación y el cabello alborotado, y sintió una mezcla de odio y de deseo que lo asustó. Al verla, había tenido que reprimir el impulso de obligarla a entrar y hacerle el amor durante horas. También había querido castigarla por contribuir a desenterrar los recuerdos del pasado.

Como en otras ocasiones, se cuestionó la decisión de secuestrarla en lugar de haberse limitado a volver con el diamante a Argentina y dejarla atrás. Pero ya no había remedio: tendría que llevar a cabo su plan. No estaba dispuesto a perder lo que tanto esfuerzo le había costado conseguir. Y tal y como había hecho hasta el momento, superaría sus pesadillas.

—¿Clases de español? —Francesca parpadeó al ver el calendario que Marcos le acababa de dar, en el que cada día estaba ocupado con citas, clases de español, lecciones de cultura general, de tango...

Era casi mediodía. Había dormido más de lo habitual y, tras ponerse una blusa azul clara y unos vaqueros blancos, bajó, rogando que Marcos se hubiera ido a trabajar y la hubiera dejado sola.

Sin embargo, Marcos la esperaba y cuando la vio le dirigió una mirada implacable. Estaba espectacular con una camisa blanca y unos pantalones tostados. Llevaba las mangas dobladas, y en uno de sus antebrazos se veía un tatuaje con dos espadas entrecruzadas, que Francesca no recordaba haber visto ocho años atrás, pero tampoco recordaba haberle visto los brazos desnudos.

—Es imprescindible —dijo él.

—¿Para qué si sólo voy a pasar aquí unos meses?

Marcos se encogió de hombros.

—¿Qué sentido tiene hacer cualquier cosa, Francesca? ¿Para qué levantarse a ver el amanecer, por qué tomar un helado o leer un libro, o dar un paseo por la playa? Porque vale la pena, eso es todo. Como vale la pena que, mientras estés aquí, aprendas español. Tómatelo como una aventura.

—No me gustan las aventuras —replicó ella—. Prefiero las rutinas y recuperar la vida que tenía hasta ahora.

—Recuerdo que te comportabas como un conejillo asustado.

Francesca se ruborizó.

—Era muy tímida.

Marcos rió con sarcasmo.

—¡Qué gran excusa! Ya no puedes engañarme.

—Ni lo pretendo. No me analices, Marcos.

—Era un comentario, no un análisis —dijo él. Y al meter las manos en los bolsillos, las mangas se deslizaron hacia abajo y el tatuaje quedó tapado.

—¿Por qué tienes ese tatuaje? —preguntó ella, más que nada por distraer la atención de sí misma.

Marcos alzó la manga para mostrarlo.

—No me lo hice porque quisiera, sino porque tenía que mostrar mi lealtad.

—¿A quién?

Marcos la quemó con la mirada.

—No quieres saberlo.

—Te equivocas. ¿Tiene algo que ver con las pesadillas?

En lugar de reaccionar, Marcos se acercó a ella y poniendo un dedo bajo su barbilla le hizo alzar el rostro hacia él.

—No pienso contártelo. Tu primera clase de español empieza en una hora.

—¿Lo conservas como recuerdo? Ahora pueden quitarlos con láser —dijo ella, negándose a dejar el tema.

Marcos desvió la mirada.

—No es asunto tuyo, Francesca.

Francesca carraspeó y miró el calendario de nuevo.

–No tiene ningún sentido que aprenda a bailar el tango.

–Es el baile tradicional argentino.

–No recuerdo que tú aprendieras a bailar country para casarte conmigo.

–El country no es un baile tradicional y tú sólo eres americana a medias –Marcos frunció el ceño–. De hecho, no recuerdo haberte visto bailar nunca.

–No me gusta.

No era verdad. Lo cierto era que siempre había sido muy torpe y que mientras Livia destacaba en las clases de ballet, ella estaba demasiado gorda para subir la pierna a la barra y su madre le había obligado a ponerse a dieta. Tardó dos meses, pero finalmente lo consiguió y, a pesar de la completa ausencia de elegancia en sus movimientos, se empeñó en seguir bailando ballet.

Marcos se pasó la mano por el cabello.

–Tienes que aprender porque mi esposa debe saber bailar el tango.

Esa palabra hizo que la recorriera un escalofrío, junto con otra sensación que no quiso analizar.

–Todavía no he visto el contrato, así que no sé cuáles son las cláusulas.

–Pronto lo tendrás. De todas formas, no recuerdo que a mí se me consultara nada sobre nuestro matrimonio –dijo Marcos con rabia contenida.

Francesca sintió que le ardían las mejillas. Había sido tan tonta como para creer que era una boda de verdad.

–No fue culpa mía.

–¿Ah, no? Yo fui amable contigo y tú asumiste

que me convertía en una de tus posesiones –Marcos maldijo–. Mandaste a tu padre a comprarme, Francesca. No finjas que no lo sabías.

Francesca sintió que le hervía la sangre. Estaba harta de que se la culpara de un matrimonio fraudulento y de las terribles consecuencias que había tenido en las vidas de tantas personas. Aunque Marcos creyera lo contrario, la desconfianza era mutua.

–¿Por qué fuiste amable conmigo, Marcos? ¿Confiabas en que mi padre te diera permiso para casarte conmigo? ¿Asumías que era tan ingenua y estaba tan ciega como para darte El Corazón del Diablo?

Marcos la miró airado.

–¿Cómo te atreves a culparme? Tú eras la que, consentida como todas las mujeres d'Oro, acostumbrabas a salirte siempre con la tuya. Y en ese momento, me querías a mí y nada podría haberte detenido. Yo sí que fui ingenuo al creer en tu fingida inocencia y timidez.

¿Marcos creía que era como su madre o como Livia? De no haberse sentido tan humillada, Francesca habría reído. Estaba claro que Marcos no tenía ni idea de cómo era y que todo lo que ella había creído de él era una gran mentira. Por más que lo supiera hacía años, confirmarlo una vez más hacía sangrar la herida de nuevo.

Francesca clavó un dedo en el pecho de Marcos.

–No hacía falta que un hombre como tú fuera amable conmigo cuando yo no significaba absolutamente nada para ti. Si lo hiciste fue porque conquistarme formaba parte de tu plan.

Marcos dejó escapar una exclamación.

–Cuando te conocí ni siquiera poseías el collar. Si fui amable contigo fue porque me dabas lástima.

Francesca contuvo el aliento. Aunque siempre lo hubiera sospechado, oírlo en labios de Marcos fue como recibir una bofetada. ¿Por qué era tan doloroso después de tantos años, y cuando durante aquel tiempo había sufrido golpes aún más crueles?

Francesca se alejó de él y respiró profundamente. Luego se volvió y con labios temblorosos, dijo:

–Supongo que entre otras cosas sentías lástima de los veinte kilos que me sobraban.

Marcos la miró con expresión velada.

–El peso no es importante.

Francesca rió.

–No, claro que no. Por eso todas las mujeres con las que sales están esqueléticas. Pero no te preocupes, que no pienso avergonzarte comiendo en exceso.

–Lo que pese una mujer sólo es importante para ella –dijo Marcos–. Si está cómoda en su cuerpo da lo mismo lo obesa que sea.

–¡Eres un hipócrita! –exclamó Francesca, indignada–. Jamás me besaste porque te daba asco.

–Si no te besé fue porque estaba enfadado –Marcos dio un paso hacia ella, acosándola–. Y sigo estándolo. Pero tienes razón, debía haberme aprovechado de ti y de todo lo que estabas dispuesta a ofrecerme.

Francesca retrocedió un paso, asustada por la forma en que Marcos la miraba. Lo había retado y tenía que asumir las consecuencias.

–No sé qué estás tramando, pero no te atrevas a besarme. Es demasiado tarde.

–Nunca es demasiado tarde –dijo él, tirando de ella hacia sí.

Antes de que Francesca pudiera asimilar las miles de sensaciones que despertaba en ella sentirse aprisionada contra el pecho de Marcos, él agachó la cabeza y se apoderó de sus labios.

Capítulo 4

FRANCESCA intentó separarse de Marcos, pero él la retuvo posando una mano sobre la parte baja de su espalda y asiéndola con la otra por la nuca para hacerle ladear la cabeza al tiempo que introducía la lengua entre sus labios. Francesca los cerró para rechazar el beso, pero olvidó toda resistencia al sentir la sensual boca de Marcos contra la suya.

Años atrás había soñado que Marcos la besaría con delicadeza y dulzura. Pero aquel beso no tuvo nada delicado, sino que fue apasionado y ardiente; el beso de un hombre a una mujer, un beso posesivo y exigente que desconcertó a Francesca y que hizo prender una llama en su interior.

¿Por qué la besaba de aquella manera si no era su tipo, si no se sentía atraído por ella? Sólo había una explicación posible: que pretendiera anular su voluntad y subyugarla. Y lo estaba consiguiendo.

Francesca apoyó las manos en su pecho para empujarlo, pero las dejó lánguidamente posadas sobre el suave algodón de su camisa. Cada milímetro de su cuerpo pareció despertar, derritiéndose, fundiéndose con el de él. No recordaba haber sentido deseo sexual desde hacía más de cuatro años.

A lo largo del tiempo había tenido varios amantes y había disfrutado del sexo, pero tras la trágica pérdida de su bebé y ser abandonada por Robert, había dejado de sentir todo deseo hacia los hombres.

Hasta aquel instante.

Marcos subió una mano por su costado hasta cubrir uno de sus pechos y ella no pudo contener un gemido ahogado al tiempo que se apoyaba contra él, anhelando perderse en su varonil calor. Tan sólo por una vez quiso sentirse viva de nuevo...

Pero si lo hacía, demostraría que seguía siendo la joven ingenua que habría hecho cualquier cosa que Marcos le pidiera. Y aquella joven estaba muerta y enterrada junto con el incondicional y apasionado amor que había sentido por él.

Francesca lo tomó por las muñecas para obligarlo a soltarla, pero Marcos se puso repentinamente rígido, rompió el beso y retiró los brazos tan bruscamente que ella sintió un latigazo en las manos. Al mirarlo, vio que respiraba agitadamente y que su rostro reflejaba la misma expresión extraviada que había observado la noche anterior.

—¿Qué sucede, Marcos?

Él sacudió la cabeza y se separó de ella.

—Nada. Olvídalo.

—Mientes.

Francesca pensó que se trataba de una reacción causada por la repugnancia al darse cuenta de que era ella a quien besaba. Se rodeó la cintura con los brazos para contrarrestar un escalofrío, y se enfadó consigo misma por haberse dejado llevar. Mientras él despertaba en ella emociones que creía muertas, ella sólo le daba asco.

–Te dije que no me besaras, y si me encuentras tan repulsiva no deberías haberme hecho caso.

–He dicho que lo olvides –gruñó él.

–He intentado olvidar los últimos ocho años, y lo estaba consiguiendo hasta que me raptaste.

Marcos se enfureció.

–Si no hubieras intentado robar El Corazón del Diablo no estarías aquí.

–¿Acaso has olvidado que tú me lo robaste a mí?

–No tienes ni idea de lo que dices, Francesca. La joya fue robada a mi familia; nunca perteneció a la tuya.

Francesca apretó los puños.

–Si insinúas que mi padre la robó...

–No, fue mi tío. Y la usó para convencer a tu padre de que hiciera negocios con él aunque no le pertenecía.

Francesca lo miró desconcertada. Jamás había oído aquella versión de los hechos, aunque sí sabía que El Corazón del Diablo había pertenecido con anterioridad a los Navarro. Siempre había asumido que su padre la había comprado. Por eso había pensado que entregársela a Marcos era un símbolo de la alianza entre las dos familias. Lo que no había previsto era que Marcos tomaría la joya y la abandonaría.

–¿Por qué habría de creerte?

–Me da lo mismo que me creas o que no. Es la verdad. La joya me pertenece por derecho, por nacimiento y por tradición. Ni es, ni ha sido nunca tuya.

Francesca no quería creerlo, pero recordó que su padre no había querido acudir a la policía para recuperarla, y que su madre le había gritado y suplicado que denunciara a Marcos antes de acabar culpándola a ella de la pérdida. Y entonces...

–Mi padre se suicidó cuando los negocios con tu tío lo arruinaron –dijo, inexpresiva–. El collar podría haberlo ayudado a recuperarse.

La expresión de Marcos se suavizó.

–Lo sé, y no sabes cuánto lo siento, Francesca.

Francesca se secó una lágrima.

–Muchas gracias. Me haces sentir mucho mejor –dijo, sarcástica.

Quería que Marcos supiera el daño que su egoísmo había causado. Aunque nunca se había sentido particularmente próxima a su madre, al menos formaba parte de su vida. Ya ni siquiera se hablaba ni con ella, ni con su hermana Livia.

Se había quedado sola desde el momento en que su padre apretó el gatillo; un suicidio del que ella era responsable por haber sido tan estúpida como para regalar El Corazón del Diablo a aquel hombre.

–Fue una lamentable tragedia, pero el collar no lo habría salvado porque no habría podido venderlo, Francesca. Legalmente, no le pertenecía.

Francesca odiaba recordar aquel periodo y la desesperación que su padre tenía que haber sentido como para actuar como lo había hecho, y siempre se preguntaba en qué medida las cosas habrían sido distintas si no se hubiera casado con Marcos. Pero si Marcos decía la verdad, El Corazón del Diablo no habría salvado a su padre de la ruina.

–¿Y por qué no nos denunciaste? ¿Por qué no nos llevaste a juicio?

–Porque no podía permitírmelo. Confiaba en que

tu padre actuara honestamente y me devolviera el diamante. Pero lo que hizo fue dártelo a ti y decirme que sólo lo recuperaría si me casaba contigo.

Francesca se oyó emitir una carcajada histérica. Su pobre padre, siempre empeñado en hacerla feliz para tratar de equilibrar las diferencias entre ella y Livia.

—Claro, y tú no tuviste reparo en conquistar al Patito Feo para quitarle el collar.

—No eras nada fea —dijo él en tono serio—. Y lo sabes. Ya han pasado ocho años y sigues fingiendo que estás acomplejada, cuando sabes perfectamente que eres una mujer hermosa.

Francesca lo miró atónita con el corazón acelerado, pero se dijo que no podía caer en la trampa de creerlo.

—No digas lo que no sientes. Estoy aquí y tienes el collar. También he accedido a casarme para que no temas perderlo, así que guárdate los cumplidos para tus amantes.

Marcos resopló de impaciencia al tiempo que tomaba un maletín que reposaba en una silla.

—¡Dios, no sé para que me molesto! Me voy a trabajar. En cuanto llegue el contrato haré que te avisen.

Francesca hubiera querido arrojarle algo al verlo partir, pero sólo tenía a mano el calendario, que dejó caer al suelo con un suspiro de impotencia.

El contrato era tan humillante como había imaginado. Francesca lo leyó detenidamente mientras los abogados le explicaban las cláusulas en detalle.

Estaban en el despacho de Marcos, una habitación luminosa, con un gran escritorio de nogal, estanterías del suelo al techo y mobiliario de diseño moderno. Francesca se había sentado en una de las butacas, con un abogado a su lado, mientras Marcos permanecía de pie, apoyado en la pared con las manos en los bolsillos.

El contrato era muy minucioso: permanecerían casados durante un mínimo de tres meses y ella renunciaría en nombre de su familia a El Corazón del Diablo, algo que en aquel momento casi le resultaba un alivio porque había llegado a la convicción de que la joya pertenecía verdaderamente al diablo.

Su corazón se aceleró, sin embargo, al llegar a una cláusula, y tuvo que controlar el impulso de alzar la vista hacia Marcos. ¿Acaso esperaba que le estuviera agradecida o creía que le exigiría más?

Al concluir el matrimonio, recibiría diez millones de dólares, una cantidad que para Marcos no representaba nada, pero que aseguraba a Jacques un futuro sin preocupaciones. De no ser por él, lo habría rechazado.

Pasó la página en busca de la información que más le importaba, y al llegar a la cláusula en la que Marcos se comprometía a pagar todos los gastos médicos de Jacques, los ojos se le llenaron de lágrimas. Parpadeó para controlarlas y siguió escaneando el contrato en busca de alguna trampa, y aunque no la encontró, sí encontró la referencia a que, mientras durara el matrimonio, actuaría de anfitriona, compartiría su cama y le haría compañía. Su corazón se aceleró, pero si era el precio que tenía que pagar para cuidar de Jacques, no se echaría atrás.

–Deme un bolígrafo –dijo, interrumpiendo a media frase al hombre que se sentaba a su derecha.

Él se llevó la mano al bolsillo de la chaqueta, pero Marcos se adelantó y le dio una pluma con la que Francesca firmó... como si firmara un pacto con el diablo.

Marcos guardó el contrato en una carpeta y se lo dio a uno de los abogados. Éstos se fueron y los dejaron a solas.

Francesca se sentía humillada, pero trató de consolarse diciéndose que tres meses no representaban nada en la vida de una persona.

–Me alegro de haber acabado con esto –dijo, alzando la barbilla–. Has sido muy listo añadiendo el detalle de que el matrimonio sea consumado para que nadie pueda cuestionar su validez.

Marcos la observó con una mezcla de odio y deseo a la que Francesca empezaba a acostumbrarse, aunque en aquella ocasión creyó percibir que había más de lo segundo que de lo primero.

–¿Y si estuviera decidido a cumplir el contrato al pie de la letra? –preguntó él en un tono engañosamente dulce.

Francesca consiguió encogerse de hombros a pesar de que el corazón se le aceleró.

–No podría negarme. Firmándolo, me he comprometido a cumplirlo.

–Así es, querida.

Francesca se puso en pie. Tenía que alejarse de él para que su corazón dejara de latir desbocadamente cada vez que la miraba.

–Si hemos acabado, me marcho. Me espera una clase de tango.

–Esta tarde, no. Tenemos que hacer otras cosas.

–¿Y qué es tan importante como para que tenga que cancelar la clase? –preguntó Francesca, sarcástica.

Los labios de Marcos se curvaron en una sonrisa pícara, y Francesca se puso alerta.

–Nuestra boda, mi amor –dijo él.

Capítulo 5

MARCOS estaba satisfecho con cómo estaba saliendo su plan, así que en lugar de sentirse ofendido por la mirada de odio que le dirigió Francesca cuando la ayudó a bajar de la limusina para ir al Registro Civil, se limitó a sonreír al pensar que parecía un gatito tratando de actuar como un tigre.

Francesca se alisó el vestido color melocotón. Cuando Marcos había visto cuánto la favorecía, se alegró de que no vistiera de blanco. La única pega era que se trataba de un vestido holgado que ocultaba la forma de su cuerpo, y tomó nota mental de que debía introducir un cambio en su estilo de vestuario.

–Me sorprende que no te hayas vestido de negro –dijo cuando entraban en el edificio con ella del brazo.

–Me hubiera gustado, pero no metí ninguno en la maleta.

Marcos rió.

–No deberías ser tan arisca el día de tu boda.

Francesca no se inmutó.

–No salió bien la primera vez y no va a salir mejor ésta. ¿Cómo has conseguido organizarlo tan pronto? Creía que en Argentina la burocracia llevaba tiempo.

–Tengo influencias, querida. El dinero es siempre muy motivador.

–¡Qué afortunada soy!

–Desde luego. Si no fuese por mi dinero, Jacques no recibiría el tratamiento que necesita.

Marcos seguía sin comprender por qué aquel hombre era tan importante para Francesca. Había encargado una investigación sobre su vida durante los ocho años que no se habían visto, pero sólo tenía información parcial. Poco después de que su padre se suicidara, había abandonado la casa familiar para ir a trabajar a la pequeña joyería de Jacques Frontier. Desde entonces había vivido una vida discreta, muy distinta a la de su infancia.

Aunque no parecía tener sentido, Marcos había tomado suficientes decisiones sorprendentes en sus treinta y cuatro años de vida como para no juzgar las de los demás.

Francesca se detuvo bruscamente y lo miró con sus ojos color avellana humedecidos por las lágrimas. Marcos no supo interpretar qué la había emocionado hasta que ella dijo:

–A pesar de todo, quiero agradecerte que hayas proporcionado el mejor tratamiento posible a Jacques. Nunca soñé con algo así –dejó escapar una risa seca para combatir el llanto y se frotó el puente de la nariz–. ¡Me había prometido no llorar!

El corazón de Marcos se encogió al oír su tono lastimero, y no pudo evitar acariciarle la mejilla.

–No soy tan cruel como crees, Francesca. Nadie se merece morir por no poder pagarse un tratamiento.

Jacques es muy afortunado teniendo a alguien como tú luchando por su bienestar.

–Pero si no te hubiera quitado El Corazón del Diablo no estaríamos aquí y...

–A veces las cosas pasan por razones misteriosas.

Marcos había aprendido aquella verdad en la calle y en la selva. A menudo era imposible averiguar por qué la vida era como era; el porqué del sufrimiento, o de la muerte de niños. Cosas que prefería olvidar o que intentaba borrar de su recuerdo.

Francesca lo miró alterada.

–¿Por qué tienes que ser tan amable?

–¿Preferirías que dejara de serlo? –preguntó Marcos, desconcertado.

–No –Francesca sacudió la cabeza–. Me pregunto cuánto tiempo vas a seguir siéndolo.

–Toda la noche si es necesario.

Francesca bajó la mirada como si se sintiera súbitamente incómoda. Marcos le obligó a alzar la cabeza para mirarla a los ojos.

–No es necesario que finjas, Francesca.

Las lágrimas pendían de sus pestañas como diamantes y Marcos tuvo que reprimir el impulso de secárselas con un beso.

–No estoy fingiendo, Marcos.

–¿De verdad quieres que crea que no sabes lo bonita que eres?

Ruborizándose, Francesca abrió los ojos de sorpresa, y por primera vez Marcos se preguntó si era verdad que no había superado sus complejos de la adolescencia, o si pretendía manipularlo despertando su compasión.

–No digas eso –dijo ella con un hilo de voz.

–Como quieras, mi amor.

Francesca tomó aire y se recompuso. Había adquirido una dureza de carácter en aquellos años que Marcos no sabía explicar, pero que intuía que no se debía sólo a la trágica muerte de su padre ni a la pérdida de estatus de su familia. También cabía la posibilidad de que no se tratara más que de un escepticismo adquirido por el paso del tiempo.

–¿Va a venir alguien de tu familia? –preguntó ella.

–No. Magdalena y su marido están en su bodega de Mendoza.

–¿Magdalena es tu hermana, verdad?

–Sí, mi hermana menor. Acaba de tener su tercer hijo y no pueden viajar.

Francesca miró al suelo y tragó saliva, y Marcos notó que entrelazaba los dedos con tanta fuerza que los nudillos se le pusieron blancos.

–Comprendo –dijo en un susurro.

–Los conocerás pronto. Tenemos que ir a visitarlos y conocer al bebé.

Aunque su intención había sido la contraria, Marcos observó que el comentario hacía que se tensara aún más y que hiciera lo posible por esquivar su mirada.

–¿Te preocupa conocer a mi hermana?

Francesca lo miró.

–En absoluto, pero no sé qué sentido tiene si pronto estaremos divorciados.

–Lo raro sería que no os presentara. No creo que te cueste aguantar unas cuantas horas. Además, Magdalena estará tan ocupada con el bebé que apenas te prestará atención.

–Claro –dijo Francesca en un tono carente de toda emoción–. Si eso es lo que quieres no tengo más remedio que acceder a ello.

Una vez más, Francesca estaba casada. La ceremonia fue rápida e impersonal. Se limitó a repetir las palabras que le dictaban y finalmente Marcos le puso un anillo en el dedo y la besó en la mejilla.

Tras recibir la enhorabuena del personal del Registro, salieron y subieron a la limusina.

Francesca observó en silencio el diamante de tres quilates que llevaba en el dedo. Tenía el tamaño perfecto y aunque no había consultado con ella, Marcos había elegido la joya perfecta.

Resultaba extraño que no se tratara de una boda de verdad, o que la sortija no fuera más que una posesión temporal: nada más que una tirita para tapar una herida.

El diamante lanzó destellos al reflejar la luz. La alianza a juego también tenía diamantes incrustados. Y aunque Francesca se habría resistido a reconocerlo, lo cierto era que adoraba los objetos hermosos. Por eso mismo siempre había sufrido tanto por ser incapaz de agradar a su madre con su aspecto o con su estilo. Siempre había envidiado la elegancia natural y la preciosa ropa de Livia.

A pesar de que era mucho más madura, todavía se sentía como una torpe adolescente al lado de la sencilla elegancia de Marcos. Llevaba años sin preocuparse por su apariencia porque era la adecuada para su vida junto a Jacques, pero la aparición de Marcos le había devuelto la inseguridad del pasado.

Apartó de sí el deseo de creer que decía la verdad al describirla como «bonita». Lo que Marcos Navarro pensara debía darle lo mismo. La joven que ansiaba desesperadamente su aprobación había sido enterrada en el pasado.

Marcos estaba sentado a su lado, hablando por teléfono de trabajo con su voz cantarina mientras iban camino de su casa en Recoleta, la mansión que por muy hermosa que fuera ella nunca podría considerar su hogar. Sólo iba a ser una residente temporal, así que debía evitar sentirse apegada a su belleza, a la serenidad de sus frescos patios con fuentes y su frondosa vegetación. Ella tenía un hogar en Nueva York que compartía con Jacques y al que pensaba volver en cuanto Marcos la dejara marchar.

La visita a su hermana iba a ser una dura prueba en varios sentidos. Desde que había perdido al bebé, no había soportado estar cerca de niños porque el dolor se le hacía insoportable.

Años atrás había creído que Marcos sería el padre de sus hijos, pero no habría sido posible ni aunque se hubieran casado en aquella segunda ocasión por amor.

¿Cómo iba a poder soportar estar con un recién nacido?

«No pienses en el futuro. Ve día a día», se dijo. Sólo así había podido sobrevivir a los peores días de su vida. No pensando más allá que el presente.

–Esta noche tenemos que ir a una recepción –dijo Marcos al tiempo que guardaba el teléfono en el bolsillo. Francesca tuvo que hacer un esfuerzo para salir de su apesadumbrado ensimismamiento–. Tendrás que ponerte El Corazón del Diablo.

–No quiero.

–¿Ya empiezas a rebelarte?

–El collar te pertenece, Marcos. No sé por qué quieres que lo luzca.

Francesca lo consideraba completamente innecesario, y estaba segura de que la intención de Marcos era demostrarle que tenía el poder.

–Porque es mío y porque tú también –dijo él con frialdad.

Francesca se cuadró de hombros.

–No me posees, Marcos. Sólo has comprado mi cooperación, no a mí.

–Deberías tener más cuidado –dijo él con aparente calma.

Francesca se sintió avergonzada y furiosa a un tiempo, pero estaba decidida a dejarle claro que no la poseía. Hacía años que había descubierto que, para lo bueno y para lo malo, su vida no era más que suya.

–No veo por qué. Después de lo que me has dicho antes, no te creo capaz de retirarle el tratamiento médico a Jacques. A no ser que mintieras, claro está, o que sólo lo dijeras porque pensabas que era lo que yo quería oír.

Marcos la miró impasible y Francesca temió haberse equivocado y haber arriesgado demasiado. En aquel momento le pareció tan distante y cruel, que se preguntó cómo podía haberlo amado en el pasado y cómo no había intuido su verdadera personalidad tras la fachada de hombre encantador.

Lo mejor sería ponerse el estúpido collar y cerrar la boca. La vida de Jacques valía mucho más que su orgullo.

–No –dijo Marcos con un destello de emoción en la mirada que Francesca no supo interpretar–, no le retiraría el tratamiento.

Francesca lo miró sin aliento. Lo último que esperaba de Marcos era una confesión que lo hiciera parecer humano o capaz de tener principios por encima de su deseo de conseguir cualquier cosa que se propusiera.

Agachó la cabeza para evitar que Marcos notara hasta qué punto le afectaba que se mostrara humano, y decidió ofrecerle algo a cambio para que comprendiera que pensaba cumplir su parte del trato, y que era una mujer íntegra por mucho que él pensara lo contrario.

–Si para ti es tan importante, me pondré El Corazón del Diablo.

Marcos la miró con sorpresa.

–Pero si acabas de negarte...

Francesca se encogió de hombros, quitándole importancia a pesar de que para ella sí la tenía.

–Si me lo hubieras pedido en lugar de ordenármelo...

–¿Por qué Jacques significa tanto para ti, Francesca?

–Porque me cuidó cuando nadie más estaba dispuesto a hacerlo. Es mi mejor amigo –dijo ella, mirándolo sin parpadear.

–¿Y Gilles? ¿Sois amantes?

Francesca sintió un martilleo en las sienes y estuvo a punto negarse a contestar, pero finalmente dijo:

–No, nunca lo hemos sido.

–Siendo tan hermosa como eres, me cuesta creerlo –dijo él con incredulidad.

Francesca se ruborizó.

–No digas lo que no sientes. Los dos sabemos que tú te has casado conmigo por el collar, y yo contigo por Jacques. No intentes halagarme. Sé perfectamente que no tengo nada de guapa para un hombre como tú, y me da lo mismo.

Marcos la miró como si hubiera dicho algo divertido y ella apartó la mirada para mirar por la ventanilla.

–Has cambiado mucho en estos años –dijo él–. Me alegra de que te defiendas. Livia ya no podrá abusar de ti.

Francesca sintió una opresión en el pecho.

–De no haber sido por el collar, probablemente te habrías casado con ella.

–Me subestimas, querida –dijo él, riendo–. Tu hermana nunca me ha resultado atractiva.

Francesca lo miró con expresión airada.

–Todo el mundo la encuentra preciosa, así que no mientas.

–Claro que es guapa, o al menos lo era hace ocho años –tomó la mano de Francesca y le pasó un dedo por la alianza–. Pero tú tienes algo mucho más importante; sabes quién eres, y eso me gusta.

Francesca sintió una punzada de dolor.

–Me ha llevado mucho tiempo averiguarlo –contestó.

Marcos escrutó su rostro como si quisiera leer sus pensamientos.

–Creo que siempre lo has sabido, pero tengo la sensación de que ha pasado algo en este tiempo que ha aguzado tu percepción de la vida, y me gustaría saber qué ha sido.

Francesca retiró su mano y se la pegó al cuerpo.

–¿Quieres que intercambiemos secretos como si fuéramos dos ancianas cotilleando, Marcos? No pensaba que ése fuera tu estilo.

–Estoy seguro de que acabarás por contármelo –dijo Marcos, dando muestras de una seguridad en sí mismo que irritó a Francesca.

–Pareces muy convencido, pero olvidas que no todas las mujeres sucumben a tus encantos.

–Puede que no todas, pero tú caerás, mi amor.

–Ni lo sueñes –dijo Francesca con firmeza, a pesar de que la mirada de Marcos le aceleró el pulso.

Él enarcó una ceja.

–No deberías haber dicho eso, Francesca.

–¿Por qué no? Alguien tiene que decirte que no eres irresistible. Además, ¿te has parado a pensar que tal vez las mujeres caen rendidas a tus pies por tu dinero y no por tu maravillosa personalidad?

Marcos dejó escapar una carcajada sonora que Francesca recibió, a su pesar, como una caricia.

–¡Hay que ver qué testaruda eres! Pero nunca he podido resistirme a un reto –dijo él. Y antes de que Francesca pudiera darse cuenta de lo que iba a hacer, la tomó por la barbilla y la besó–. Me va a encantar llevarte a la cama, Francesca. Y en ella voy a descubrir todos tus secretos, te lo prometo.

Capítulo 6

EL SOL se había puesto hacía más de una hora, pero aunque hacía fresco, Francesca no cerró la ventana porque necesitaba que el aire le aliviara del calor que sentía en la piel desde que Marcos la había besado. ¿Cómo era posible que su mente y su cuerpo se contradijeran? Su cabeza y su corazón le decían que Marcos no le convenía, pero su cuerpo sólo pensaba en cumplir las fantasías que la asaltaban cada vez que lo tenía cerca.

Se estudió detenidamente en el espejo. Aunque había perdido diez kilos en los últimos ocho años, su rostro seguía siendo demasiado redondo y su cabello, que en el pasado lucía unos favorecedores reflejos, era una masa indomable de tirabuzones, de un rubio mate. Hacía más de un año que había ido por última vez a la peluquería.

Miró con aprensión el vestido negro que colgaba de la puerta del armario. Al volver, Marcos había insistido en que tenía que comprar algo adecuado para la recepción, y, haciendo oídos sordos a sus protestas, había encargado a la dependienta que buscara algo sin tirantes y ceñido.

Cuando salió del vestidor, con los senos insinuándose por el escote y la cintura entallada, Marcos le dedicó una mirada de aprobación que le hizo creer por primera vez que no mentía cuando amenazaba con acostarse con ella. Y eso la aterrorizaba.

Porque Marcos Navarro seguía siendo el hombre más sexy del mundo. De él le gustaba hasta su cicatriz. Y cuanto más tiempo pasaba a su lado, más deseaba recorrerla con la lengua hasta llegar a la comisura de sus labios y acabar besándolo.

Esos pensamientos eran peligrosos y debía evitarlos. Tenía que recordar que no podía dar la más mínima muestra de vulnerabilidad; ya no era la joven inocente e ingenua del pasado, y había dejado de creer en la bondad de los seres humanos.

Tras dedicarse una última mirada en el espejo, tomó un chal y un pequeño bolso a juego con el vestido y bajó al vestíbulo, donde Marcos hablaba con el mayordomo. Cuando se volvió hacia ella, pareció quedarse sin palabras.

Ella lo observó en tensión, incómoda con un vestido que en lugar de ocultar, enfatizaba sus defectos. ¿Por qué no habría insistido en comprar el tipo de ropa holgada que acostumbraba a usar?

Marcos se aproximó a ella, le tomó la mano y se la llevó a los labios con una delicadeza que la hizo estremecer.

—Estás guapísima, querida.

—Tú también —dijo ella, y se enfadó consigo misma al oírle reír quedamente.

Pero era la verdad. Llevaba un esmoquin hecho a medida, con una camisa de un blanco níveo y una chaqueta y unos pantalones tan negros como el azabache. Olía a una colonia cara y estaba irresistible. Igual que la noche que lo había asaltado en el hotel.

Aparentemente, también Marcos la recordaba, pues le susurró al oído:

–Si quieres, luego podemos jugar a policías y ladrones. Aunque preferiría que no tuvieras un revólver.

–En cambio a mí me gustaría tenerlo. Me ayudaría a meterme en el papel.

Marcos rió y Francesca no pudo evitar sonreír, aunque se puso seria automáticamente. No quería estar en términos amigables con él. No creía posible que llegara a dejarse seducir, pero no podía correr ningún riesgo y debía mantener las distancias.

–Estás demasiado seria, Francesca –dijo él–. Vamos a la recepción de una obra social que promuevo, no a la guillotina.

–Hace años que no voy a un acto social y ya no sé cómo comportarme –dijo ella, sin saber por qué se lo explicaba cuando Marcos lo vería con sus propios ojos en cuanto llegaran.

–Te saldrá naturalmente –dijo él, con convicción–. Has pasado los últimos años atendiendo una joyería y tratando con clientes.

–Pero eso es diferente.

–Lo dudo –Marcos la recorrió de arriba abajo una vez más antes de añadir–: Sólo te falta una cosa.

Sacó una caja alargada de una vitrina y Francesca sintió un nudo en el estómago al asumir que sería El Corazón del Diablo.

Pero no se trataba del collar. Las piedras que centelleaban contrastando contra el terciopelo negro, eran verdes: esmeraldas de la más exquisita pureza. Francesca las estudió con ojos expertos y supo que le habían costado una fortuna. Alzó la mirada hacia él con una interrogación muda.

—En otra ocasión —dijo él, adivinándole el pensamiento—. Este collar es más apropiado para esta noche.

Francesca titubeó un instante antes de recogerse el cabello y dar media vuelta para que Marcos se lo pusiera. Una esmeralda en forma de lágrima se coló en su canalillo. El contacto con el platino en el que estaba montada le hizo estremecer, pero le resultó de un frescor agradable. Marcos le rozó la nuca con los dedos y una corriente eléctrica le recorrió la espalda.

Entonces el posó las manos en sus hombros y la atrajo hacia sí hasta que sus labios rozaron su oreja.

—Estás preciosa, querida —susurró—. Estoy seguro de que esta vez nuestra noche de bodas va a acabar como debe.

Marcos observó a su nueva esposa que, en un círculo cerca del suyo, charlaba con un grupo de mujeres. Estaba tan elegante como cualquiera de ellas, y si se sentía nerviosa, lo ocultaba a la perfección. Nada de ello lo sorprendía, pues era natural que se hubiera transformado en una mujer tan exquisita como su madre o su hermana.

Deslizó la mirada por sus sensuales curvas, preguntándose cómo era posible que al mirarse en el espejo no se diera cuenta de lo atractiva que era. ¿Por qué insistiría en ponerse ropa suelta, que ocultaba la belleza de su cuerpo?

Tuvo la tentación de acercarse y acariciar la pierna que asomaba por un corte en el lateral de su vestido, pero estaba enfrascado en una conversación con una de las benefactoras de su proyecto, a la que apenas prestaba atención. Hasta que la mujer empezó a hablar de la necesidad de enseñar buenos modales a los huérfanos, y no pudo evitar reaccionar con rabia.

–Señora –dijo con una aspereza que hizo que la mujer abriera los ojos, sorprendida por su cambio de humor–, los niños que viven en las calles de Buenos Aires, necesitan mucho más que aprender buenos modales para mejorar sus vidas. Y ahora, si me disculpa –la saludó con una inclinación de cabeza, y se alejó.

Una de las cosas que no aguantaba de aquel tipo de recepciones eran las estupideces que podían llegar a decir aquéllos que no tenían ni idea de lo que significaba pasar hambre sobre los niños que él tan desesperadamente quería salvar.

Ningún niño merecía sufrir, y aquellos niños tenían que luchar cada día por su supervivencia.

Los asistentes al acto, elegantemente vestidos, le abrieron paso al acercarse hacia su esposa. Francesca lo miró con expresión de desconfianza al verlo llegar, y Marcos sintió una punzada en el corazón porque no soportaba que lo mirara como si fuera el diablo en persona. Intentó no pensar en ello y le tendió la mano.

–Vamos, Francesca –dijo–. Me apetece bailar.

Aunque no era cierto, le sirvió de excusa para hacer lo que quería, que era abrazarla.

–Yo... –empezó a decir ella. Pero cambió de idea y concluyó–: Por supuesto.

Se excusó y siguió a Marcos de la mano hacia la pista de baile. La música sonaba suave y lenta. Marcos la tomó por la cintura y ella le dedicó una mirada contrariada.

—¿Por qué le sonríes a todo el mundo menos a mí? —preguntó él.

Francesca pareció desconcertarse, pero enseguida lo disimuló.

—No es verdad. ¿Y por qué pareces tú tan enfadado? ¿He hecho algo malo?

Marcos hizo un esfuerzo para librarse del mal humor en que la había sumido la conversación con la aquella mujer.

—No es nada.

—Dices eso muy a menudo, Marcos —dijo ella, con la vista fija en la pechera de su camisa.

—¿Sí?

—Sí. Ayer por la noche y esta mañana, cuando te he preguntado por el tatuaje.

Francesca parecía preocupada. Marcos miró por encima de su cabeza a las demás parejas que bailaban. No le gustaban las sensaciones que despertaba en él pensar que Francesca se inquietara por él como, por ejemplo, el deseo de compartir con ella la verdad para que llegara a comprenderlo.

Lo intrigaba, y ése era un sentimiento que no había despertado en él ninguna mujer.

—Hay cosas de las que no quiero hablar ni contigo ni con nadie.

—A veces es bueno hablar de aquello que nos preocupa.

—¿De verdad? ¿Vas a compartir tus secretos conmigo? ¿Vas a contarme por qué no crees que seas deseable, o por qué amas tanto a Jacques Portier que estás dispuesta a arriesgar tu vida por él?

–Nunca he dicho que no fuera deseable, sino que no soy tu tipo.

–Olvidaba que eres una experta en mí. ¿Y qué me dices de Jacques?

Francesca siguió evitando mirarlo mientras giraban por la pista.

–Ya te he dicho que cuidó de mí cuando nadie más lo hacía. Estuve muy... enferma y él estuvo a mi lado hasta que me curé.

A Marcos no le gustó darse cuenta de lo doloroso que le resultaba imaginarla enferma.

–¿Y ya estás bien? ¿Es algo que pueda repetirse?

–No, Marcos –Francesca lo miró fugazmente–. No es nada que pueda volver a pasarme.

–Así que quieres devolverle el favor.

–Desde luego. Jacques me salvó y ahora yo quiero salvarlo a él.

–Entonces te alegrará saber que he llamado al hospital y que lo consideran un buen candidato para experimentar un nuevo tratamiento con el que están consiguiendo tasas muy altas de recuperación.

Francesca notó que los ojos se le humedecían y parpadeó para impedir que las lágrimas cayeran por sus mejillas.

–¿De verdad? ¿Creen que pueden salvarlo?

–No hay ninguna garantía, Francesca. Está muy enfermo, pero piensan que hay esperanza.

–¿Por qué no me lo has dicho antes?

–No me han llamado hasta que hemos llegado a Argentina. Necesitaban que les diera la autorización.

–¿La tuya? Pero Gilles es su familiar más próximo.

–Sí, pero yo voy a pagar por el tratamiento. Y no es precisamente barato.

Francesca volvió a fijar la mirada en su pechera. Marcos notó que tenía la punta de la nariz roja y se dio cuenta de que estaba controlándose para no llorar. Una emoción inclasificable lo embargó al tratar de imaginar qué se sentiría al ser amado con tanta intensidad. Cuando Francesca alzó la mirada hacia él, tenía los ojos brillantes.

–¿Por qué diste tu aprobación, Marcos?

Él titubeó porque en realidad no tenía una contestación para explicarlo.

–Porque era lo mejor –dijo finalmente–. Y porque sabía que era lo que tú querías.

Había vivido muchos años sin poder cubrir más que sus necesidades más básicas. Teniendo los medios, ¿cómo iba a negárselos a alguien que los necesitaba tan perentoriamente? ¿Cómo iba a negarse a proporcionarle lo que estaba en sus manos?

–Me sorprendes –dijo ella con dulzura, humedeciéndose los labios.

Marcos sintió su sexo endurecerse. A pesar de que seguía enfadada con ella, ansiaba poseerla. Aquella misma noche. Necesitaba demostrarse que tenía poder sobre ella y exorcizar los demonios del pasado en su cuerpo. Porque aunque sabía que el remedio duraría poco, al menos le proporcionaría unas horas de sanador silencio en el interior de su torturada mente.

Dejó de moverse con la música y atrajo a Francesca hacia sí. Ella se estremeció y abrió los ojos, sorprendida, al notar contra su vientre la evidencia del deseo de Marcos.

—Sí —susurró él—. Te deseo.

Inclinó la cabeza hacia los labios entreabiertos de Francesca. En cuanto entraron en contacto con los suyos, una mujer carraspeó a su lado.

—Señor Navarro, estamos listos para su intervención.

El corazón de Francesca siguió latiendo aceleradamente una vez se sentó en la mesa a la que Marcos la escoltó. Sentía una fina película de sudor entre los senos y sobre sus brazos, a consecuencia del calor interior que emergía hacia su piel. Se sentía alterada y confusa.

Marcos le estaba mostrando facetas de su personalidad que desconocía, y que lo hacían aún más peligroso. Que hubiera dado su aprobación para el tratamiento de Jacques, la había dejado atónita. Estaba claro que tenía el dinero para hacerlo, pero no tenía ninguna obligación moral. Y que dijera que lo había hecho por ella le puso de nuevo un nudo en la garganta.

Por eso mismo sabía que si no mantenía las distancias, se arriesgaba a volver a enamorarse de Marcos Navarro, y eso tenía que evitarlo a toda costa por mucha compasión que él mostrara por Jacques o aunque la presionara para acostarse con ella. No podía arriesgarse a que volviera a romperle el corazón.

Marcos subió al escenario y en cuanto alzó la cabeza, el murmullo cesó. Como no le entendía, Francesca tuvo que conformarse con seguir la reacción de la audiencia.

–Yo te haré de traductora –dijo una mujer elegante, al tiempo que se sentaba junto a ella–. Marcos me ha dicho que no hablas español.

Francesca prefirió no cuestionarse de qué conocería aquella mujer a Marcos y le dio las gracias.

–Está hablando de los huérfanos –siguió la mujer–. De la responsabilidad que tenemos de proporcionar fondos para los pobres niños que viven en las calles de Buenos Aires. Su obsesión es proporcionarles oportunidades y estabilidad, mejorar sus perspectivas...

El corazón de Francesca se contrajo a medida que la mujer hablaba, a la vez que los ojos se le llenaban de lágrimas por las emocionantes palabras de Marcos. Habló de niños que robaban comida para sobrevivir o que comían de las basuras o cazaban ratas, de niños que aprendían a ser agresivos y violentos, que se unían a bandas callejeras y se convertían en una amenaza para la sociedad.

Cuando terminó, su audiencia rompió en un cerrado aplauso. Marcos parecía sentirse sólo, casi perdido. Francesca miró a su alrededor, preguntándose si los demás también lo percibían. Pero no parecían ver más que a un hombre poderoso y fuerte, mientras que ella veía a un hombre con un gran corazón.

–Es un hombre extraordinario –la mujer le tendió la mano–. Soy Vina Aguilar, una vieja amiga de la familia Navarro. Fui al colegio con la madre de Marcos.

Francesca le estrechó la mano, desconcertada. Aunque era mayor, Vina no parecía tener más de cuarenta años.

Tras charlar unos minutos, Vina comentó:

–No eres como te imaginaba. Estoy muy contenta de vuestra boda. Marcos se merece toda la felicidad del mundo y estoy segura de que tú se las vas a proporcionar.

–Eso espero –musitó Francesca, bajando la mirada en un gesto que esperó que Vina interpretara como timidez y no como la confusión que verdaderamente sentía.

–¿Estás contándole mentiras a mi mujer, Vina?

Francesca alzó la mirada rápidamente hacia Marcos mientras Vina soltaba una carcajada. La expresión de angustia había desaparecido de su rostro y Francesca se preguntó si la habría imaginado.

–Querido, todo lo que le he contado es la pura verdad –dijo Vina, levantándose y besándolo en la mejilla–. Y estaba a punto de decirle a tu encantadora esposa que espero que tengáis muchos hijos. Necesitamos más hombres como tú, Marcos.

–Gracias –dijo él, tomando la mano de Francesca, que sintió que la cabeza le daba vueltas–. Pero primero necesitamos pasar tiempo solos para conocernos mejor.

–Claro, claro –Vina saludó a alguien al otro lado de la sala–. Esteban me necesita, querido. Mandaré un cheque a la Fundación. Espero veros pronto, ¿por qué no venís a cenar?

Francesca evitó mirarlo cuando se sentó en la silla que había dejado vacía Vina. En el pasado había soñado con tener hijos con Marcos y aquella noche, al oírle hablar tan apasionadamente de los niños de la calle había pensado, como Vina, que Marcos debería tener hijos.

Varios de los asistentes acudieron a hablar con Marcos, y Francesca se comportó como la perfecta esposa, atendiendo amablemente a aquellos que se acercaban a hablar con ella. Hasta que dio un respingo al sentir una mano en el hombro. Ni siquiera se había dado cuenta de que Marcos se pusiera de pie.

—Podemos irnos —dijo él.

—Desde luego —dijo ella, tomando la mano que él le ofreció para ponerse en pie—. Pero, ¿no deberías hablar con los donantes?

Marcos tomó su chal y la envolvió en él.

—La Fundación tiene personal, querida. Ellos se ocuparán de los donativos.

—¿Desde cuándo te dedicas a esto, Marcos? Nunca te había oído hablar de ello.

Marcos la tomó por el codo y la condujo hacia la salida.

—La Fundación Recuperemos a Nuestros Hijos tiene casi ocho años. La fundé en cuanto recuperé Industrias Navarro.

—¿Cómo llegaste a saber de esos niños? —preguntó Francesca cuando se detuvieron bajo el pórtico esperando a que llegara la limusina—. Tengo que admitir que no tenía ni idea de que pasaran cosas así en un país tan moderno.

Marcos tardó en contestar y Francesca se preguntó si la habría oído. Lo miró y le sorprendió la expresión sombría de su rostro. Era evidente que aquellos niños le preocupaban verdaderamente, y que se trataba de un tema doloroso para él.

–No hace falta que... –dijo ella, consciente de que quizá era preferible no hablar de ello.

–Los descubrí de primera mano, querida –le cortó él con aspereza–, porque fui uno de ellos.

Capítulo 7

le presentaran vendado sustituto...

POR QUÉ le habría contado lo que no le había dicho nunca a nadie? La versión oficial era que lo habían mandado a vivir con unos familiares, pero a ella no había podido mentirle.

En cuanto subieron a la limusina, se sirvió un whisky y le dio un largo trago. Francesca mantuvo un silencio sepulcral hasta que se adentraron en el tráfico. Entonces susurró.

—Lo siento muchísimo.

Marcos bebió el whisky de un trago. Precisamente la compasión era lo que trataba de evitar.

—Hace mucho tiempo de eso —dijo con frialdad—. Olvídalo.

Francesca suspiró.

—Ésa parece tu solución para todo: olvidarlo.

—No tiene sentido lamentarse por el pasado.

—Pero tampoco es posible olvidarlo. Si no, no estarías tan enfadado.

Marcos se volvió hacia ella para hacerle callar, pero se quedó paralizado al ver que lloraba. Las lágrimas que había logrado contener al pensar en Jacques se desbordaban por él.

—Francesca, no tiene importancia —dijo con un profundo suspiro—. El pasado, pasado está.

–Pero, ¿cómo sucedió, Marcos? ¿Qué les pasó a tus padres y por qué no cuidó de vosotros tu tío?

–¡Ay, Dios! –exclamó él, exasperado. Se sirvió otra copa mientras Francesca se secaba las lágrimas con el chal–. Mis padres desaparecieron durante la Junta Militar. En ese tiempo, desaparecía todo aquél que estaba en contra del gobierno, y nunca se volvía a saber de ellos.

–¿No sabes qué pasó?

Marcos sacudió la cabeza. Había intentado averiguarlo, pero no había encontrado los informes correspondientes a sus padres.

–Los mataron, Francesca, como a miles de personas. A Magdalena y a mí nos enviaron a un orfanato, del que yo huí al cumplir diez años. Durante los siguientes seis años, viví en la calle. Afortunadamente, Magdalena no me siguió.

Francesca le tomó la mano y se la apretó.

–Por eso hablas de los niños con tanta pasión. Creo que lo que haces es admirable.

–Haga lo que haga, nunca será suficiente –dijo él, encogiéndose de hombros.

A pesar de que llevaba años dedicándose a la Fundación, siempre se sentía afectado cuando daba una charla sobre el tema. Y aunque sabía que muchos de los ricos que contribuían con sus donaciones actuaban movidos por la presión social y no porque creyeran verdaderamente en el proyecto, había decidido que sus motivos no le importaban mientras contribuyeran a que más niños abandonaran las calles.

El problema era que él quería salvarlos a todos, y

que noches como aquélla le devolvían la frustración de saber que nunca lo lograría.

–Marcos –dijo ella, inclinándose hacia él–, lo que haces es extraordinario. No digas que no es suficiente cuando estás cambiando la vida de muchos de esos niños.

Marcos apretó un botón y le dio una instrucción al chófer antes de volverse hacia Francesca y decir:

–Quiero enseñarte algo.

Ella asintió. Las esmeraldas que llevaba al cuello lanzaron destellos al reflejar las luces de la calle. Marcos alargó la mano para acariciar la gema en forma de lágrima.

–Sabía que te quedaría bien. Por eso lo compré, aunque supongo que te parecerá una frivolidad cuando veas lo que estoy a punto de enseñarte.

Vio el pulso latir en el cuello de Francesca y tuvo que reprimir la tentación de besarlo.

Pronto el coche se adentró en unas calles poco iluminadas, en cuyas aceras se acumulaba la basura; las paredes estaban cubiertas de grafiti y las pocas personas que caminaba por ellas se escabullían como ratas al ver aproximarse el coche.

–Aquí es donde viven, Francesca.

Unos metros por delante de ellos, un coche se detuvo y una figura de aspecto joven se acercó para hablar por la ventanilla con la persona del interior.

–Debe ser o un camello o alguien buscando sexo barato –explicó Marcos.

Percibió que Francesca contenía el aliento.

–¿No podemos impedirlo? –preguntó ella.

–No.

Francesca se volvió hacia él con los ojos anegados en lágrimas.

—Pero has dicho que...

—A eso es a lo que me refería –dijo él con más aspereza de la que pretendía–. No puedo salvarlos a todos.

Dio un golpecito en el cristal que los separaba del conductor para que se pusiera en marcha y pronto salían de aquella parte de la ciudad

—Supongo que te he dejado en estado de shock –dijo Marcos al cabo de un rato.

—Lo que más me desconcierta –dijo ella con un hilo de voz– es no haber sabido que eras un hombre excepcional.

Nada era tal y como Francesca había pensado que sería.

Recorría su dormitorio de arriba abajo, con la mente tan agitada que no sentía sueño. La imagen que tenía de Marcos se había hecho añicos. Años atrás se había enamorado ciegamente de él porque era guapo y era el primer hombre que le prestaba atención. Y ni una cosa ni otra eran una buena razón para enamorarse.

Aquella noche, sin embargo, había descubierto una faceta de Marcos Navarro que jamás hubiera soñado que existiera. Después de que la abandonara, ocho años atrás, llevándose El Corazón del Diablo, se había convencido de que Marcos sólo pensaba en sí mismo. Y lo había culpado de todos los problemas que habían surgido en su vida. Sin embargo, en el lapso de dos días, había tenido que replantearse muchas de sus convicciones. En primer lugar, el hecho de que El Corazón del Diablo pertenecía a Marcos; que su padre no se había suicidado por lo que ella había hecho, sino porque había sido incapaz de asumir la responsabilidad a sus propios actos. Y lo que era aún más significativo, que bajo su exterior de acero, Marcos ocultaba un corazón de verdad. Se había ocupado de Jacques, rescataba a niños de la calle, ¡y había pasado su infancia en las inhóspitas calles de Buenos Aires!

Recordó al adolescente que había visto aproximarse al coche, y no pudo evitar preguntarse si Marcos había pasado por experiencias parecidas.

Sintió que le ardían las mejillas al acordarse de que le había dicho que era extraordinario. Que Marcos fuera mucho más persona que lo que había asumido, no significaba que le gustaran sus infantiles muestras de admiración.

El que la hubiera ignorado el resto del trayecto y que nada más llegar a casa se hubiera retirado, era una prueba evidente de ello. Era su noche de bodas y aunque hubiera temido el momento de estar con él a solas, no había pensado que fuera a irse a la cama solo. Y menos después de haber sentido la palpable prueba de su excitación cuando bailaban.

Francesca no se engañaba sobre las razones de su interés por ella. Sabía que la deseaba porque estaba disponible, porque estaban casados y porque consideraba que estaba en su derecho.

Su apasionada defensa de los niños y la sorprendente historia que le había revelado, habían logrado que dejara caer sus defensas. A Francesca no le gustaban los sentimientos que había despertado en ella ni el impulso de abrazarlo y estrecharlo con fuerza

Debía estar aliviada de que se hubiera ido a la cama, y sin embargo estaba agitada. Francesca miró la hora en el despertador y pensó en la ironía de que aquel segundo matrimonio hubiera durado ya más que el primero. Como entonces, estaba sola.

Con un gemido de exasperación, abrió la puerta del balcón y salió al frescor de la noche. Aunque sólo llevaba un pijama de algodón, estaba tan acalorada que no sintió frío.

–¿Quieres ponerte enferma?

Francesca se volvió hacia la voz, sobresaltada. Marcos salió de entre las sombras con los pantalones del esmoquin y la camisa blanca, cuyos primeros botones había desabrochado.

–No –replicó ella–. Sólo quería tomar el aire.

–Deberías haberte puesto una bata.

Francesca se abrazó por la cintura.

–No tengo frío

Marcos se acercó a ella. En la penumbra del patio parecía un diablo, seductor y poderoso. ¿Por qué no sería feo y ordinario? ¿Por qué no era cruel y mezquino en lugar de tener tantas cualidades? ¿Por qué no podía ella proteger su corazón como si llevara un escudo?

–Estás tiritando –dijo él, acariciándole el brazo.

–Se me pasará si te marchas –dijo ella.

Marcos ladeó la cabeza.

–Ayer me dijiste lo mismo, pero no creo que me tengas miedo. Puede que me desprecies, pero no me temes.

Francesca no supo qué decir. Era consciente de que no era más que un instrumento conveniente para él, y que eso debía mantenerla alerta. ¿Pero cómo podía seguir despreciándolo tal y como había hecho hasta el día anterior?

—¿Qué quieres de mí, Marcos?

—Lo que querría cualquier hombre, querida.

El corazón de Francesca se aceleró.

—Pero, ¿por qué?

—¿De verdad no lo sabes? —dijo él con genuina incredulidad.

—Sé que no soy el tipo de mujer que te gusta. Te he visto en las revistas y sé que sales con modelos y actrices. Yo soy muy vulgar, Marcos. No soy bonita, ni la mujer a la que elegirías para casarte libremente.

—Siempre has sido hermosa, Francesca, aunque reconozco que no siempre he sido consciente de ello.

Cuando tiró de ella Francesca no ofreció resistencia. Tenía el pulso acelerado y un agudo dolor le atravesaba hasta el alma. «No siempre he sido consciente de ello».

Sabía que debía alejarse de aquel diablo, peligroso y dañino, pero temblaba de excitación.

Su cuerpo era grande y sólido. Marcos la apretó contra sí e, instintivamente, ella apoyó las manos en su pecho. Bajo el tejido de su camisa, podía sentir su piel caliente.

Antes de que pudiera decir nada, Marcos la besó apasionadamente, casi con desesperación. Y Francesca descubrió que compartía aquella desesperación.

Marcos deslizó las manos por sus hombros y, siguiendo la curva de su cintura, la sujetó por las nalgas, estrechándola con fuerza contra sus muslos, calientes y firmes. Al notar lo excitado que estaba, el pulso de Francesca se aceleró, y cuando él metió las manos por debajo de la camiseta del pijama sintió pánico al pensar que no le gustaría y que una vez más se sentiría humillada...

Lentamente, Marcos fue dibujando círculos en su espalda hacia la parte de delante, hasta llegar a uno de sus senos. Al presionarlo, dejó escapar un gemido que reverberó en Francesca, recordándole el sabor de la pasión, las sensaciones que despertaba el descubrimiento del cuerpo del otro. Era como una droga, poderosa y adictiva.

Marcos le acarició el pezón con el pulgar y ella se estremeció al tiempo que una oleada de calor la recorría por dentro.

Marcos era el causante de su desgracia, el instrumento que había hecho añicos sus sueños de juventud, pero a su cuerpo no parecía importarle sino que clamaba por saciar el deseo que sentía por él, el deseo que nunca había podido satisfacer.

No recordaba haber sido besada nunca como él la estaba besando, ni haber deseado a nadie como lo deseaba a él.

Intentó dejar de pensar para ignorar las contradicciones en las que incurría su cerebro. Hacía cuatro años que no estaba con un hombre, y en aquel momento sólo podía pensar en cuánto anhelaba estar desnuda junto a Marcos, sentir su poderoso cuerpo dentro de ella, observar su rostro cuando alcanzara el clímax. Quería borrar el resto de tristeza que había atisbado aquella noche en él, que olvidara su dolor aunque sólo fuera por un instante.

Se abrazó al cuello de Marcos y se pegó más a él, notando su sexo endurecido contra el vientre.

–Te deseo, Francesca –susurró en su oído, levantándole la camiseta. Luego dio un paso atrás para observarla –. ¡Dios mío, eres preciosa! ¿Cómo has podido creer lo contrario?

–Marcos, no hace falta que...

Él la calló con un beso al tiempo que hundía sus dedos en su cabello. Luego bajó por su cuello, y Francesca, adivinando lo que iba a hacer, fue incapaz de impedírselo.

Los labios de Marcos se cerraron alrededor de uno de sus pezones y la atormentaron, mordisqueándolo y succionándolo. Francesca jadeó y echó la cabeza hacia atrás, dejándose envolver en el calor que crecía en una espiral desde el pezón hasta el centro de su feminidad.

Marcos aceleró el movimiento de su lengua y ella lo sujetó por los brazos pensando que, si seguía, acabaría por estallar. Sentía un placer exquisito, puro. Y trató de recordar si con Robert había experimentado alguna vez algo así.

Entonces pensó en su bebé, y en la soledad que le esperaba en la vida por no poder tener hijos propios; también en sus sueños infantiles de formar una familia con Marcos.

Y aunque intentó reprimirla, una lágrima le humedeció la mejilla y después otra, hasta que fueron imparables. Ansiaba que Marcos le hiciera el amor, pero no pudo contener el llanto. Lloraba por sus sueños rotos y por sentirse vacía. Nunca había pensado que una mujer tuviera que ser madre para desarrollarse plenamente, pero haber perdido la posibilidad de serlo la atormentaba a diario.

Un sollozo la sacudió al tiempo que empujaba a Marcos y se bajaba la camiseta, antes de ocultar el rostro entre las manos y estallar en llanto.

Había supuesto que Marcos se marcharía, pero él la abrazó con tanta delicadeza, que Francesca lloró con más fuerza.

—Entremos —dijo él—. Hace fresco.

—Estoy bien —dijo ella, intentado separarse de él una vez más.

Se sentía avergonzada por no haber contenido el llanto y porque no sabía qué explicación dar.

Marcos la condujo al interior y fue al cuarto de baño, del que volvió con un vaso de agua.

—Bebe.

Ella obedeció, y mientras bebía, Marcos le dio una caja de pañuelos de papel.

—Lo siento —dijo ella, tras unos instantes.

—Jamás te obligaría a acostarte conmigo —dijo él con la mandíbula en tensión.

Francesca pestañeó desconcertada.

—¿Crees que lloro por eso?

Marcos se encogió de hombros. Parecía un hermoso ángel observándola en tensión.

—Entonces ¿por qué? —preguntó.

—Es complicado de explicar, pero te aseguro que no es por ti.

Francesca miró el pañuelo que apretaba en una bola en la mano, y al recordar lo que Marcos le había

contado hacía unas horas, sintió súbitamente que no
podía contener por más tiempo su propio dolor. Aunque algunas partes eran demasiado íntimas como
para contarlas, necesitaba compartir parte de su pesadilla.

—Estuve prometida, pero mi novio me dejó y desde entonces no he estado con ningún hombre —cuando alzó la cabeza y vio que Marcos la miraba como
si jamás se le hubiera pasado por la cabeza que hubiera habido otro hombre en su vida, sintió una punzada de rabia—. Veo que te sorprende que tuviera un
novio sin tener que comprarlo.

—Francesca...

—Fue hace cuatro años, Marcos, y esto... —hizo un
ademán que los incluía a ambos—, me supera.

Marcos se frotó el puente de la nariz.

—Debiste amarlo mucho.

Francesca suspiró. Durante un tiempo también ella
lo había creído, pero luego se dio cuenta de que había
confundido estar enamorada con tener compañía.

—No. Sufrí, como es lógico, pero no era la primera
vez que me enfrentaba a una traición. Gracias a ti mi
carácter se había endurecido.

Francesca sabía que debía sentirse culpable por
acusarlo de hacerle perder la inocencia cuando lo que
verdaderamente le había dado un golpe definitivo había sido la pérdida de su hijo.

—Lamento mucho tu dolor, Francesca, pero la vida
no es siempre justa. Si lo fuera, yo habría crecido en
esta casa, con mis padres.

Francesca se sintió avergonzada y tuvo el impulso
de decirle la verdad, pero pensó que no tenía sentido

iniciar una competición entre ellos cuando la vida no les había tratado bien a ninguno de los dos.

–Tienes razón –dijo–. Y siempre podía ser aún peor, o al menos eso es lo que suelo decirme.

–Así es –dijo Marcos, mirando hacia un punto indefinido antes de clavar los ojos una vez más en ella–. Vete a dormir. Mañana volamos a Mendoza.

Francesca se incorporó sobresaltada al oír el grito de un hombre. Se levantó y cruzó el descansillo hasta la puerta de enfrente. Aunque Marcos se negara a admitirlo, sufría pesadillas. Movió el picaporte de la puerta y para su sorpresa, la encontró abierta.

Vaciló momentáneamente preguntándose si Marcos se enfadaría por aquella invasión de su privacidad, pero ¿qué otra cosa podía hacer? ¿Cómo iba a ser testigo de su sufrimiento sin acudir en su ayuda?

Entró en el dormitorio y fue hacia la cama a tientas. En la penumbra, vio que estaba vacía. ¿Habría imaginado los gritos?

En ese momento oyó un gemido y una orden dada en español, y a pesar de que sonó más grave de lo habitual, reconoció la voz de Marcos. Fue hacia el origen del sonido y se quedó paralizada.

Marcos yacía en el suelo con las sábanas enredadas a las piernas, y el pecho, desnudo y brillante de sudor. Una cicatriz le cruzaba el abdomen.

¿Habría sufrido un accidente del que nunca le había hablado? Nunca le había preguntado por la cicatriz de la cara, y lo lógico era que estuvieran relacionadas. ¿Serían una herencia de sus años de calle?

Marcos volvió a mascullar algo a la vez que sacudía la cabeza de izquierda a derecha. Francesca se arrodilló a su lado.

—Marcos —lo llamó, tocándole el hombro—. Marcos.

—¡No! —gritó él súbitamente, alzando la mano como si fuera a golpearla.

Para defenderse, Francesca le sujetó la muñeca, pero Marcos era más fuerte que ella y reaccionó como si lo hubiera atacado. Abriendo los ojos y, mirándola con expresión extraviada, la tomó por ambos brazos, la tumbó sobre la espalda y la apresó con el peso de su cuerpo, sujetándole firmemente las manos por encima de la cabeza.

—¡Marcos! —gritó ella—. Soy yo, Francesca.

Marcos pareció vacilar.

—¡Dios mío! —dijo finalmente—. Podía haberte matado, Francesca.

—Sólo intentaba despertarte.

—No debías haber entrado —dijo él, sin soltarla.

—No podía dejarte sufrir.

—Ojalá eso fuera cierto, querida —dijo él con una risa seca.

—¿Qué quieres que haga, Marcos? —dijo ella, enternecida—. ¿Quieres que me quede, o que te traiga algo?

Él la miró con un ardor que Francesca no supo si era un rastro del infierno del que acababa de volver o si lo causaba ella. Sólo supo que algo estaba cambiando muy deprisa entre ellos y que no sabía interpretarlo.

—¿Y si lo que necesito de ti es algo más personal?

–preguntó él, basculando la pelvis para que notara su sexo endurecido.

Francesca sintió su cuerpo responder automáticamente.

–Te lo daría –susurró sin titubear.

Marcos la recorrió con la mirada y Francesca sintió sus pezones endurecerse con sólo recordar lo que le había hecho unas horas antes.

–¡Dios mío! Eres una tentación irresistible –murmuró él. Y agachando la cabeza, le dejó un rastro de besos en el cuello.

Francesca sentía la dureza del suelo en la espalda, pero no le importó. El firme cuerpo de Marcos presionándola, el calor y el temblor que le transmitían sus labios, la anticipación de lo que le seguiría, incrementó la presión que sentía entre las piernas.

Deseaba a Marcos, y en aquel instante las consecuencias de satisfacer su deseo la tenían sin cuidado.

Se arqueó contra él, excitándose con el gemido que arrancó de su garganta.

–No te contengas, Marcos –dijo–. Quiero que lo hagas.

Marcos le besó un pezón a través de la camiseta, mordisqueándolo y presionándolo hasta hacerla enloquecer.

–¡Por favor, Marcos! –jadeó.

Pero en lugar de quitarle la camiseta, él alzó la cabeza.

–Por favor, ¿qué?

–Por favor...

–¿No puedes decirlo, verdad? Quieres pedirme

que te haga el amor, pero los dos sabemos que no puede ser.

Soltándole los brazos, Marcos se sentó, apoyando la espalda en la cama y cerrando los ojos.

Francesca se incorporó sobre los codos y lo miró desconcertada.

—Esto no es lo que quieres después de haber esperado cuatro años, Francesca —continuó él—. No soy capaz de darte ternura. Sólo te puedo ofrecer puro sexo.

—Puede que eso sea lo que quiero.

Marcos rió.

—Lo dudo.

Ella se sentó y se rodeó las rodillas con los brazos, desconcertada por la intensidad que percibió en Marcos.

—¿Qué pasa en tus pesadillas, Marcos?

—Son demonios, querida, sólo demonios —se puso en pie y le tendió la mano para ayudarla a levantarse—. Ahora debes marcharte —y, acompañándola a la puerta, añadió—. Gracias por haberme despertado.

—¿Por qué no me dejas ayudarte?—preguntó ella.

Marcos la miró imperturbable.

—Porque ni tú ni nadie puede hacer nada.

—Eso es porque te niegas a aceptar ayuda. Nadie debería sufrir tanto.

—¿Qué sabes tú de eso, querida?

—Más de lo que te imaginas, Marcos.

Él la atrapó súbitamente contra la puerta cerrada.

—Apenas puedo controlarme, querida. Así que será mejor que te vayas antes de que haga algo de lo que nos arrepintamos por la mañana —susurró, antes de besarla con voracidad.

Ella se entregó sin titubear y Marcos, dando un gemido, la apretó contra sí y la sujetó con fuerza al tiempo mientras la besaba como si fuera un náufrago y ella su tabla de salvación.

Francesca le devolvió el beso con la misma pasión, sintiendo que su cuerpo ardía de deseo, anhelando que Marcos la arrastrara a su cama para que los dos pudieran satisfacer el ansia que los consumía.

Marcos se movió y Francesca notó que alargaba la mano hacia algo... antes de darse cuenta de que la empujaba al descansillo y le cerraba la puerta en la cara.

Capítulo 8

VOLARON en el avión de Industrias Navarro a la provincia de Cuyo, que era el centro de la producción de vino en Argentina. Aunque se trataba de una zona mayormente desértica, la llanura que rodeaba a Mendoza estaba ocupada por amplias áreas cultivadas y verdes prados.

Francesca se puso las gafas de sol para bajar la escalerilla tras Marcos. No había pegado ojo la noche anterior y se sentía adormilada. Marcos, por el contrario, parecía haber dormido plácidamente.

Para cuando bajó a desayunar, él ya estaba despierto. Apenas habían hablado, y habían actuado como si la escena de la noche anterior no hubiera tenido lugar. Francesca había estado a punto de mencionar el tema en más de una ocasión, pero no había sabido cómo, ni qué decir.

Un coche los esperaba al pie de la escalerilla. Francesca había asumido que irían directamente a casa de Magdalena, así que le sorprendió que se detuvieran en una calle comercial. Asumiendo que Marcos querría comprar algunos regalos para su familia, se dispuso a dormitar mientras lo esperaba en el coche.

—Vamos, Francesca —dijo él.

–¿Adónde? –preguntó ella, sorprendida.

–Necesitas ropa. Debía haberte llevado de compras en Buenos Aires.

–Tengo bastante para estos días.

–Pero no es apropiada.

Francesca sintió que le ardían las mejillas.

–¿Por qué no? ¿Vamos a un baile de disfraces? –preguntó con sorna.

–Me refiero a que no es apropiada para ti, querida –dijo él, indicando su cuerpo con un ademán de la mano–. Toda la ropa que tienes es dos tallas más grande que tú. Eres preciosa, Francesca, y quiero que tengas un vestuario que te favorezca.

–Este vestido me encanta –dijo ella, bajando la mirada hacia el vestido floreado que le llegaba a los tobillos.

–Y es muy bonito, pero parece un saco.

Francesca miró a Marcos fijamente. Era verdad que se lo había comprado cuando pesaba diez kilos más, pero le sorprendió que Marcos se diera cuenta. Avergonzada, abrió la puerta del coche bruscamente.

–De acuerdo, pero sólo compraremos lo esencial.

–Como quieras –dijo él.

Francesca entró en la primera tienda sintiéndose abochornada, pero el proceso no le resultó tan embarazoso como esperaba. Las dependientas fueron muy amables y la ayudaron a elegir, insistiendo cada vez en una talla menor de la que ella seleccionaba.

Para cuando volvieron al coche, habían pasado dos horas y las bolsas se habían multiplicado. A pesar de que Francesca no había querido aceptar más regalos de Marcos después del espectacular collar de esmeraldas que le había dado el día anterior, aunque sólo fuera temporalmente, tenía que admitir que iba a sentirse más segura con el vestuario que acababan de adquirir, incluido el vestido de lino color crema que se había dejado puesto en la última tienda.

Aun así, a medida que el encuentro con Magdalena y su bebé se aproximaba, su inquietud fue en aumento.

Cuando finalmente llegaron a una villa al sur de la ciudad, Francesca se pasó las manos sudorosas por los muslos, mientras intentaba prepararse psicológicamente para ver aparecer en la puerta, para darles la bienvenida, a una pareja sonriente con un niño en brazos.

¿Qué pensaría la hermana de Marcos si no conseguía disimular la emoción que iba a embargarla cuando viera al bebé?

Creía haber dejado atrás sus temores, el horror de su pérdida, que había conseguido convencerse de que el pasado no podía cambiarse y que era imposible recuperar lo que le había sido arrebatado, que sólo existía el futuro.

Y sin embargo, la idea de pasar tiempo con una familia feliz la aterrorizaba.

Cuando el coche se detuvo clavó la mirada en la puerta haciendo acopio de valor para el encuentro, pero antes de que apareciera alguien, Marcos bajó del coche mientras el chófer lo rodeaba y le abría la puerta. Ella bajó y se hizo sombra sobre los ojos con la mano para evitar ser cegada del sol. El aire era cálido y perfumado.

Finalmente la puerta se abrió y un hombre menudo se aproximó precipitadamente, intercambió unas palabras con Marcos y, tomando una de las maletas, alzó la voz para dar instrucciones a varios jóvenes que salieron de la casa detrás de él.

–Trabajan para mí –explicó Marcos, al ver la mirada de curiosidad de Francesca.

–Creía que íbamos a casa de tu hermana.

–Magdalena tiene su propio viñedo.

–¿Esta casa es tuya? –preguntó ella, observando, aliviada, el porche de columnas y las grandes vigas de madera del voladizo.

–Sí. Ésta es la Bodega Navarro. Cultivamos olivos, ciruelas y uva. Los chicos hacen aceite, vino y mermelada, los venden a los turistas y...

Francesca dejó de registrar lo que decía y sintió un zumbido en los oídos al darse cuenta de que Marcos contrataba a aquellos adolescentes para salvarlos de la calle. Aunque se sentía frustrado, era evidente que hacía lo que estaba en su mano, no sólo a través de la Fundación, sino implicándose personalmente en el proyecto, llevándolos a su casa y dándoles una ocupación.

Pensó que su corazón no iba a soportar aquella experiencia. Había aceptado que Marcos era un hombre decente al que le importaban los demás, y se había dicho que no había ningún mal en valorarlo, pero aquello... Aquello era demasiado.

Tendría que hacer un esfuerzo sobrehumano para recordar que estaba allí obligada, que Marcos sólo estaba interesado en El Corazón del Diablo y que debía resultarle indiferente que fuera bondadoso con los huérfanos o que sufriera pesadillas.

–Francesca.

Ella sacudió la cabeza al oír que repetía su nombre.

–Perdona, estaba distraída.

Marcos le ofreció el brazo diciendo:

–Ingrid nos habrá preparado un almuerzo espectacular. Debes estar hambrienta.

A Francesca la sorprendió comprobar que lo estaba.

–Tienes razón.

Marcos la acompañó a su dormitorio para que se refrescara y quedaron en un cuarto de hora en su puerta. Tras cepillarse el cabello y pintarse los labios, salió, y al ver a Marcos, espectacular con unos vaqueros gastados y una camisa con las mangas enrolladas, se le formó un nudo en la garganta.

En contra de lo que esperaba, en lugar de ir al comedor, salieron a una terraza que daba a un prado verde tras el que se veían las viñas, y al fondo los picos nevados de los Andes. Una mesa estaba preparada con un mantel de lino, vajilla de porcelana y un gran ramo de flores silvestres en el centro.

–¡Qué preciosidad! –exclamó.

–¿Verdad? –Marcos le separó la silla para que se sentara–. Intento venir siempre que puedo.

En cuanto se instalaron, apareció un joven con una botella de vino. Marcos dio un sorbo, asintió con aprobación y el chico llenó las dos copas con una sonrisa de oreja a oreja.

Cuando se fue, Marcos alzó la suya hacia la luz.

–Es un Malbec –explicó–. Las uvas son originales de Francia, pero se dan mejor en Argentina.

Bebió cerrando los ojos mientras Francesca lo observaba, hipnotizada. Al notar que se le secaba la garganta también bebió. Estaba exquisito.

–¡Qué bueno! ¿Lo hacéis aquí?

–Sí.

–¿Por qué dices que no haces bastante por los chicos? No sé qué más podrías hacer.

Marcos se encogió de hombros con pesadumbre

–Cada día hay más niños en la calle vendiendo drogas o su cuerpo para sostener a sus familias. Otros, ni siquiera tienen familia.

–Yo creo que haces una labor maravillosa, Marcos.

Francesca sintió que se le atenazaba la garganta al ver correr hacia ellos, riendo y gritando de excitación, a un niño de piernas regordetas al que intentaba atrapar una niña que no parecía mayor de doce años.

Marcos se puso en pie de un salto y tomó al niño en brazos antes de que huyera. La niña se quedó parada con la cabeza inclinada y las manos detrás de la espalda.

–Disculpe, señor Navarro –una mujer alta y rubia, que debía ser la madre de la niña, salió de la casa precipitadamente–. En cuanto me despisto unos segundos el niño se escapa. Isabel sólo intentaba detenerlo.

Marcos sonrió al pequeño que reía y daba saltitos en sus brazos.

–No tiene importancia, Ingrid. ¿Quién es este pequeño?

La mujer se secó las manos en el delantal al tiempo que se acercaba.

–Es el hijo de Ana Luisa, una chica nueva. Se llama Armando.

–Ya veo –el niño abrió los ojos al ver la comida que llegaba a la mesa, y sacudió los brazos. Marcos rió–. Quizá tenga hambre.

–Justo iba a darle de comer.

–No te preocupes, puede quedarse con nosotros.

–No les dejará comer tranquilos, señor.

Marcos sonrió con una ternura que sorprendió a Francesca.

–No te preocupes, nos arreglaremos.

Ingrid asintió antes de añadir:

–Mandaré a Isabel con su comida.

–Está bien.

La mujer y la niña se fueron y Marcos se sentó con Armando en el regazo. El corazón de Francesca, que se había detenido hacía unos minutos, comenzó a latir aceleradamente.

Armando se lanzó a tocar el plato caliente que un chico dejó delante de Marcos y éste rió.

–No, pequeño. Ten paciencia.

Francesca intentó concentrarse en la comida, que estaba deliciosa. Alguien llevó un tenedor extra y Marcos, tras asegurarse de que no quemaba, le dio al niño un poco de arroz. Isabel volvió con un filete cortado y verduras, y dejó el plato al lado de Marcos.

–¡Qué bien se te dan los niños! –consiguió decir Francesca a pesar de que sentía una presión en el pecho que la ahogaba.

Miró al niño, que alzó la vista hacia ella. Era adorable, tenía el cabello negro, la piel cetrina y unos inmensos ojos oscuros protegidos por largas pestañas.

Francesca no pudo evitar preguntarse qué aspecto habría tenido su pequeña. Bruscamente dejó el tenedor en el plato y se llevó la mano a la boca. Sólo se había enterado de que su bebé era una niña un par de semanas antes del atraco.

Marcos la observaba con inquietud.

—¿Te encuentras bien, Francesca?

Ella sacudió la cabeza.

—No es nada.

—Si no me equivoco ayer me censuraste por decir eso mismo. ¿Estás segura?

—Completamente —Francesca miró a Armando—. El niño tiene hambre.

—¿Quieres darle de comer?

Francesca sintió un nudo en la garganta.

—No, parece muy contento contigo.

—¿Te asustan los niños? —preguntó Marcos al tiempo que daba otro bocado a Armando.

—Un poco.

—Yo creo que serías una madre excelente.

—¿Por qué dices eso? —preguntó Francesca con el pulso acelerado.

—Porque eres compasiva y cuando amas a alguien te entregas al cien por cien. Si actúas como lo haces por un anciano al que quieres, ¿qué no harías por tu hijo?

Francesca dejó la servilleta sobre la mesa. La sensación de que Marcos podía leer en su alma le hacía sentir vulnerable, expuesta, como si la conociera mejor que nadie.

—Me temo que anoche no dormí bien —se excusó, poniéndose en pie—. Me duele la cabeza, así que voy a echarme.

—Pero apenas has probado bocado... —dijo él con cara de preocupación.

–Se me ha pasado el hambre.

Y sin esperar respuesta, Francesca se marchó. No podía soportar por más tiempo la visión de Marcos con el niño en brazos.

Francesca no conseguía conciliar el sueño. Había pasado la tarde en su dormitorio, viendo la televisión y tratando de leer. Justo cuando pensaba en salir para tomar algo, había aparecido una chica con una bandeja, diciendo que la mandaba el señor Navarro. Francesca se había llevado la bandeja a la cama y acabó hasta la última migaja, evitando buscar un significado al hecho de que Marcos fuera tan atento.

Dando un resoplido, se levantó de la cama y descorrió las cortinas. La luna estaba casi llena e iluminaba las hileras de viñas. Francesca se puso unos vaqueros, un jersey fino y las deportivas, y decidió dar un paseo.

Fuera, reinaba un silencio absoluto. Francesca atravesó el prado hasta llegar al viñedo. Las filas eran largas y estrechas, y en las cepas encrespadas asomaban las primeras hojas. Se adentró por una de las filas hasta llegar a un cruce en el que había un árbol aislado, grande, de tronco también retorcido, y reconoció un olivo.

Algo se movió al final de la fila, sobresaltándola. Francesca dio la vuelta para volver hacia la casa.

–¿Quién está ahí?

Al reconocer la voz, suspiró aliviada, al mismo tiempo que estallaba en su interior el calor que sentía cada vez que Marcos estaba cerca.

–Soy yo, Francesca –dijo, elevando la voz.

–¿Qué haces aquí? –preguntó él, acercándose.

–No podía dormir. ¿Y tú?

Marcos se detuvo delante de ella y se rascó la cabeza.

–Tampoco.

El calor que irradiaba de su cuerpo hizo que Francesca se sintiera reconfortada. Olía maravillosamente, a tierra y a limón.

–¿Sueles salir a pasear de noche? –preguntó ella.

–Me gusta la paz que se respira entre las viñas.

Francesca había sentido lo mismo.

–¿Por qué has dejado ese olivo solo?

–No lo sé. Siempre ha estado ahí. ¿Qué tal tu cabeza?

–Mejor. ¿Y Armando?

Marcos sonrió.

–Se lo ha comido todo.

–Lo has atendido muy bien.

–No es más que un niño. Es fácil hacerlos felices –dijo Marcos, encogiéndose de hombros.

–Me sorprende que no te hayas casado y que no tengas familia numerosa –comentó Francesca–. Pensaba que sería una de tus prioridades.

–¿Por qué dices eso?

–¿Quién heredará todo esto?

–Magdalena y sus hijos, o la Fundación.

–¿Quieres decir que no piensas tener hijos? –preguntó Francesca, perpleja.

Marcos dio otro paso hacia ella.

–¿A qué se deben esta preguntas, Francesca?

—Pura curiosidad —dijo ella, metiendo las manos en los bolsillos.

—Yo también siento curiosidad por saber por qué tu compromiso matrimonial fracasó.

—Robert decidió que el matrimonio no estaba hecho para él —Francesca se encogió de hombros—. Así es la vida.

—Lo que me parece increíble es que desde entonces no hayas estado con ningún hombre.

—He estado muy ocupada y nunca me he sentido lo bastante interesada por nadie.

Marcos metió un dedo en la trabilla de su pantalón y la atrajo hacia sí.

—Pues parece que yo sí te intereso.

—Estamos casados —dijo ella, conteniendo la respiración—. Es parte del contrato.

—¿Harías el amor conmigo porque está en el contrato?

—Creía que no me quedaba elección.

Marcos le retiró un mechón de cabello detrás de la oreja.

—Claro que la tienes, pero creo que aun así, me elegirías.

—Estás muy seguro de ti mismo —dijo ella, sintiendo la sangre correr por sus venas y alcanzar cada célula de su cuerpo.

—No se trata tanto de seguridad en mí mismo como la convicción de que hay algo entre nosotros que...

Inclinó la cabeza hasta que sus labios casi rozaron los de ella.

—¿Qué? —musitó Francesca.

Marcos la abrazó por la cintura y ella le rodeó el cuello.

–Hay algo en ti que estoy deseando explorar.

–Pero anoche...

–Anoche no era el momento adecuado, pero hoy sí.

Francesca no preguntó por qué, pero supo que tenía razón. También ella estaba preparada de otra manera, y lista para lo que iba a suceder. No sentía ni temor ni dudas. Ni siquiera le importaban las consecuencias. Sólo sabía que quería superar sus miedos con el hombre al que había amado en el pasado y al que podría volver a amar.

Su cuerpo tembló cuando sus labios se tocaron. Sus brazos se relajaron, su interior se fundió como oro líquido.

Marcos se separó unos milímetros y susurró.

–A no ser que quieras hacer el amor a la intemperie, será mejor que entremos.

–Me da lo mismo, Marcos –dijo ella, besándole el cuello.

–A mí también, pero no tenemos mantas y hace frío.

Francesca asintió, dándole la razón.

–Entonces, te echo una carrera hasta la casa –dijo.

Y sin esperar respuesta, echó a correr.

Capítulo 9

MARCOS le dejó ganar la carrera y una vez dentro de la casa, le tomó la mano y la llevó a su dormitorio. Nunca pasaba la noche entera con sus amantes. Quedaba con ellas en sus casas o en un hotel y se marchaba antes del amanecer. Nunca dormía con nadie. Jamás.

Aunque Francesca fuera la primera persona que había sido testigo de sus pesadillas, tampoco pensaba dormir con ella. Le haría el amor, y cuando estuvieran exhaustos, se iría a su dormitorio.

Al llegar, Francesca pareció sufrir un ataque de timidez. Se separó de él y se entretuvo ordenando las revistas que tenía sobre la mesilla.

—¿Has cambiado de idea? —preguntó Marcos, prefiriendo saber la verdad cuanto antes.

—No —respondió ella con expresión desafiante.

Marcos sonrió.

—Ven aquí, gatita mía. No tienes por qué tener miedo.

—¿De verdad piensas que te tengo miedo? ¡Qué creído eres!

Marcos rió. Luego se quitó la camisa y la tiró al suelo. Sentía la sangre bombeándole en las venas. Habría querido poseer a Francesca de inmediato, pero estaba decidido a controlarse. Tenía que compensar ocho años de espera.

Cruzó la habitación sin apartar los ojos de ella y hundió las manos en su melena.

–Tienes un pelo precioso –dijo–. No sé por qué no lo has llevado siempre así.

Francesca bajó la mirada. Marcos vio una vena pulsante en la base de su garganta, y pensó que nunca había encontrado a una mujer tan atractiva como a ella, con aquella explosiva combinación de inocencia y sensualidad de la que parecía no ser consciente. Por una fracción de segundo se le pasó por la cabeza que fuera una pose, pero lo descartó de inmediato. La mujer que había intentado robarle para poder cuidar de un viejo amigo no recurriría a ese tipo de artimañas.

Además, ¿de qué iba a servirle si estaban en su dormitorio y él la iba a desnudar lentamente y a hacerle el amor tantas horas como fuera posible?

¡Cuánto iba a disfrutarlo!

Francesca veía la escena como si no estuviera viviéndola en persona. Le costaba creer que Marcos Navarro estuviera ante ella, con el torso desnudo y atrayéndola hacia sí. ¿De verdad eran sus ojos los que la miraban con expresión ardiente? ¿Cómo era posible que ella fuera la causa del bulto que se notaba en sus pantalones?

Le rodeó la cintura con los brazos y sintió el calor de su piel quemándola. Luego alzó la cabeza y se puso en puntillas para cubrir la distancia que separaba sus bocas. De otra manera, temía despertarse y descubrir que no se trataba más que de un sueño.

El beso fue mucho más delicado de lo que había esperado, como si Marcos se esforzara por ser cuidadoso.

—Marcos —musitó contra sus labios—. No voy a romperme. Bésame.

—Te estoy besando —susurró él.

—Quiero decir que me beses de verdad.

—Está bien.

Francesca contuvo el aliento cuando él le tomó el rostro entre las manos y la besó con una pasión tan intensa, tan ardiente, que no supo ni cómo llegaron a la cama.

Marcos separó sus labios de ella los segundos necesarios para quitarle el jersey y volvió a besarla.

Francesca le desabrochó el pantalón al tiempo que le soltaba el sujetador y lo dejaba caer al suelo. Ella lo rodeó por la cintura y sus torsos desnudos entraron en contacto, piel contra piel. La sensación fue tan exquisita, que ronroneó como un gato.

Sin romper el beso, Marcos la tomó en brazos y la echó sobre la cama, tumbándose sobre ella, y Francesca pensó que era excitante estar así, desnudos de cintura para arriba, y sintiendo el resto del cuerpo a través de la ropa. Ardía de deseo; sentía corrientes eléctricas por todo el cuerpo que le causaban un cosquilleo en los brazos y las piernas. Marcos se incorporó y empezó a quitarle los pantalones.

—Apaga la luz —dijo ella.

—Quiero verte —dijo él, deteniéndose un instante.

—No, Marcos, no puedo.

Él frunció el ceño.

–¿Por qué? ¿Crees que no vas a gustarme? ¿De verdad eres tan tonta?

Francesca cruzó los brazos sobre el pecho.

–Me da vergüenza.

–Ya lo sé, pero yo quiero demostrarte lo hermosa que te encuentro.

Marcos le quitó los pantalones y las bragas de un solo movimiento y luego se quitó los suyos. Su sexo erecto quedó liberado en toda su gloria.

–¿Te parece que hay algo en tu cuerpo que no me excite, gatita?

Francesca asintió, muda, a la vez que sentía una bola de fuego crecer en su interior.

Marcos se tumbó sobre ella, presionándola con su peso contra la cama. Francesca pensó que nunca había experimentado nada tan erótico y que tenía que deberse a que llevaba años esperándolo. La mera anticipación de que por fin iba a hacer el amor con él, la embriagaba.

Marcos se deslizó hacia abajo.

–Llevo tiempo queriendo hacer esto... –susurró, presionando sus senos entre sí para lamer sus pezones alternativamente.

–Marcos... –gimió ella, pensando que si seguía haciéndolo moriría.

–Sabes dulce, Francesca. Eres todo lo que un hombre podría desear –dijo él, contra su piel húmeda.

Con la lengua, trazó una línea hasta su ombligo, y luego siguió bajando, dejando un rastro de besos en su cadera, en su vientre.

Francesca contuvo el aliento al notar que seguía bajando. Estaba segura de que no sobreviviría.

–Marcos, no...

Él masculló algo en español, algo sexy y obsceno que acalló sus protestas. Y entonces él le separó los muslos y la miró. Francesca respiraba entrecortadamente imaginando lo que iba a suceder. Hacía años que nadie le proporcionaba placer. Marcos la abrió con los pulgares y luego pegó a ella su boca, chupando y succionando aquella parte de ella que llevaba tantos años desatendida.

Francesca sintió una sacudida instantánea y estalló en un clímax como una llamarada blanca que arrancó de su garganta un profundo gemido.

–¡Dios mío! –exclamó Marcos–. Eres increíblemente sexy.

Y volvió a acariciarla con su boca antes de volver a sus labios y besarla mientras ella le rodeaba las piernas con su cintura. Con voz grave, susurró:

–Quería ir despacio, pero no puedo esperar. Avísame si te hago daño.

–No soy virgen –dijo ella, acariciándole el pecho y arqueándose para sentirlo contra sus senos.

–Pero puede que estés sensible después de tantos años.

–Da lo mismo, Marcos, te deseo.

¡Qué liberador le resultaba poder decir aquellas palabras y saber que él sentía lo mismo!

Lo tomó por la nuca y lo atrajo hacia sí para besarlo. Él pareció darse por vencido y la penetró de un diestro empuje que la dejó sin respiración. Francesca alzó las caderas y jadeó al sentir una sacudida de placer. Marcos separó su boca de la de ella.

—No te muevas —dijo con voz ronca y ojos brillantes—. Por Dios, no te muevas.

Pero ella volvió a hacerlo.

—Es maravilloso —musitó, meciendo las caderas y teniendo que reprimir un grito de placer.

Marcos apretó los dientes.

—Sí, pero si no paras, acabaremos enseguida.

Ella le acarició la mejilla y rió.

—No me habías dicho que tenías problemas de «precocidad».

Él dejó escapar una maldición antes de estallar en una carcajada.

—¿Por qué me haces reír? ¿Es que esto no te parece serio?

—Mucho.

—También lo es para mí —dijo Marcos. Y empujó las caderas hacia adelante.

Francesca sintió un escalofrío recorrerla desde la cabeza a los pies y sus ganas de bromear fueron sustituidas por un deseo puramente físico, abrasador.

—Marcos...

Cuando él volvió a embestirla, Francesca olvidó lo que iba a decir porque perdió toda capacidad de pensar para sólo sentir.

—Claro que sí, mi gatita. Éste es un asunto muy serio —susurró él.

Francesca se entregó a la sensación de sus cuerpos en contacto, moviéndose rítmicamente, sus alientos mezclados, sus lenguas entrelazándose al tiempo que entrechocaban con un frenesí creciente, como si bailaran un tango, una maravillosa danza en la que ambos buscaban el placer mutuo.

El aire se cargó de electricidad, y Francesca sintió que la energía se concentraba en una bola en sus entrañas que acabaría por estallar, abrasándola en el proceso.

Aquel estado de euforia pareció durar una eternidad y ser breve a un tiempo. Y sin que le diera tiempo a prepararse, la lanzó al espacio, dejándola jadeante y temblorosa, haciendo que su cuerpo se disolviera en la nada más absoluta. Oyó gemir a Marcos de satisfacción, sintió un poderoso empuje final, y el cuerpo de Marcos se sacudió con un temblor al alcanzar el clímax.

Unos segundos después, Marcos se incorporó sobre los antebrazos para no aplastarla con su peso, y Francesca echó de menos su calor, la sensación de estar fundidos en uno. Querría haberlo hecho de nuevo de haberle quedado una gota de energía.

Y claramente, él también, si podía interpretar como prueba de ello el que su sexo volviera a endurecerse de inmediato.

Francesca se estiró perezosamente, todavía flotando en una nube de placer de la que no quería bajar para volver a la realidad. Ya tendría tiempo de hacerlo.

—¿Qué tal te has sentido, mi gatita? ¿Ha valido la pena esperar tanto tiempo?

—Desde luego que sí —ronroneó ella.

Marcos rió antes de darle un beso en la oreja.

—¿No decías que estaba demasiado seguro de mí mismo?

—Y es verdad, Marcos.

—¿Ah, sí?

–¿Por qué me llamas «gatita»?

Marcos sonrió con picardía.

–Porque eres fiera y dulce al mismo tiempo.

Por más que hubiera querido evitarlo, Francesca supo que había abierto su corazón de par en par y permitiéndose sentir en exceso. ¿Estaba arriesgándose a quemarse en las llamas de Marcos?

–¿En qué estás pensando? –preguntó entonces Marcos. Sin esperar respuesta, añadió, insinuante–: No quiero que pienses más que en mí.

Y se empeñó en conseguirlo.

Estaba sentado en el suelo, en una celda oscura, vacía; se oían las ratas roer la pared. Tenía las muñecas esposadas, hinchadas y ensangrentadas por las heridas que se había hecho al intentar soltarse.

Había perdido la cuenta de los días que llevaba allí.

De pronto oyó un siseo cada vez más próximo y gritó para ahuyentar a la serpiente...

–¡Marcos!

Marcos parpadeó. Estaba a oscuras, pero yacía sobre una cama y estaba acompañado.

–¡Marcos, tranquilo! –dijo una voz de mujer–. Estamos solos tú y yo.

La mujer se abrazó a él y su primer instinto fue apartarla de sí, pero luego quiso que se quedara.

–Francesca –susurró.

–Sí, soy yo. Voy a traerte agua –dijo ella, haciendo ademán de levantarse.

Marcos se aferró a ella.

–¡Quédate, por favor!

Ella pareció titubear, pero finalmente volvió a abrazarse a él. Su cálido cuerpo reconfortó a Marcos, que se quedó mirando al techo, extrañado de no querer marcharse.

–¿Quieres que hablemos de ello? –preguntó Francesca quedamente.

–Es una pesadilla recurrente; estoy en una habitación oscura, con ratas y serpientes.

–¿Tiene que ver con algo de tu infancia?

Marcos tragó saliva. ¿Cómo iba a contarle algo tan espantoso?

–Algo parecido.

Francesca le acarició la cicatriz del abdomen que le había dejado el machete de un enemigo.

–¿Y esto también está relacionado con la pesadilla, Marcos?

–Se acabaron las preguntas –dijo él, colocándose sobre ella–. Se me ocurre algo mucho mejor que hacer.

Capítulo 10

FRANCESCA se resistía a levantarse teniendo a Marcos en su cama, pero el hambre acabó por decidirla. Se dio una rápida ducha, consciente del dolor placentero que sentía en distintos puntos del cuerpo, partes que llevaba años sin sentir.

Recordó la última vez que habían hecho el amor, después de que Marcos despertara de una de sus pesadillas. Marcos había estado intenso, entregado, y ella había intentado mitigar su dolor dándose en cuerpo y alma.

Pero lo que realmente habría querido era que se sintiera libre para hablar con ella, que la tomara por algo más que una compañera de cama. Todavía se le aceleraba el corazón al recordar el tono en el que la había llamado «gatita», pero no debía olvidar que sólo mantenían un acuerdo temporal. Tenía que evitar pensar en él.

Tras secarse, se puso uno de los conjuntos nuevos, una camisa de seda de color crema y unos pantalones amarillo pálido, y al mirarse en el espejo tuvo que admitir que Marcos estaba en lo cierto al decir que su vieja ropa no la favorecía.

Volvió al dormitorio para descubrir con desilusión

que Marcos se había ido, y se preguntó qué pasaría a partir de entonces, si compartirían dormitorio o sólo cama, o si Marcos preferiría actuar como si no hubiera pasado nada.

Al acercarse a la cocina oyó voces y ruidos, y se asomó para ver qué pasaba. Armando estaba sentado en su trona, golpeando la bandeja mientras Ingrid hablaba acaloradamente con otra mujer. Al verla, enmudecieron.

—Buenos días, señora Navarro —saludó Ingrid—. Si quiere sentarse en la terraza, le llevaré el desayuno en unos minutos.

—Claro —dijo Francesca, que no lograba acostumbrarse a ser llamada «señora Navarro»—. Pero, ¿qué pasa? ¿Puedo ayudar en algo?

Ingrid suspiró y miró a la otra mujer de soslayo.

—Ana Luisa se ha escapado con un chico, y ha dejado a Armando.

Francesca miró al niño con ojos desorbitados.

—¿Lo sabe Marcos?

—Se lo acabo de decir y ha mandado que la busquen.

—¿Cuándo ha huido?

—Durante la noche. Cuando he llegado he encontrado al pobre Armando solo en la cuna —dijo Ingrid, acariciando el cabello del niño, que rió, ajeno a lo que estaba sucediendo—. No sé cómo voy a cuidar de él con todo lo que tengo que hacer.

—¿Y si me lo llevo? —preguntó Francesca impetuosamente, sorprendiéndose a sí misma y, por cómo la miraron, también a Ingrid y a la otra mujer.

—¡No puedo consentirlo, señora, está usted en su

luna de miel! Tiene que pasar tiempo con su marido, no ocupándose de un niño.

–¡Tonterías! –dijo Francesca–. Armando no tiene la culpa de lo que está pasando y yo no tengo nada que hacer.

–¿Está segura?

Lo cierto era que no lo estaba, pero aun así, dijo:

–Por supuesto.

Ingrid lavó la cara de Armando y se lo acercó. Por una fracción de segundo, Francesca pensó que había cometido un error y titubeó, pero el niño sonrió, abrió sus brazos regordetes, y se abrazó a su cuello.

Olía a leche, a cereales y a aire fresco. Habría querido estrecharlo y besarlo, pero se lo llevó a la terraza y lo sentó en su regazo mientras esperaba que le llevaran el desayuno. Armando soltaba grititos de placer y saltaba arriba y abajo mientras Francesca sentía una presión en el pecho al pensar que su niñita habría tenido para entonces cuatro años. Hasta aquel día se había alejado de los niños porque su presencia le resultaba demasiado dolorosa, pero tener a aquel niño en brazos estaba resultando la mejor medicina. Aparte de hacer el amor con Marcos, se dijo.

Como si lo hubiera invocado, Marcos apareció en la puerta con expresión atormentada, aunque pareció animarse al verla e incluso sonrió a Armando.

–¿La has encontrado? –preguntó Francesca cuando se sentó.

–No.

Marcos alargó los brazos para tomar a Armando, que rió a carcajadas cuando le hizo cosquillas en la tripa con la nariz.

Francesca sintió una punzada de dolor al pensar que quería vivir así, con Marcos y un hijo en común, con noches como la que acababan de pasar y una sucesión de días llenos de felicidad. Pero no era más que una fantasía, y jamás se convertiría en realidad.

–¿Qué pasará si no la encuentras?

–¡Ojalá lo supiera!

–¿Y qué será de Armando?

Marcos miró al niño.

–Alguien cuidará de él.

–¿Quién?

–Todavía no lo sé.

La idea de que aquel niño creciera sin su madre atravesó a Francesca como un puñal, pero ¿qué podía decir? Su relación con Marcos no era más que una farsa, así que la posibilidad de que él y ella adoptaran a Armando era más que impensable.

–Lo siento, Marcos, sé que te duele que se haya marchado.

–Ya te he dicho que no puedo salvarlos a todos –dijo él con un rictus de amargura–. Además, que Ana se haya ido no quiere decir que haya vuelto a las calles. Puede que se casen.

–¿Qué suelen hacer los chicos a los que empleas? –preguntó Francesca para distraerlo del problema.

–Algunos van a la universidad; otros, aprenden un empleo. Y unos y otros pueden trabajar en Industrias Navarro.

Era una tarea verdaderamente admirable, pero Francesca no lograba comprender por qué él parecía concentrarse sólo en los fracasos.

–¿Y qué sería de ellos si no fuera por ti, Marcos?

Él la miró con solemnidad.

–Se dedicarían a las drogas, a la prostitución; algunos combatirían –añadió.

–¿En guerras? –preguntó Francesca, perpleja.

–Sí. Hay mucha inestabilidad en Latinoamérica, y las guerrillas que luchan contra los que perciben como opresores, resultan muy atractivas para aquéllos que no tienen nada que perder.

Francesca sintió el corazón acelerársele.

–No tenía ni idea –dijo. Recordó la cicatriz de Marcos y sus pesadillas y quiso saber la verdad–: ¿Fue eso lo que te pasó a ti?

Marcos la observó con una heladora frialdad.

–¿De verdad quieres saberlo? ¿Crees que puedes salvarme si descubres la causa de lo que me pasa? ¿Que el amor de una buena mujer ahuyentará las pesadillas?

Se puso tan a la defensiva que Francesca tuvo la seguridad de haber dado en el clavo, y sintió una enorme tristeza al pensar en cuánto había sufrido y cómo, aunque no se diera cuenta, el guardarlo para sí mismo estaba acabando con él.

–Sí, Marcos, quiero saberlo. Pero sólo tú puedes salvarte.

La comida llegó antes de que Marcos contestara. La hija de Ingrid tomó a Armando y lo puso en un corral a jugar. Estaba cansado y pronto se quedó dormido, chupándose el dedo.

Francesca asumió que Marcos aprovecharía la interrupción para cambiar de tema, por eso le sorprendió que dijera, pensativo:

–No he hablado de ello nunca con nadie. Pero sí,

luché en la guerrilla, Francesca. Vi la muerte, la desesperación y el mal que es capaz de causar un hombre a otro.

–Estoy segura de que no podías actuar de otra manera –dijo ella, conteniendo las lágrimas porque estaba convencida de que Marcos no quería su compasión.

Marcos suspiró y se apoyó en el respaldo de la silla.

–Siempre he hecho lo necesario para sobrevivir, pero preferiría haber tenido elección.

–Ahora entiendo que odiaras tanto a tu tío y por qué El Corazón del Diablo te importa tanto –Francesca se inclinó sobre la mesa y lo tomó por una de las muñecas.

Marcos reaccionó al instante, retirando el brazo bruscamente.

–¡No vuelvas a hacer eso! –exclamó.

Francesca se acomodó en su silla con las manos entrelazadas en el regazo y recordó las otras ocasiones en que Marcos había reaccionado violentamente cuando le había sujetado las muñecas. Habría querido preguntarle cuál era la causa, pero se contuvo. Ya había hurgado demasiado en sus recuerdos.

–Sólo pretendía decirte que eres demasiado severo contigo mismo, y que te centras en tus fracasos y no en tus victorias.

Marcos se pasó una mano por el cabello, maldiciendo entre dientes. Francesca daba en la diana y con ello derribaba sus defensas. Había tenido tantos éxitos que ya no los valoraba.

–Tienes razón –dijo, reflexivo–. Me tomo los fracasos personalmente, sobre todo con los niños. Pero es que un fracaso con ellos no significa que pierda dinero o mi prestigio, sino una vida.

—Salvas muchas otras.

Marcos dio un sorbo al café. Necesitaba la cafeína. Los cambios se sucedían aceleradamente. Había llevado a Francesca a Argentina para castigarla por haberle robado El Corazón del Diablo y para asegurarse que nunca más lo reclamaría. Nunca había imaginado que fuera a hacerse un hueco en su corazón y a leer en su alma como no lo había hecho nunca nadie.

Y lo cierto era que no le gustaba tener que revisar sus opiniones, ni darse cuenta de que debía verla desde un nuevo punto de vista.

Sin embargo, sabía que si hubiera tenido que elegir entre ponerla en un avión aquella misma tarde, o dormir con ella, no dudaría en conservarla a su lado.

Había bastado una noche para que hacer el amor con ella se convirtiera en una adicción. Y puesto que sabía por experiencia que ése sólo sería un sentimiento pasajero, pensaba aprovechar cada minuto mientras durara. A pesar de que su aguda intuición y sagacidad lo alteraran ocasionalmente.

—Sí, la Fundación salva vidas, pero ojalá algún día no sea necesaria.

—Puede que ese día no llegue —dijo Francesca—. Pero lo que sí sé es que tú nunca te darás por vencido.

Marcos asintió con la cabeza y miró hacia Armando, que seguía durmiendo.

—También sería más feliz si Ana Luisa volviera. Su niño la va a echar de menos.

A Francesca se le llenaron los ojos de lágrimas.

–No comprendo cómo puede ser feliz sin él. Puede que lo eche tanto de menos que acabe por volver.

Marcos estudió su rostro, diciéndose que parecía... abatida. Como si anhelara tener un hijo, aunque el día anterior hubiera dicho que la asustaban. Cuando la había encontrado con Armando en brazos, parecía encantada.

–Ojalá tengas razón, pero lo dudo –dijo–. Tiene dieciséis años y para ella un niño es una carga. Quiere ser libre y pasarlo bien. Por mucho que lo quiera, se habrá convencido de que el niño estará mejor sin ella.

Francesca consideró aquella posibilidad, perpleja.

–O puede que ese chico le haya sorbido el seso sólo temporalmente.

–¿Es eso lo que te pasó a ti, querida? –preguntó Marcos con dulzura.

–¿Qué quieres decir?

–Conmigo. ¿Recuperaste el juicio pronto o habrías preferido seguir los dictados de tu corazón? ¿Habrías venido conmigo si te lo hubiera pedido?

Francesca desvió la mirada.

–Te habría seguido al fin del mundo, Marcos, aunque supongo que habría averiguado la verdad pronto.

–¿Qué verdad?

–Que sólo me estabas utilizando.

–Como tú a mí.

–Puedes seguir creyendo eso si te hace sentir mejor –dijo Francesca antes de clavar una mirada airada en él–. Pero lo cierto es que si alguien me hubiera dicho que lo nuestro podía funcionar si le pedía a mi padre que te comprara, lo habría hecho. Así de enamorada estaba. Así de engañada.

Sus palabras afectaron a Marcos.

—Sabes que no necesitabas decírselo con esas palabras, que bastaba una insinuación.

—Jamás hablé sobre ti ni con él, ni con nadie de mi familia, porque sabía lo que me iban a decir.

—¿Y qué creías que te dirían?

Francesca alzó la barbilla en un gesto que Marcos había aprendido a interpretar como un mecanismo de defensa.

—Que me engañaba, que no era ni lo bastante guapa ni lo bastante lista, que jamás te fijarías en mí.

Marcos se enfureció al imaginar que su familia pudiera decirle ese tipo de cosas. Pero no le costaba creerlo. Al menos de su madre y de su hermana. Su padre, en cambio, la adoraba.

—Se habrían equivocado, Francesca.

Ella rió con desdén.

—Claro. Me lo demostraste muy bien dejándome antes de que la tinta se secara en el certificado de matrimonio.

Marcos le tomó la cara entre las manos y la besó hasta dejarla sin respiración. Luego apoyó su frente en la de ella y susurró:

—Ya no podrían decirte nada de eso, y lo sabes. Deja de hurgar en las heridas del pasado y concéntrate en el futuro.

Francesca alzó la cabeza y un brillo de tristeza se reflejó en sus ojos avellana.

—¿Y por qué tú no sigues tus propios consejos? Porque si quieres que te diga la verdad, me parece que estás tan atrapado por el pasado que no disfrutas del presente.

Llegó la noche sin que encontraran a Ana y a su novio. Francesca se turnó con las demás mujeres para jugar con Armando, que por más bueno que fuera, empezaba a dar muestras de echar de menos a su madre.

Francesca acababa de dejarlo con Ingrid y se disponía a dar un paseo, cuando Marcos salió de su despacho.

No habían hablado desde el desayuno porque ni siquiera se había asomado para comer.

Francesca había asumido que quería ignorarla a causa de lo que le había dicho por la mañana. Al verlo en aquel momento, sintió una opresión en el pecho.

–¿La han encontrado? –preguntó.

Marcos sacudió la cabeza. Parecía tan abatido y desesperanzado que Francesca sintió el impulso de abrazarlo y decirle lo que sentía. Y súbitamente supo, con una nitidez que la dejó sin aliento, que amaba a Marcos Navarro. Lo amaba de verdad, no con el amor infantil que la había cegado años atrás. No tenía nada que ver con el hombre egoísta y cruel que pensaba que era. Era un hombre sensible, con más principios y sentido ético que cualquier otra persona que conociera. Incluida su familia. Ninguno de ellos había expresado nunca la más mínima preocupación por aquéllos menos afortunados en la vida; sólo les había oído hablar de obras de beneficencia si les interesaban para la declaración fiscal.

Sin embargo, Marcos, que había sufrido y padecido en su infancia, había dedicado su vida a cuidar de los demás. Y ella lo amaba por eso mismo,

Ser consciente de ello hizo que la recorriera un escalofrío de alegría y de temor porque sabía que Marcos ni la amaba ni la amaría nunca.

—¿Cómo está Armando? —preguntó Marcos.

—Bien. Ingrid se lo ha llevado.

—Es la primera vez que pasa algo así —dijo él, pasándose la mano por el cabello—. No puedo permitir que vaya a un orfanato.

Francesca consiguió vencer su parálisis, fue hasta él, se abrazó a su cintura y apoyó la cabeza en su pecho. Marcos la estrechó contra sí.

—Claro que no. Y no vas a tener que hacerlo —dijo ella.

—¿Ves como eres una gatita, fuerte y cariñosa? No sabes cuánto me alegro de que nunca hayas perdido la ilusión.

Francesca alzó la cabeza para mirarlo.

—Te equivocas Marcos, claro que he sufrido desilusiones, pero eso no significa que me haya dado por vencida.

—Yo tampoco —dijo él, acariciándole la cabeza—. Quizá en el fondo no seamos tan distintos.

Francesca sintió al instante que se quemaba y tuvo que bajar la mirada para que Marcos no adivinara lo que sentía.

El grito de un niño les llegó desde el interior y Marcos se tensó.

—Será mejor que vayamos a verlo, puede que le calme nuestra presencia —dijo ella.

–Tienes razón –dijo Marcos, tomándola de la mano y entrando en la cocina.

La escena que encontraron era caótica. Ingrid intentaba sacar las manos de la masa para el pan mientras Isabel recogía los espagueti con salsa de tomate que había esparcidos por el suelo, la mesa, sobre Armando y sobre ella misma. Los fragmentos de un cuenco de cerámica asomaban entre la pasta.

Armando gritaba a pleno pulmón en lo alto de su trona. Francesca corrió a ayudar a Isabel mientras marcos tomaba al niño en brazos y le lavaba la cara. Sólo cuando se lo pasó a Francesca, después de que ésta acabara de ayudar a Isabel, el niño dejó de gritar. En cuanto lo tomó, el niño empezó a tranquilizarse y al poco de que le cantara una canción, se quedó dormido sobre su hombro.

–Le gustas –dijo Marcos, con una sonrisa que derritió el corazón de Francesca.

–Por ahora. Luego preferirá irse contigo.

–Lo dudo, gatita. Sabe que tienes un corazón generoso.

Francesca se ruborizó y desvió la mirada hacia Ingrid, que le guiñó un ojo. Luego fue al salón y se sentó en un sofá con Armando. Marcos la siguió. Ella sintió que el corazón se le encogía al recordar que nunca compartirían una vida así, que aquél no era un matrimonio de verdad, y que había cometido un gran error al no mantener la cabeza fría. Pero ¿cómo podía hacerlo si todo lo que descubría de Marcos la empujaba a quererlo más?

Marcos se apoyó en la mesa de café situada frente al sofá.

–¡Y decías que los niños te asustaban...!

–Nunca había tenido a uno tan cerca –dijo ella, acariciando los rizos de Armando al tiempo que los ojos se le llenaban de lágrimas.

Marcos se inclinó hacia ella y le secó la mejilla.

–¿Qué pasa, querida? ¿No me has dicho que debía tener esperanza? ¿No puedes seguir tu propio consejo?

–No es eso –susurró Francesca, súbitamente desbordada por lo que sentía y lo que quería expresar–. Una vez estuve embarazada.

–¿Embarazada? –repitió Marcos, perplejo.

Francesca asintió con la cabeza, y con el corazón palpitante, continuó:

–Perdí el bebé a los seis meses. Hubo un atraco en la joyería y me dieron una paliza. La niña no sobrevivió.

–¡Dios mío, Francesca...!

–Jacques cuidó de mí cuando lo único que quería era morir. Me salvó de mí misma.

–¿Y tu madre y tu hermana?

–Jacques las llamó, pero después de lo de El Corazón del Diablo no quisieron saber nada de mí.

–¿Cuándo fue eso? –preguntó Marcos, visiblemente afectado–. ¿Qué pasó con los hombres que te lo hicieron?

–Fueron a la cárcel. Pero hay algo más –Francesca suspiró–. Los médicos dijeron que nunca podría tener hijos.

Capítulo 11

MARCOS estaba tan horrorizado que no supo
qué decir. De pronto comprendía por qué
Francesca había parecido incómoda la primera vez que vieron a Armando y se había excusado
diciendo que necesitaba descansar. Lo que en realidad quería era escapar.

Habría querido destruir a los hombres que le habían causado tanto dolor, que la habían dejado enfrentarse al futuro sin su bebé.

Se puso en pie bruscamente y Francesca alzó la
mirada al tiempo que se secaba las lágrimas que le
humedecían las mejillas. Marcos estaba demasiado
emocionado como para poder expresarse. Necesitaba
estar a solas unos minutos, reflexionar sobre lo que
Francesca acababa de contarle

–Tranquilo –dijo ella súbitamente–. Lo comprendo.

–¿El qué?

–Que estés enfadado y que te alegres de que el
contrato sólo sea por tres meses. Es lógico que te es-
pante tener una mujer estéril.

Francesca tuvo la seguridad de que nunca olvida-
ría la forma en que Marcos la estaba mirando en
aquel momento. Tenía la cicatriz de la cara blanque-

cina, como cuando estaba en tensión, y apretaba los puños con fuerza.

Pensó que debía haber esperado a que hablara, pero no había podido aguantar su silencio por más tiempo y había preferido adelantarse. De otra manera él se habría visto obligado a expresar sus condolencias y ella habría tenido que darle las gracias. Y eso sí que le hubiera resultado insoportable, especialmente mientras sostenía en sus brazos a un niño que podría ser el hijo de Marcos.

—Francesca, lo que estoy pensando no tiene nada que ver con eso.

Ella se enfadó consigo misma por sentirse tan débil cuando durante todos aquellos años había aprendido que para sobrevivir tenía que ser fuerte.

—No te preocupes, Marcos. No tienes por qué darme explicaciones.

Él se sentó y apoyó los codos en las rodillas.

—Tienes razón en que estoy enfadado, pero es con los hombres que te hicieron daño. Incluido Robert. Me encantaría encontrarlo y...

Francesca pudo atisbar el guerrero que había en él y un escalofrío le recorrió la espalda.

—Forma parte del pasado, Marcos. La venganza no me devolverá a mi hija. Si no, yo misma la llevaría a cabo.

Marcos la contempló con una expresión nueva que Francesca no supo descifrar.

—Ahora comprendo por qué aquella noche no te reconocí —dijo él—. Has cambiado mucho, Francesca, y no sólo físicamente. ¿Eres consciente de lo fuerte que eres? ¿Cómo puedes creer que no eres hermosa cuando irradias una belleza cegadora?

Armando se removió en sus brazos, evitando que Francesca, que se había quedado muda, tuviera que contestar. ¿Era posible que Marcos pudiera sentir algo, que pudiera surgir algo maravilloso entre ellos?

En ese momento sonó el móvil y él lo contestó.

—Sí.

La conversación duró apenas segundos. Con la mirada velada, Marcos se inclinó para acariciar la cabeza de Armando a la vez que sacudía la suya con pesadumbre.

—¿Qué pasa, Marcos? —preguntó ella, angustiada por lo que evidentemente eran malas noticias.

—Han encontrado a Ana. Ella y su novio estuvieron bebiendo. Han muerto en un accidente de coche.

La casa estuvo sumida en un caos total durante varias horas. Marcos fue con uno de los hombres a reclamar el cadáver de Ana. Los chicos salieron de los talleres, perdida la concentración en el trabajo; Ingrid consolaba a Isabel, que no cesaba de llorar.

Aunque Ana llevaba poco tiempo en el viñedo, Isabel y ella se habían hecho muy amigas. Era una chica vivaracha y divertida que sólo ansiaba ser amada.

Nadie sabía quién era el padre de Armando; sólo sabían que la había abandonado.

Armando dormía en su cuna, donde Francesca lo había acostado después de que se despertara por el bullicio general y rompiera a llorar, contagiado por el llanto de los demás.

Para cuando Marcos volvió, era tarde. Todo el mundo se había acostado y una de las jóvenes se había trasladado al dormitorio de Ana para estar con Armando. Francesca había estado a punto de mudarlo al suyo, pero no quiso despertarlo.

En cuanto vio la expresión de dolor de Marcos, se emocionó. ¿Cómo era posible que el hombre capaz de dirigir un imperio estuviera destrozado por la muerte de una chica a la que ni siquiera conocía?

Francesca lo comprendía porque había llegado a la conclusión de que Marcos peleaba por sus chicos como ella lo había hecho por Jacques o por su bebé, con todo su corazón, con todas sus fuerzas.

Él se aproximó a ella y, sorprendiéndola, la tomó en brazos.

–No digas ni una palabra, Francesca. Te necesito demasiado como para hablar.

Ella no fue consciente de que Marcos la llevaba a su dormitorio hasta que, nada más entrar, le quitó la blusa. Y por alguna extraña razón, el que fueran al dormitorio de él en lugar de al suyo hizo que la esperanza se hiciera un hueco en su corazón.

Se quitaron la ropa el uno al otro precipitadamente y en cuanto estuvieron desnudos cayeron sobre la cama en una confusión de brazos, piernas, y labios buscándose a ciegas.

Francesca estaba tan excitada que no necesitó preliminares. Rodeó la cintura de Marcos con sus piernas, urgiéndole a penetrarla. Pensó que le haría el amor con urgencia, pero una vez estuvo en su interior, Marcos se empezó a mover con delicadeza, penetrándola profunda y pausadamente.

Francesca nunca había sentido nada parecido, ni su corazón se había sentido jamás tan pletórico como al hacer el amor con el hombre al que amaba hasta la médula.

¿Qué sentiría Marcos? ¿Compartiría la felicidad que experimentaba ella, o sólo sentía el placer habitual que le proporcionaba el cuerpo de una mujer?

Él tomó el rostro de Francesca entre sus manos, obligándola a mirarlo mientras le hacía el amor, y ella tuvo la certeza de que Marcos debía ver reflejados sus sentimientos en su mirada, e intuirlos en cada uno de sus gemidos.

–Eres preciosa, Francesca. Preciosa –susurró.

Y la besó profundamente al tiempo que aceleraba sus movimientos hasta arrastrarla a un clímax que la sacudió de arriba abajo, para luego deslizar la mano entre sus cuerpos y volver a excitarla hasta hacerla estallar una segunda vez, acompañándola en aquella ocasión con su propio clímax.

Después, Marcos rodó hasta yacer a su lado con la respiración agitada y los ojos cerrados. Su cuerpo brillaba de sudor y Francesca deseó montarlo a horcajadas y volver a hacer el amor. Pero también supo que el sexo ya no sería bastante, que quería más de Marcos Navarro.

Jamás había pensado que pudiera sentir algo así. Después de la muerte de su bebé, había pensado que nunca más volvería a amar con tanta intensidad.

Observó el cuerpo de Marcos, que se tapaba los ojos con el brazo, con la palma mirando hacia arriba. Francesca se inclinó para observar la pálida marca que tenía en la muñeca y se dio cuenta de que era una cicatriz. Titubeante, la recorrió con el dedo. Él se sobresaltó, pero no reaccionó con la violencia que lo había hecho en otras ocasiones. Entonces Francesca trazó la cicatriz de su abdomen. Marcos retiró el brazo de la cara y la observó con ojos brillantes.

—Igual que a ti te gustaría vengarte de los hombres que me hicieron daño, Marcos, yo querría borrar el dolor que has padecido y que estas cicatrices te impiden olvidar.

—Sé que lo harías —Marcos le tomó la mano y le besó los dedos—. Yo no puedo evitar pensar que si no me hubiera cruzado en tu vida, todo habría sido distinto para ti.

—Y si tu tío no hubiera traicionado a tus padres y no les hubiera dado El Corazón del Diablo a mis padres, todo habría sido distinto. O quizá no.

—¿Siempre has sido tan estoica?

—Claro que no —dijo ella, acariciándole el brazo hasta llegar a su muñeca—. ¿Vas a decirme qué te causó estas cicatrices?

Marcos cerró los ojos con gesto tenso.

—Nunca se lo he contado a nadie. Es muy desagradable, Francesca.

—¿Tanto como perder un hijo o saber que nunca podrás concebir por culpa de una brutal paliza?

Marcos maldijo entre dientes. Francesca pensó que no era una buena señal, pero finalmente, él empezó a hablar.

—Fui capturado por el enemigo, encadenado en una celda a oscuras, sin comida, y con la mínima

agua —giró ambas muñecas para mostrarle las cicatrices.

Francesca recordó entonces la mirada de odio
que Marcos le había dirigido cuando lo esposó a la
cama, y se dio cuenta, angustiada, de que había con-
tribuido a recordarle aquel horroroso episodio de su
pasado.

—Me torturaron para que les diera información,
pero fracasaron. Así que me encerraron a oscuras,
con ratas y serpientes que salían de las grietas de la
pared —Marcos rió secamente—. Pasé una noche con
una pitón enrollada a mi lado para que le diera calor.
Todavía no sé cómo me libré de que me estrangulara.

—¡Dios mío, Marcos! —susurró Francesca, con los
ojos anegados en lágrimas.

—He sido testigo de cosas espantosas, Francesca.
Y debes saberlo para comprender por qué he perdido
la capacidad de amar.

—No te creo —dijo ella, sintiendo que se le encogía
el corazón.

Marcos la aprisionó contra la almohada, ocultando
el rostro en el hueco de su cuello.

—Créeme —susurró, acariciándola con su aliento—.
Puedo disfrutar y hacer disfrutar del sexo, y te deseo.
Pero no puedo amarte.

Aunque pronto la penetraba y la elevaba a nuevas
cotas de placer, Francesca no sintió ni la alegría ni la
liviandad de la vez anterior.

Marcos se incorporó, sobresaltado, pero la angus-
tiosa pesadilla se diluyó en cuanto vio a Francesca a

su lado. Al comprobar que no despertaba, dedujo que no había gritado o que Francesca estaba exhausta de tanto hacer el amor.

Había necesitado olvidar los espantosos acontecimientos de la jornada cobijándose en ella.

La pobre Ana Luisa había quedado completamente desfigurada a consecuencia del accidente. Por eso la imagen de Francesca acunando a Armando y su delicada pero tenaz insistencia en que le contara sus secretos se habían convertido en el mejor consuelo.

Y aunque no comprendía la razón de haberle contado todo sobre su vida, no podía negar que se sentía aliviado, como si se hubiera quitado un peso de encima.

Su corazón seguía acelerado por la pesadilla, pero no tanto como habitualmente. Era la primera vez que no recordaba los detalles vívidamente.

Se tumbó pegándose a la espalda de Francesca y su sexo se endureció en cuanto sintió el contacto con sus nalgas, pero después de la actividad que habían tenido, dudaba que fuera capaz de hacer el amor. Pasó la mano por la cintura de ella, sintiendo un bienestar que no recordaba haber sentido nunca junto a una mujer.

No había mentido al decirle que no podía amarla, pero tenía que admitir que sentía algo especial por ella. En cierto sentido, tenía la impresión de que eran almas gemelas.

Le besó un hombro y aspiró el aroma de su cabello. Luego se lo retiró a un lado y le besó la nuca. Ella se revolvió suavemente con un leve ronroneo y Marcos sintió su sexo endurecerse aún más.

¿Cómo era posible que el cuerpo de Francesca le hubiera pasado desapercibido en el pasado? Estaba seguro de que su hermana había sabido siempre que Francesca algún día se transformaría en un cisne, que, en el fondo, era la más hermosa de las dos, y que por eso había sido tan cruel con ella.

Él siempre había pensado que era tan falsa como el resto de su familia, pero ya no estaba tan seguro. Y si es que lo había sido, la vida ya la había castigado suficientemente.

Lo torturaba pensar cuánto había sufrido cuando su familia la había repudiado por haberle dado El Corazón del Diablo. Si su familia no se hubiera arruinado, nunca habría trabajado en una joyería, ni habría sufrido un ataque tan brutal.

Pero, ¿qué otra cosa podía haber hecho? La joya le pertenecía y era el símbolo de su dinastía.

Francesca se giró hacia él y buscó con sus labios el sensible punto tras la oreja, antes de lamerle el cuello hasta llegar al hueco entre las clavículas. Marcos gimió al sentir que rodaba sobre él y se sentaba sobre su sexo en erección.

Sorprendentemente, sí pudo hacer de nuevo el amor.

Al día siguiente, cuando se organizaban los preparativos para el entierro de Ana, fue a visitarlos Magdalena con su familia. Francesca tardó apenas unos minutos en encontrarla encantadora; y supo que era sincera cuando expresó su horror ante las noticias de la casa.

También se dio cuenta al instante de que adoraba a Marcos, y que el sentimiento era recíproco. Así que era evidente que Marcos se equivocaba cuando decía que no era capaz de amar. Jugó con los niños, sostuvo al bebé en brazos y dio regalos a todos. Cuando Magdalena le preguntó a ella si quería tomar al bebé en brazos, él le había lanzado una mirada de inquietud, como si quisiera asegurarse de que se encontraba bien, y aquel gesto la emocionó.

–Claro que sí –dijo precipitadamente, tomando a Amelia.

La estrechó contra sí y aspiró profundamente su aroma a jabón y a talco. Le resultaba doloroso abrazar un bebé tan pequeño, pero al menos podía hacerlo, mientras que apenas unos días atrás le habría resultado imposible.

Hasta aquel momento había sentido la necesidad de apartarse de ellos, pero había recuperado el placer de disfrutar de su presencia.

El trabajo de Marcos en la Fundación le había hecho darse cuenta de la cantidad de niños que necesitaban padres; que ella no pudiera tener hijos propios no significaba que no pudiera formar una familia.

Una vez Magdalena y su familia se fueron, Marcos fue a su despacho a trabajar y Francesca decidió ir dar un paseo con Armando por el viñedo para despejar la mente.

Amaba a Marcos, pero éste le había dejado bien claro que nunca podría amarla, así que debía plantearse cómo iba a poder pasar los siguientes tres meses. Se debatía entre intentar pasar el mayor tiempo posible con él y aprovechar los días que pasaran juntos, o volver a marcar las distancias para proteger su corazón y no sentirse destrozada cuando llegara el fin de su convivencia.

El resto de la semana transcurrió teñida por la tristeza de celebrar el entierro y el funeral de Ana Luisa, para el que Marcos no reparó en gastos.

Al volver del funeral, Francesca llamó a Gilles, pero las noticias que recibió la aliviaron. Jacques estaba respondiendo bien al tratamiento y Gilles había contratado a un joyero y a un encargado para atender la joyería.

Francesca colgó con una mezcla de alegría y tristeza al pensar que Gilles y Jacques podían arreglárselas perfectamente sin ella.

–¿Qué pasa, querida? –preguntó Marcos a su espalda.

Francesca estaba tan pensativa que no le había oído entrar.

–Acabo de hablar con Gilles. Dice que Jacques está bien y que la joyería está funcionando sin problemas.

–¿Por eso pareces tan preocupada?

–Me resulta extraño que no me necesiten.

–Pero te necesitamos aquí.

–Sólo para un par de meses –dijo ella.

Marcos no le prestó atención o no oyó el comentario.

–Mañana por la mañana volvemos a Buenos Aires –dijo, en cambio.

–¿Y qué va a ser de Armando? –preguntó ella con el corazón encogido.

—Estoy buscándole una casa de acogida, pero por ahora, es mejor que se quede aquí

—¡Pero Marcos, se ha encariñado de nosotros!

—Francesca, no vamos a llevárnoslo —dijo él con severidad—. Necesita una casa permanente, y no alguien que vaya a abandonarlo al cabo de un tiempo.

—¡Yo no lo abandonaría! —exclamó Francesca.

—Claro que sí: cuando expire el contrato

Capítulo 12

BUENAS Aires representó para Francesca un dramático contraste con la tranquila belleza de Mendoza. Y más aún cuando Marcos y ella habían pasado los últimos días en el viñedo haciendo el amor todas las noches, paseando y charlando sobre la Fundación.

También habían pasado horas con Armando, disfrutando de picnics con él bajo el olivo, acostándolo cada noche.

Se habían comportado como una familia feliz, y Francesca, sin darse cuenta, había llegado a creer que lo eran y que por más que Marcos dijera que no la amaba, sí amaba a Armando lo bastante como para querer que ella permaneciera a su lado y cuidara de él.

Sin embargo, Marcos le anunció que estaba buscando a alguien para que lo adoptara.

«¡Eres tonta, tonta, tonta!» se dijo una y otra vez, consciente de que era absurdo pensar que Marcos fuera a quedarse con una mujer que no podía tener hijos

A medida que transcurrió su primer día en Buenos Aires fue siendo consciente de cuánto echaba de menos a Armando. Y por más que supiera que Marcos quería lo mejor para el niño, la idea de no volver a verlo la destrozaba.

Marcos volvió de la oficina a las ocho. Entró directamente a la sala, donde Francesca veía la televisión, dejó el maletín y la chaqueta sobre el sofá, tomó el mando a distancia y silenció el aparato.

–Mañana por la noche vamos a dar una cena –dijo sin preámbulos–. Necesito que decidas un menú con el chef. Y tienes que elegir un vestido apropiado para lucir El Corazón del Diablo.

Francesca se irritó.

–¿Qué tipo de cena?

–De trabajo. Pero va a venir una pareja que está interesada en adoptar a Armando.

–Se ve que no pierdes el tiempo –dijo ella con resentimiento.

–¿No era una prioridad encontrar una familia para el niño? –preguntó él, desconcertado.

–Desde luego. Pero parece que crees que es tan sencillo como ir a una tienda y comprar un traje.

–Que me parezca una pareja apropiada no quiere decir que haya tomado la decisión –dijo él, malhumorado.

Francesca fue consciente de que era absurdo enfadarse porque Marcos estuviera buscando un hogar para Armando, que era absurdo sentir rencor. Pero en el fondo sabía que el problema era otro y que tenía que enfrentarse al hecho de que Marcos no pensaba en ellos dos como una pareja, porque no la amaba.

La expresión de Marcos se transformó, dulcificándose.

–Francesca, siento que te dé pena, pero es mi responsabilidad encontrar unos padres de adopción. Sé que te has encariñado con él, pero sabes que no vas a permanecer en su vida.

—Claro —dijo ella, sabiendo que no podía protestar.

—Me alegro de que estés de acuerdo conmigo —dijo él, satisfecho.

Pero Francesca no lo estaba. Sólo sentía el dolor de saber que las cosas no serían nunca como ella deseaba. Y de pronto supo que no podría soportarlo, que no podía pasar otros dos meses con Marcos, compartiendo su cama, actuando de anfitriona de sus fiestas, viviendo con él y amándolo, cuando sus sentimientos no eran correspondidos, ni lo serían nunca.

Porque por más que Marcos sintiera lástima por lo que le había sucedido, nunca se quedaría con una mujer que no pudiera tener hijos.

No podía vivir por más tiempo aquella farsa, y cuanto antes se fuera, mejor.

—Me voy a la cama —dijo, poniéndose en pie.

Marcos la miró con expresión inescrutable.

—Buenas noches, Francesca. Hasta mañana.

Para evitar echarse a llorar, ella dio media vuelta y se fue.

Aquella noche Marcos no fue a su cama a pesar de que lo deseaba, pero sabía que Francesca estaba enfadada con él y quería demostrarse a sí mismo que no la necesitaba, que el poder que ejercía sobre él no era más que un intenso deseo sexual.

Además, una noche en soledad les sentaría bien a ambos y les permitiría aclarar sus mentes sobre lo que había sucedido en Mendoza.

Había disfrutado de cada momento que habían pasado juntos, y aunque su estancia se había visto teñida por la tragedia, se había sentido feliz en su compañía. Francesca había sido una sólida roca en medio de la tormenta y había cuidado de Armando como una madre a pesar de que debía haberle recordado el dolor de su propia pérdida.

La admiración que sentía por ella había crecido exponencialmente, y hasta se había planteado convencerla de que siguieran juntos cuando el contrato llegara a su fin. Porque disfrutaba de su compañía, adoraba hacer el amor con ella y se sentía mejor comprendido por ella que por ninguna otra persona en el mundo.

Pero el día del entierro, se había dado cuenta de que no podía pedirle que se quedara con él porque Francesca se merecía algo mejor: un hombre sin un pasado tan espantoso como el suyo y que pudiera amarla de verdad; alguien con quien formar una familia de adopción si eso era lo que decidía hacer.

Por eso, cuando había visto en su mirada aquella noche que quería conservar a Armando y vivir como una familia, había tenido que hacer un esfuerzo sobrehumano para mantenerse firme en su decisión. Era lo apropiado y Francesca acabaría pro darle las gracias en el futuro.

Al día siguiente desayunaron juntos. Francesca estaba ausente y distraída, además de enfadada. Jugueteó con la comida en el plato sin llegar a probarla, hasta que alzó la mirada y la clavó en él.

—Me marcho, Marcos —dijo.

Él prefirió ignorar el vuelco que le dio el corazón.

–¿Adónde?

–Vuelvo a Nueva York.

Marcos habría querido gritar, pero se limitó a decir con calma:

–Tenemos un contrato, querida.

–Lo sé. Pero también sé que no le retirarás el tratamiento a Jacques, y ésa era la única razón de que permaneciera a tu lado. Ahora sé que eres demasiado bueno y que, por muy enfadado que estés conmigo, no abandonarás a alguien tan necesitado de ayuda.

–Puede que te equivoques –la amenazó él sin convicción–. El Corazón del Diablo...

–Es tuyo. Escribiré una carta diciendo que te pertenece. Yo nunca lo quise, Marcos, sólo quería el dinero para cuidar a Jacques. Ahora, me da lo mismo.

–¿Al menos piensas decirme por qué te vas?

Francesca inclinó la cabeza y tragó saliva. Cuando volvió a alzarla, sus ojos brillaban de emoción.

–Porque te amo y quiero que seas feliz, y sé que yo no puedo darte la felicidad. Por eso, si te importo lo más mínimo, te ruego que me dejes ir.

Marcos sintió que el corazón se le encogía. No quería que Francesca se marchara, pero sabía que impedírselo sería una crueldad.

–Está bien –dijo, sintiendo cada palabra como papel de lija en la garganta–. Lo organizaré todo.

Aquel año la nieve había llegado a Nueva York antes de lo habitual. Las aceras estaban cubiertas de un manto blanco inmaculado y todo tenía un aspecto fresco y mágico.

Francesca estaba aterida, pero no de frío. Llevaba tres semanas allí y no había sabido nada de Marcos.

El último día en Buenos Aires había conseguido organizar la cena, se había puesto un precioso vestido granate y había lucido El Corazón del Diablo. Incluso había conocido a la encantadora pareja que deseaba adoptar a Armando.

Marcos había actuado como si no pasara nada, mientras que ella sentía que en su corazón se abría una grieta cada vez que le oía reír. Una parte de ella había albergado hasta el último momento la esperanza de que se negara a dejarla ir, de significar algo para él.

Pero no había hecho nada por retenerla. De hecho, ni siquiera había salido a despedirse cuando, a la mana siguiente, la recogió el coche que la llevó al aeropuerto. Parecía haber decidido cortar todo lazo con ella.

Francesca caminaba con el cuello del abrigo levantado y la mirada fija al frente, recordando con melancolía el calor del desierto de Mendoza, y los gloriosos días transcurridos allí con Marcos. Eso la llevó a Armando y a preguntarse si ya estaría en su nuevo hogar, y a rogar que estuviera sano y que su madre adoptiva lo amara tanto como lo habría hecho ella.

Aunque Marcos no se había puesto en contacto, suponía que no tardaría en mandarle los papeles del divorcio.

Afortunadamente, el otro frente de su vida era más luminoso, y Jacques había mejorado enormemente. En unos días saldría del hospital, y tendría atención domiciliaria veinticuatro horas al día. Y aunque no aseguraban nada, los médicos se sentían cada día más optimistas respecto a su recuperación.

Francesca subió las escaleras a su apartamento, entró, se quitó la bufanda y el abrigo y fue a la cocina para remover el guiso que había dejado cocinándose. Era increíble la facilidad con la que había recuperado sus rutinas, y lo vacía que le resultaba su vida.

Llamaron al telefonillo de la puerta principal y fue a abrir, convencida de que sería un mensajero con los papeles de divorcio. Un hombre subió con un pequeño paquete bajo el brazo, que le tendió al llegar al descansillo. Ella le dio las gracias y volvió a la cocina.

No tenía remitente y se preguntó si sería algo del hospital para Jacques. Tomó un par de tijeras y cortó el cartón. Una caja de terciopelo asomaba de un envoltorio de papel de seda. Francesca lo abrió con el corazón acelerado: el gran diamante amarillo, engarzado en una constelación de diamantes blancos era inconfundible.

Desdobló la nota que acompañaba a la caja: *Te espero en el Four Seasons. Un coche te recogerá a la puerta. Marcos*

Capítulo 13

MARCOS miraba por la ventana de la suite de lujo desde el piso cincuenta y uno, preguntándose si Francesca acudiría.

Le había enviado el collar en señal de rendición, pero temía que estuviera demasiado enfadada con él como para interpretar correctamente el mensaje.

Resopló y se pasó una mano por el cabello al tiempo que dirigía la mirada a las esposas que había comprado, preguntándose si sería capaz de llevar a cabo su plan.

Francesca había dicho que lo amaba, y sus palabras se habían repetido en su mente desde entonces. Al dejarla marchar había actuado de acuerdo a lo que pensaba que era lo mejor para ella, pero su vida se había convertido en un infierno

¿Seguiría odiándolo? ¿Se alegraría de haber escapado? ¿Sufriría?

Su pequeña gatita era valiente y fuerte, y la idea de que lo pasara mal le rompía el corazón.

Había hecho lo posible por dejar de pensar en ella a medida que pasaban los días, concentrándose en el trabajo y en la Fundación, pero su ausencia había dejado un enorme vacío que, en lugar de llenarse, aumentaba día a día.

Hasta que se había dado cuenta de que había cometido un inmenso error y tomó la decisión de reconquistarla.

Tomó las esposas.

En cuanto llegara le demostraría que la necesitaba, que podía ser el hombre que ella se merecía.

Francesca no se había molestado en quitarse los vaqueros y la camiseta, sino que, metiendo la caja en el bolso, había salido y se había montado en la limusina que la esperaba en la esquina.

Sin embargo, al llegar a la entrada del hotel, se arrepintió de no haberse arreglado.

El gran vestíbulo era de una elegancia espectacular y se sintió fuera de lugar. Había confiado en que Marcos saliera a recibirla, pero el conserje le indicó los ascensores y le dio una llave con el número de la habitación.

Subió al piso cincuenta y uno. Cuando entró en la suite presidencial, reinaba un completo silencio.

—¿Marcos? —llamó.

—Estoy aquí.

Francesca fue hacia la voz y entró en un dormitorio con unas vistas espectaculares sobre Central Park. Pero lo que captó su atención fue ver a Marcos sobre la cama, vestido, y apoyado en el cabecero, con un brazo levantado sobre la cabeza y esposado.

—¿Qué estás haciendo? —preguntó ella, agitada.

Marcos sonrió.

—Terapia.

Francesca corrió a su lado y dejó caer el bolso al suelo.

—¿Dónde está la llave?

—No lo sé. La he lanzado por ahí antes de cerrar las esposas, por si me arrepentía.

—¡Marcos, es una locura! —dijo Francesca, recorriendo la habitación con la mirada fija en el suelo.

—Es posible, pero tenía que hacer algo.

Francesca puso los brazos en jarras y lo miró indignada.

—¿Y si no hubiera venido?

—Sabía que vendrías.

—Podía no haber estado en casa.

—He preferido confiar en que sí.

—Por Dios, Marcos, ¿por qué no has llamado?

Él la miró con humildad.

—Temía que no quisieras hablar conmigo.

—¿Y has hecho esto para obligarme a escucharte? —dijo ella, volviendo a buscar la llave.

Cuando Marcos guardó silencio, intuyó que se concentraba para no sentir pánico.

Su corazón latía aceleradamente. Necesitaba encontrar la llave y liberarlo. No soportaba verlo así. Se arrodilló para palpar el suelo. Finalmente, dio con ella y corrió a abrir las esposas. En cuanto lo soltó, Marcos se inclinó hacia adelante y se abrazó a su cintura.

—¡Qué bien hueles, gatita! No sabes cuánto te he echado de menos.

Francesca posó las manos sobre sus hombros y lo empujó con suavidad hasta que la soltó. Luego retrocedió y se rodeó la cintura con los brazos.

—Estás enfadada conmigo —dijo él.

—Un poco —y herida y confusa.

Saber que Marcos seguía deseándola no la consolaba.

—Tienes motivos para estarlo —continuó él.

—¿Por eso estás aquí? ¿Porque te sientes culpable?

A Francesca le sorprendió descubrir hasta qué punto seguía enfadada. No comprendía qué pretendía Marcos. Le había mandado el collar y la nota para que fuera a su encuentro, pero no parecía que fuera a arrodillarse y a rogarle que volviera con él. En lugar de eso, se había esposado a la cama y le había dado un susto de muerte.

—He vuelto a tener pesadillas —Marcos se puso pie—. Son peores que nunca.

—¿Y has pensado que si venía a liberarte se te pasarían?

—Algo así.

Francesca sacudió la cabeza.

—¿Cómo es posible que hayan empeorado?

—Porque ahora es a ti a quien no puedo salvar.

—Pues puedes estar tranquilo porque estoy perfectamente.

—Ya lo veo. Pero sin ti no consigo dormir bien.

—¿Y qué pretendes, que vuelva a Argentina y duerma contigo cada noche?

—Sí.

Francesca le lanzó una mirada furibunda.

—Pídeselo a otra.

Marcos se pasó la mano por el cabello con impaciencia.

—Está claro que no lo estoy haciendo bien —se

acercó y la tomó por los hombros–. Te necesito,
Francesca. Fui un estúpido al dejarte marchar.

Francesca sintió que los ojos se le llenaban de lágrimas aunque no llegara a creer lo que oía.

–¿Qué te ha hecho cambiar de idea, las pesadillas?
No es suficiente, Marcos.

Él la soltó y fue hasta la ventana.

–Francesca, tengo miedo porque por primera vez
en la vida me importa más el bienestar y la felicidad
de alguien que la mía –dijo, mirando hacia el exterior. Luego se volvió a Francesca y añadió–: Sé que
he cometido muchos errores y que es lógico que des-
confíes de mí, pero estoy intentando decirte que te
amo tanto como soy capaz de amar.

Francesca sintió que se le humedecían las mejillas.

–¿Tanto te cuesta decirlo?

–Sí, porque creo que no te convengo. Hay una
parte de mí muy sombría, y me parece injusto que
tengas que cargar con ella. Pero si alguien puede cu-
rarme, eres tú. Sin ti estoy perdido, y aunque sea
egoísta, quiero que vuelvas a mi lado.

Francesca se dejó caer sobre la cama al sentir que
las piernas le temblaban.

–Marcos, yo te amo –dijo, mirándolo fijamente–,
pero también tengo miedo porque no puedo tener hijos y tú vas a querer tenerlos. ¿Cómo puedo estar segura que no te arrepentirás?

–Porque has sido tú quien me ha devuelto el valor
de seguir adelante –Marcos se arrodilló delante de
ella, le tomó las manos y la miró con gesto solemne–.
Y tú mejor que nadie deberías saber que una familia

se construye en torno al amor y no a la genética. ¿O es que consideras a Jacques menos cercano a ti que tu hermana o tu madre?

Francesca sacudió la cabeza. La emoción le atenazaba la garganta, impidiéndole hablar.

Marcos le apretó las manos.

–¿Sabes por qué te he dado El Corazón del Diablo? –preguntó. Y añadió sin esperar respuesta–: Porque poseerlo sólo me ha causado tristeza. Estoy harto de sentirme atrapado por el pasado. Quiero avanzar y sólo podré hacerlo si estás conmigo.

–¿Y por qué darme el collar te libera del pasado?

–Porque puedes hacer con él lo que quieras: donarlo a un museo, dárselo a Jacques, o regalarlo. Pero una vez lo hayas hecho, sólo te ruego que vuelvas conmigo, a casa.

Por primera vez Francesca sintió que podía confiar en él, que decía la verdad.

–Pero, Marcos, has luchado demasiado para recuperarlo como para que ahora te dé lo mismo lo que haga con él.

–Es tuyo, Francesca –dijo él, mirándola fijamente a los ojos–. Y yo también.

–¿Te resignarías a no tener hijos biológicos? –preguntó ella–. Piensa que yo no he tenido elección, Marcos, pero tú sí la tienes.

Marcos le besó ambas manos, luego atrajo su cabeza hacia él y le besó los labios.

–Te amo, Francesca, y que puedas o no concebir un hijo mío no disminuye el amor que siento por ti.

Francesca sacudió suavemente la cabeza, confusa,

insegura, temiendo dejarse llevar por la felicidad que empezaba a sentir.

–Pero acabarás arrepintiéndote.

–No. ¿Cómo voy a arrepentirme si te amo con toda el alma? Te necesito como el aire que respiro. Y Armando también.

–¿Armando?

–Necesita una vida estable, y quiero que se la demos nosotros.

–Pero, ¿no le habías encontrado una familia?

–Ya la tiene. Somos nosotros, Ingrid e Isabel, además de los chicos de la Bodega.

Francesca cerró los ojos con fuerza.

–No es justo que me sobornes así.

–Me da lo mismo, mi amor. Estoy dispuesto a hacer lo que sea para conseguirte. Quiero pasar el resto de mi vida contigo. Quiero despertar cada día a tu lado, porque te amo como nunca he amado a nadie.

Francesca sintió su corazón henchirse. Alargó la mano y acarició la mejilla de Marcos. Él giró la cara para besarle la palma.

–Por favor, Francesca, di que volverás conmigo y que me amarás...

–Marcos, te amo tanto que me asusta.

–Entonces di que te casarás conmigo y que serás mi esposa para siempre.

–Afortunadamente ya estamos casados.

Marcos respondió con una seductora sonrisa.

–Entonces podemos pasar directamente a la luna de miel, que es mi parte favorita.

–Y la mía.

–Bien –dijo él, tirando del jersey de Francesca hacia arriba–. Será mejor que empecemos cuanto antes porque esta noche vamos a ver realizados muchos de nuestros deseos.

Y fue una noche maravillosa... Aunque Francesca no lo supo hasta muchas, muchas horas más tarde.

Epílogo

Marcos estaba sentado en la terraza de Bodegas Navarro, observando jugar al pequeño Armando y a Francesca y, como en tantas otras ocasiones, pensó que era el hombre más afortunado del mundo. Armando tenía ya tres años, y era un niño fuerte, listo y encantador. Marcos lo adoraba, y aunque le daba lástima que su madre hubiera muerto en circunstancias tan trágicas, se alegraba de que Francesca y él se hubieran convertido en sus padres adoptivos.

Ingrid apareció para llevarse a Armando y darle un baño, y Francesca se desplomó sobre una silla.

–¿Te ha agotado? –preguntó Marcos.

–¡Sí! –dijo ella, tomando un sorbo de la limonada que les había llevado una de las chicas.

Marcos la observó con una expresión peculiar.

–Francesca, te amo. Eres la mujer más hermosa del mundo.

–No hace falta que me lo digas todo el tiempo –dijo ella, riendo–. Llevamos dos años casados y estoy segura de que encuentras a otras mujeres mucho más guapas que yo.

–Pero es que no hay ninguna como tú. Lo digo porque lo pienso –Marcos se inclinó hacia ella y la besó–. Si quieres que nos echemos una siesta, me encantaría demostrarte lo hermosa que me pareces.

Francesca sonrió con picardía.

—Marcos Navarro, ¿intentas seducirme?

—Siempre que puedo —Marcos tiró de ella y la sentó en su regazo.

Francesca ronroneó de placer al sentir su sexo endurecido.

—¡Vaya, vaya! —bromeó—. Estoy deseando echarme esa siesta.

—Pues vamos dentro.

—¿Es que no paráis nunca?

Francesca se puso en pie de un salto y abrazó al hombre que acababa de salir a la terraza.

—Jacques, ¿cómo te encuentras?

—Muy bien, cariño.

Francesca lo ayudó a sentarse y le sirvió una copa de vino.

—¿Y cómo has dormido?

Jacques probó el vino e hizo un gesto de aprobación.

—Tan bien como puede dormir un hombre tan mayor como yo, querida. Ahora dejadme solo e id a hacer lo que fuerais a hacer. Yo me quedaré aquí a disfrutar de la vista.

—Y nosotros la disfrutaremos contigo —dijo Marcos sin titubear.

Francesca le sonrió y él volvió a pensar que era muy afortunado. Aquella misma noche le demostraría lo que sentía por ella.

Aquélla y el resto de las noches de su vida en común.

DESEO

KATHERINE GARBERA

UNA BELLEZA EN LA CAMA

Una declaración de amor en una limusina era lo último que necesitaba Sarah Malcolm. Era cierto que Harris Davidson era rico, poderoso y muy sexy, pero también le había dejado muy claro que en su vida no había sitio para el amor.

Teniendo que cuidar a sus hermanos y dirigir el restaurante, Sarah no entendía por qué no podía dejar de pensar en aquel hombre.

N.º 540

UN ASUNTO DEL CORAZÓN

Con solo oír la campanada de medianoche, CJ Terrence recordó que, a pesar del vestido de alta costura, seguía siendo la vulgar estudiante deseosa de creer en cuentos de hadas. Años atrás, el empresario de cuyo negocio dependía la carrera de CJ se había hecho amigo suyo y después la había traicionado. Pero ahora acudía en busca de su perdón... y de sus besos. CJ deseaba sus besos y sus caricias, como siempre. Y algo le decía que una extraña hada madrina le había dado una segunda oportunidad...

JAZMÍN.

BETTY NEELS
HISTORIA DE AMOR EN INVIERNO

Claudia Ramsey estaba muy agradecida al señor Thomas Tait-Bullen por todo lo que había hecho por su tío abuelo, por eso aceptó encantada su proposición de casarse con él por conveniencia. Pero se acercaban las navidades y Claudia estaba empezando a romper todas las normas... ¡se estaba enamorando de su marido!

TRISH WYLIE
AMIGOS Y AMANTES

Ryan y Molly llevaban toda la vida siendo amigos, pero el juego infantil empezó a volverse peligroso cuando él la retó a fingir que estaban saliendo juntos... y ella aceptó.

La primera regla del juego que impuso Ryan era que debían besarse mucho para que pareciera real. Así fue como dos buenos amigos se convirtieron en dos buenísimos amantes... Y como Molly se dio cuenta de que aquella apuesta era mucho más adecuada de lo que ella había previsto.

PATRICIA FORSYTHE
PROTEGER A LA PRINCESA

N.º 573

Estaba claro que la nueva misión de Reeve Stratton se salía de lo habitual. La princesa Anya Chastain de Inbourg tenía una mirada que podría reducir a cenizas a cualquier hombre, pero en realidad no era la niña consentida que él pensaba. Era una mujer bella e inteligente que trataba con verdadero amor a su hijo, a su familia y a su país. Hacerse pasar por su prometido no era ningún esfuerzo para Reeve; solo tenía que bailar y flirtear con ella... e incluso besarla, y todo por el bien del pueblo. El problema era que aquellos besos le parecían demasiado reales... y esa vez era él quien corría peligro... ¡de enamorarse!

CHRISTINE MERRILL

El mayor pecado

Después de haber pasado seis años creyendo una mentira sobre su origen, y condenado a un infierno personal, el doctor Samuel Hastings se enfrentó por fin al objeto de sus deseos, la única mujer a la que nunca podría tener…

Lady Evelyn Thorne estaba a punto de casarse con el muy conveniente duque de Saint Aldric cuando una impresionante verdad fue revelada… ¡y a partir de aquel momento, Sam se convirtió en un hombre diferente y no le daba tregua con tal de seducirla!

El pecado de amar

El honorable y para colmo atractivo Michael Poole, duque de Saint Aldric, se había ganado a pulso el apodo de "El Santo". Pero la alta sociedad se habría estremecido si hubiera sabido la verdad. ¡Porque, lanzado al libertinaje, aquel santo se había convertido en un pecador impenitente!

Con la aparición de la institutriz Madeline Cranston, embarazada de su heredero, Saint Aldric buscó redimirse por medio de un matrimonio de conveniencia. Pero la misteriosa Madeline estaba lejos de ser una sumisa duquesa…

No. 80

¡YA EN TU PUNTO DE VENTA!

BIANCA™

Un acuerdo temporal…
con una consecuencia permanente

UN ACUERDO
TEMPORAL

LYNNE GRAHAM

N.° 3080

Alana Davison, tímida doncella de hotel, estaba desesperada por saldar una deuda familiar. Tanto que, cuando descubrió que el magnate griego Ares Sarris necesitaba una esposa, se decidió a hacerle una escandalosa sugerencia: si Ares la ayudaba con su deuda, ella se convertiría en su esposa de conveniencia.

Para Ares, Alana se convirtió en una magnífica solución. Su matrimonio le permitiría asegurarse la herencia que su ilegitimidad le había negado hasta entonces. Sin embargo, el inconveniente era la química que ardía entre ellos. Por sorpresa, Alana le comunicó que, nueve meses más tarde, su ordenada vida iba a ponerse patas arriba por la llegada de un bebé…

¡YA EN TU PUNTO DE VENTA!

BIANCA.

Samarah debía decidir:
prisión en una celda… o grilletes
de diamantes al convertirse en su esposa

UN RETO
PARA UN JEQUE

MAISEY YATES

N.º 3081

Tras haber esperado su tiempo, la princesa Samarah Al-Azem por fin estaba lista para acabar con Ferran, el enemigo de su reino y el hombre que le había arrebatado todo. En la quietud de la noche, le esperó agazapada en su dormitorio… No era la primera vez que el jeque Ferran se veía al otro lado del cuchillo de un asesino… pero nunca lo blandía una agresora tan bella. Pronto la tuvo a su merced, algo que llevaba años deseando…